流沙河 著

流沙河讲诗经

野性的歌谣

苏州新闻出版集团

古吴轩出版社

图书在版编目（ＣＩＰ）数据

野性的歌谣：流沙河讲诗经 / 流沙河著. —— 苏州：
古吴轩出版社, 2024.3
ISBN 978-7-5546-2280-3

Ⅰ.①野… Ⅱ.①流… Ⅲ.①诗集 – 中国 – 当代
Ⅳ.①I227

中国国家版本馆CIP数据核字（2024）第021104号

责任编辑：顾　熙
见习编辑：张　君
策　　划：孟清原
封面设计：日　尧
版式设计：卓伟宁

书　　名：野性的歌谣：流沙河讲诗经
著　　者：流沙河
出版发行：苏州新闻出版集团
　　　　　　古吴轩出版社
　　　　地址：苏州市八达街118号苏州新闻大厦30F
　　　　电话：0512-65233679　　　邮编：215123
出 版 人：王乐飞
印　　刷：河北朗祥印刷有限公司
开　　本：880mm×1230mm　　1/32
印　　张：12
字　　数：265千字
版　　次：2024 年 3 月第 1 版
印　　次：2024 年 3 月第 1 次印刷
书　　号：ISBN 978-7-5546-2280-3
定　　价：98.00元

如有印装质量问题，请与印刷厂联系。022-69485800

前言①

2011 年春，成都市图书馆萧平先生嘱我去讲唐诗。他那里有公益讲座，开办已久，声名远扬。我说，最好从源头的《诗经》讲起，紧接着苏李诗、《古诗十九首》、汉诗、魏诗、三曹诗、陶渊明诗，然后进入唐诗。这样讲下去，自源头而流变，能给听众系统印象。萧平是读书人且懂诗，喜说："当然更好。"于是从是年 5 月 28 日开讲《诗经》。初始阶段，每半月讲一次，一月两次。后由内子茂华陈情，请减为每月只一次，每次两小时内。蒙允，后即每月减为一次。《诗经》三百零五篇，我选讲八十一篇。记得王水照先生有一文说，20 世纪 50 年代他读北大中文系，四年里《诗经》也只学七十几篇，可见八十一篇不少了。今由学友石地先生根据录音整理、订正、商讨、移录，做成《流沙河讲诗经》一书。石地先生文字清通，条理明晰，为本书生亮色。更有为本书作审读并赐教的龚祖培教授、左大成教授、燕啸波编辑三位先生，一并在此感谢。成都市图书馆为本书提供音像记录，亦应在此致谢。

2016 年 10 月 29 日 北窗下

---

① 本书是根据流沙河先生 2011 年的讲座内容整理成的。先生当时年岁已高，以四川方言讲述，内容难免疏漏，或有与时下情况不合之处，文中已予改正或加注说明。先生已经作古，我们尽量保留了内容原貌，以怀逝者。——编者按。

从淑女到英雄
——流沙河讲《诗经》、拉近《诗经》

读《诗经》：为何而读？

要提升文化水平，请读《诗经》；要增强文化自信，请读《诗经》。

《诗经》是我国第一部诗歌总集，是我国诗歌的源头；所写两千多年前各种生活情景、人生情怀鲜活至今，所用语言很多已成为日常的成语。孔子说"不读《诗》，无以言"；正如流沙河先生在本书的《绪论》所讲："这个'言'，当然是指你说的话比较文雅，也比较有趣味，显得有根据，能表现出你这个人有比较好的文化背景。"

《诗经》内容极为丰富，人文与自然的各种题材都涉及。孔子说"《诗》，可以兴，可以观，可以群，可以怨"，这指的是《诗经》的社会人文意义；又说读《诗》可"多识于鸟兽草木之名"，意思是可从《诗经》获得自然界的知识。

《诗经》用"赋比兴"的手法写成，这为诗歌的艺术技巧奠定了普世的"基本法"。《诗经》的篇章合乐而歌，因此是歌词。歌词的特色是句子押韵，且采用重章叠句的写法；这样做乃为了可诵因而悦耳，重复因而易记。中西一些学者认为中国文学传统中没有史诗（epic），是一憾事。有的。流沙河在本书中告诉我们，《诗经》中的《大雅·生民》讲述"周民族的创世记故事"，写"我们中国特色的英雄"，是"中国特色的史诗"。

《诗经·关雎》所含有的文化艺术基因

《诗经》的第一首《关雎》，就具备上面所说的多个文化艺术基因。它写出君子追求淑女，与其恋爱、结婚的全过程；大家想象一下，或回忆一下，我的、你的、他的"浪漫史"不就和两千多年前的《诗经》时代差不多吗？

《关雎》所写的爱情，正是古今中外文学的一大"原型"（archetype，或译为"基型"）。难怪 1964 年推出的好莱坞电影 *My Fair Lady* 在香港放映时，片名就翻译为《窈窕淑女》。更早的电影 *Marty*，1955 年在香港则以《君子好逑》的译名上映。可见"窈窕淑女""君子好逑"这些语词，已是成语，已在有文化的中华儿女心中留下烙印。

"窈窕淑女""君子好逑"是成语，"辗转反侧"亦然。说不定将来某部电影在华人地区放映前，宣传人员因为译名而绞尽脑汁，而辗转反侧睡不着；忽然灵机一动，就用《辗转反侧》吧，这电影的内容正好与失眠有关。此外，"求之不得"也是成语。《关雎》生产了四个成语。

"琴瑟友之"这个活动值得文化史学者关注。君子通过音乐与淑女亲近，是爱情故事常有的情节。司马相如琴挑卓文君；昆曲《西厢记》中张君瑞弹琴诉衷情；沈从文《边城》中两兄弟同时爱上翠翠，用唱歌看谁能夺得所爱的芳心；欧洲中世纪的骑士弹琴唱歌向贵妇人示爱；电影《西区故事》（*West Side Story*）中金童向所爱的玉女高歌……

凡此种种，都是"琴瑟友之"。

另一个故事情节的原型更离不开音乐。"兴于《诗》，立于礼，成于乐。"哪个重要的典礼没有奏乐？《中庸》说"君子之道，造端乎夫妇"；婚礼是人生的大礼，自然要"成于乐"，也就是"钟鼓乐之"。顺便讲个故事。当年在美国设计一个中西合璧的婚礼，心里既有我们中国《关雎》的诗，也有西方瓦格纳（Richard Wagner）《婚礼进行曲》的乐；《文心雕龙》的"神思"一动，"吟咏之间，吐纳珠玉之声"，乃把诗篇填进乐曲，由歌者唱出来，竟然天衣无缝，竟是珠联璧合，出席婚礼者无不啧啧称赞。读者诸君读到这里，不妨"5-1-1-1, 5-2-7-1……""关关雎鸠，在河之洲……"哼几句，当会感到这是一个中龙西凤的绝配。

上面说《诗经》的诗篇用"赋比兴"的手法写成，《关雎》正是如此。"赋"即"敷陈其事而直言之"，意思是具体地、形象地记述人、事、物；《关雎》铺叙君子淑女爱慕、交友、结婚的连串事件，如一幕幕的戏剧。"比"是"以彼物比此物"，"兴"是"先言他物以引起所咏之词"；《关雎》开头的"关关雎鸠，在河之洲"就用了"比兴"，其修辞手法近于现代文学理论的隐喻或象征。

上面说的《诗经》"重章叠句"的写作方式，即不同段落的句子，句式相同，而在不同句子的相同位置，用词有变化。《关雎》正是如此。这样做的好处是重复中有变化，变化中有层次、有关键词；这样做还有一大好处：使读者容易记忆歌词。数月前十分热闹的歌《罗刹海市》，其歌词内容繁杂，与《关雎》的"重章叠句"写法迥异；我真不知道爱此歌曲者，有多少人能记诵其歌词。

近来欧洲和中东战火纷飞，死伤无数，反战之声四起。这使我想起数十年前著名的反战民歌《所有的花儿都去了哪里？》（*Where Have All the Flowers Gone?*），其歌词就是采用这种"重章叠句"的方式，也因此至今仍有很多人能唱出来。请注意，这种经典的歌词创作法式，我国两千多年前已经确立。《诗经》从内容到技巧，方方面面都有其经典性，有其中西共尊的诗学价值，是国人向传统取经、学习的对象。祖先的诗歌有如此杰出的、经典性的表现，我们应该感到自豪。

流沙河浑身解"经"，拉近古典的《诗经》

流沙河（1931—2019）为《诗经》开讲座，讲稿编辑而成本书，这将会是"《诗经》学"的重要著作。他才华横溢，早年以诗鸣，以诗名，后来兼写诗歌评论；1987 年我发表文章论其作品，已尊称他为"蜀中大将"。再后来，先生发表散文，出版古代典籍和文字学论著，其文学成品更为丰美宏富。他"矢志于中国古典的研究与普及，《诗经》更是他着力最深的课题"。他讲《诗经》，有诗人的灵敏感悟，有散文家的款款生动，有学者的博厚知识，此书由宝贵的"三合一"熔铸而成。我这个后学和先生交往垂四十年，数度亲聆教益，曾在杜甫草堂品茗谈诗；我当年如长居成都，一定来上他的《诗经》课。

且看他如何讲解《诗经》的首篇。《关雎》八十个字，他用了三千字来解说。诗中的词语如"关关""雎鸠""荇菜"，其意义为何，他一一注释不在话下。讲解的亮点很多，其一是他对采摘荇菜的"淑女"的感性（甚至可说是性感）描述：

> 每年的春末夏初，荇菜成熟的时候，各家各户的年轻女子都

到水里去采，用来敬鬼神、祖先。她们在采摘（荇菜）的时候，褰裳（撩起下裳）及腰，亮出玉臂美腿，姿态又是那么优美，就引得城里的小伙子，也就是"君子"们，都去河边看，看谁家的女子漂亮，哪个女子身材好看。

描述后还有这样一句："这就相当于一种含蓄的选美活动。"用"选美活动"，古诗《关雎》与21世纪的我们的距离就拉近了。他再补充道："古今人情不远，这些事是无师自通的，并不是只有今天的小伙子才会欣赏美女。"至此，两千多年前的《关雎》成为今天我们的诗了。此诗叙述的是一种自由恋爱的情景，流沙河因此更为孔夫子点赞：《关雎》"被放在《诗经》的第一篇，反映出孔老夫子绝不是那种糊涂、冬烘的人"。

学者解经，总希望有新意。流沙河把此诗的"窈窕淑女"解释为"和那美丽的女子距离很远"，就是他的一个新解吧。

《诗经》共三百零五篇，内容包括爱情、亲情、乡情，包括对行役的无奈、对贪官的控诉，包括记宴会嘉庆的欢乐、记部族英雄的伟业，内容丰富多元。流沙河生动讲《诗经》，其生花灵舌、动人妙语，读这本编辑过的讲稿，我们仍可充分体会。《诗经》的名篇如《桃夭》《凯风》《静女》《相鼠》《有女同车》《蒹葭》《七月》《东山》《鹿鸣》《菁菁者莪》《何草不黄》等等，流沙河如何精解新释，如何尝试把这古代经典拉近到今天的社会，请读者细细悦读。

"拉近"使得《诗经》比较容易让现代读者理解，不过"拉近"之前，必须先"释远"。《唐诗三百首》编入的作品，是一千多年前的古典；《诗经》所收，是两千多年前的，乃非常古老的古典。读《唐诗三百首》的篇章，我们多能朗朗上口；读《诗经》，我们觉得多有诘屈聱牙的章句，因为它的时代的确古了、远了。对此，致力于普及古典的流沙河，用了浑身中国古今以至外国的学问，来"解数"（此二字权作动宾结构的语词），来"解经"。请看其对《大雅·生民》的阐述。此诗共有八章，首章如下：

厥初生民，时维姜嫄。生民如何？克禋克祀，以弗无子。

履帝武敏歆，攸介攸止。载震载夙，载生载育，时维后稷。

它记述姜嫄受孕、胎动、生下儿子后稷的经过。首章的辟字不多，但不辟的字如"时""敏""夙"，其意义却与今天的一般意义不同，而得由解经者点明（相关的解释请参见本书）。还有，题目《生民》二字，照流沙河说法，不同于张载"为天地立心，为生民立命"的"生民"（民众）那般解释。他告诉我们，"生民"，就是生娃娃。

阐释《诗经》意义·传扬民族精神

流沙河参考古今《诗经》专家的著作，动用其文字学、动物学、植物学（孔子说读《诗》"可多识于鸟兽草木之名"，上面引述过）、文学、历史等多方面的学问，浑身解"经"，解说本书他所选的《关雎》《生民》等共八十一篇，务求大家对每一篇的抒情、写景、叙事、议论，都读得明白晓畅。他进一步给出对诗意的演绎，又在讲解时常常表示对《诗经》这部伟大经典的推崇。其间精到佳胜的阐释，需要读者细心体会。我阅读本书时做了笔记，这里未能把所有心得都写出来。

古代孔子以《诗经》为教学的课本，有"温柔敦厚""兴观群怨"的诗教说。《诗经》之为经典，除了本身的文学价值之外，还有广大深远的政治、文化意义。例如，《生民》讲述后稷一生的事迹：母亲姜嫄如何神奇怀孕；后稷诞生后如何遭遗弃，如何成长，如何展露种植庄稼的天赋，如何当了专管农业的官员，如何施政导致谷物大丰收，如何奠立以粮食祭祀祖先的仪式。后稷是我国的农耕之祖、五谷之神。流沙河这样概括《生民》：是"周民族的创世记故事"，"宣扬的是创造、生产和兴作，是在改善民生方面做出贡献的英雄"；"这就是我们中国特色的英雄，中国特色的史诗。这些古老的观念对我们影响深远，中华民族后来的以农立国，对外没有侵略性，和这样的故事有很深的渊源。"

流沙河从《关雎》温柔美丽的淑女，到《生民》刚健为民的英雄，以其生动精彩的语言文字阐释了《诗经》这部伟大的文学元典，还传扬了可贵的民族精神。

黄维樑

2023 年 12 月

绪论：《诗经》的产生和诗歌的作用

各位朋友：

我们现在开始的这个系列讲座，是讲《诗经》。

在这个世界上，几乎所有的古老文明，其源头都有美好的诗，在我们中华民族，就是《诗经》。我们要讲的这个后来称为《诗经》的诗集，分几个部分：第一部分是《风》，包括《周南》《召南》和"十三国风"，就是周天子下面的十三个诸侯国或某一地域流传的民歌；第二部分是《雅》，分为《小雅》和《大雅》；然后是《周颂》《鲁颂》和《商颂》，称为"三颂"。所谓《诗经》，就是由这几个部分构成的。

在世界历史上，有一件绝可注意的事件，那就是距今两千五百年左右的时候，地球上的四大古文明区（古印度、中国、古希腊地区，还有包括了古埃及和古巴比伦的小亚细亚文明区），突然不约而同地都唱起歌来了。它们唱的歌和早先不同，其内容都是诗。这些诗有两种形态：一种是史诗，一种是抒情诗。在古印度和古希腊是以史诗为主；在小亚细亚一带是以抒情诗为主，我们现在还可以看到的《旧约全书》里面的《雅歌》，本身就是非常美妙的抒情诗，和中国的《诗经》很相似，特别是和《诗经》中的《风》很相似，可以看作是小亚细亚的《诗经》。我们中国的《诗经》主要是抒情诗形态，叫作"诗言志"，而不是"诗叙事"。虽然也有叙事诗，但不是《诗经》的主体，《诗经》的主要内容都是"言志"。言志者，"在心为志，发言为诗"。这个"志"是指内心的感动、感情，不能狭隘地理解为"志气""志向"。如果要翻译出来的话，它相当于英文的 will，也就是"意愿"的意思。所以中国古人说《诗经》是"情动于中而形于言"，是"饥者歌其食，劳者歌其事"。

我们中华民族，在《诗经》以前就有韵文，也有歌，但都不叫"诗"，是《诗三百》编出来后，大家才开始叫"诗"。这个字最早的写法，左边是个言字旁，右边是一个"之"字，"之乎者也"的"之"，不是现在这个"寺庙"的"寺"。"之"字的本义是一个动词，从这里到那里去就叫"之"，相当于英语里面的 go to。这一个左言右之的"诗"字是什么意思呢？古人的解释是"志之所之也"，就是心有所动，形诸语言，这是它最根本的特征。当然，并不是心中所有的话，说出来都是诗，还需要把语言文字的表达艺术化、音乐化，这才叫"诗"。按照《诗经》的特点，我们就可以给诗下上述这样的定义。这就是中国诗的特点。中国诗和西洋诗最大的不同，根源就在这里。各个民族的文化都有自己的特点，在诗歌方面也是这样。西洋诗起源于古希腊的史诗，就是 epic，它是用押韵的文字讲古代的英雄故事，所以欧洲的诗一开始就侧重于讲故事；而中国的诗，从一开始就是侧重于表达自己心中想要说的话。虽然中国古代也有英雄史诗，《诗经》里面也有，我们后面还会讲到它，但它数量很少，篇幅也不像西方的史诗那么长，它不是中国诗歌源头的主流。如果从广义上说，中国的一些少数民族也有自己的史诗，比如藏族的《格萨尔王》。

如果你要问我"诗歌有什么用处"，我确实也说不清楚，从物质的角度来看，诗歌也许是没有什么用。也许没有诗，粮食还是会有的，钢铁也是会有的，肚皮还是会吃饱的，但就是没有灵魂上的趣味。一个人经过诗歌的陶冶之后，他在气质上是绝对不同的。所谓气质，似乎也很难说得清楚，你和一个人交谈，不到三分钟就一定能感觉出来的那个东西，就是他的气质。这就是诗歌的用处。

诗歌最大的用处，就是使你自己快乐，包括两种快乐：一是你自己写出一首好诗，你会感到快乐；还有就是你读到一首好诗的时候，也会感到快乐。而这种快乐是不可替代的。我最厌恶一种流行的比喻，说什么"流沙河老师这几天给我们讲诗，送来了一道丰盛的晚宴"。天哪！那个晚宴算个什么嘛？——它吃完了就全都排泄出去了！诗歌艺术不是什么"晚宴"，不可能让你吃饱。诗歌这个东西，是所有自我娱乐活动中最高级的，它可以让你进入一种不可替代的心境和感受之中。实际上，诗对我们起潜移默化的作用。任何一首诗，都很难收到什么现场效果，不是说读了哪一首诗，你的觉悟就提高了，突然就懂得了很多东西。不是这样的。诗是慢慢浸润你，慢慢地改变你的灵魂，使你变得有趣味，变得高雅起来。诗歌的价值就在这里。20世纪60年代，我在农场搞体力劳动，有时挑的东西很重，一边挑，一边就在心中默读一些诗歌，以减轻痛苦，其作用就相当于"毒品"一样，只不过这种"毒品"不害人，也不害己。至于诗歌是不是有其他的什么伟大作用，什么革命要不要诗歌，这些问题都和诗歌无关。诗歌就是一种娱乐，一种高尚的自我娱乐，在自我娱乐的同时，也可以娱乐他人。这种娱乐不是什么其他的"亚文化"可以代替的。

至少从周朝开始，中国历代的教育都和诗有关。所谓"五经"——《易》《书》《诗》《礼》《春秋》——既包括了《诗经》，也有对《诗经》的大量引用。这些经典，是我们中华民族的祖先每一代人都要读的东西，从当小娃娃开始就要读，最初读的时候，可能还不懂，但只要把它们熟记在心，将来长大成人以后，自然就懂了。这些东西就成了我们中华民族的民族灵魂、文化血脉的一个组成部分。

我们中国，自古以来就非常重视"诗教"。孔夫子也好，孟夫子也好，他们在教学生的时候，都经常引用《诗经》上面的话。孔子说："不学《诗》，无以言。"这个"言"，当然是指你说的话比较文雅，也比较有趣味，显得有根据，能表现出你这个人有比较好的文化背景。孔子说诗歌有四种作用，叫"可以兴，可以观，可以群，可以怨"。"兴"就是起兴，用来引发大家的某种兴致；"观"是观察，就是你可以通过诗去了解种种社会现象；"群"是亲和力，可以用诗来吸引、唤起那些有相同或者相似的思想感情的人；"怨"就是抱怨、发牢骚，通过诗来诉说自己的痛苦。无论是"诗言志"也好，"不学《诗》，无以言"也好，还是"兴、观、群、怨"也好，都说明远古的中国人，对诗歌的态度还是比较现实、比较功利主义的。到了隋唐以后，中国诗歌就超越了这种视角，更加注重诗歌的艺术性，注重意境，注重音韵之美和语言之美。到了今天的新诗，就更超出了这个范围，基本上不在乎它有什么社会教化的用处。今天的诗更加小众化，似乎更没有什么用处了。所以对诗歌的作用，不可以夸大。

究竟诗是什么，那不是一两句话能说得清楚的。写诗的人这么多，每个人都有其创作经验、阅读经验和独特的文化构成、特殊的感受能力，对诗各有各的理解，不可能有什么统一的意见，所以我也就说不清楚。诗就相当于道家的"道"，"道可道，非常道"，凡是说得清楚的规律，都不是最根本、最重要的。写过诗的人都晓得，那个最核心的东西，你无法用语言来表达。

大家可能会提出一个问题：在秦始皇时代不是曾经焚书吗，这些诗是怎么传下来的呢？是的，《史记》上对秦始皇焚书这件事，记得清清楚楚——秦始皇采纳了他的丞相李斯的建议，"天下敢有藏《诗》、《书》、百家语者，悉诣守、尉杂烧之"。他第一个要烧的就是《诗》。秦始皇是很敏感的，就是不让人们去读诗，因为人读了诗，趣味就会变雅，而秦始皇不要你的什么"雅"，他要的是炮灰，是为他卖命的战士，所以他坚决要烧《诗》。你们看一下那些秦始皇兵马俑，全部是那种"武棒槌"，一帮凶狠之徒！不知各位的观感如何？反正我绝不认同他们就是我的祖先，我的祖先绝不会是那个样子！如果我们中华民族的祖先都是那个样子，中华民族就完了，不可能有后来那么灿烂的文化。不可想象一个民族没有它自己的诗。如果一个民族缺少了诗，那就是感情上的残疾。

为什么烧了之后还有诗呢？你们是不是在诽谤我们的秦始皇同志呢？不是的。当时的法律确实非常严厉，规定各家各户都必须交出来，你要是不交，查出来就要被惩处，《史记·秦始皇本纪》里面写得很清楚："有敢偶语《诗》《书》者弃市……令下三十日不烧，黥为城旦。"但是有些东西，是杀不死、烧不掉的。而且，诗歌还有个最大的特点，就是能够背诵，能够吟唱，你把写在竹简上、木条上的烧了，它还可以记在脑袋里面。汉初甚至有一个叫"伏生"的老大爷，济南人，九十多岁了，还可以用古音背诵《尚书》，汉朝政府就派人去请他教授，然后记录下来。《诗》不仅可以背诵，还有一些底稿被人们偷偷保留下来。秦朝亡了以后，到了汉代，政府一鼓励献书，各地都有把自家原来悄悄藏起来的书拿出来的。最初被献出来的《诗经》，就是齐、鲁、韩三家偷偷收藏的版本，它们系统不同，互有出入，而且解释也不同。后来，毛亨也拿出来一个版本，大概他是根据他的家族中流传下来的版本整理的，这个出现得最晚的版本就被称为《毛诗》。后来大家开会鉴定，把四个版本的诗一比较，发现最好的版本就是《毛诗》，所以今天我们读的《诗经》三百零五篇，固然都是孔夫子修订过、删改过的，但是这个版本是毛亨的版本，也就是我们后来通称的《毛诗》。

《诗经》原来不叫"诗经"，在最早的时候，就叫"诗"。当我们说"诗言志"的时候，"诗"是专有所指的，也不一定就是我们现在所看到的《诗经》中的这些作品。因为这些诗最早有很多，经过多次编辑、删减，才成为《诗三百》，就是现在流传的《毛诗》三百零五篇，它是由孔夫子整理、润色，编出来教授弟子的。到了汉代，汉武帝"罢黜百家，独尊儒术"，之后汉朝的官方就利用《诗三百》来贯彻它自己的意识形态，就把它称为"经"——经者，常也，意即永恒不变的道理——就是由官方把它定为讲大道理的经典。《诗经》由此得名。从这个时候开始，汉儒——汉代的那些经师，就支配了《诗经》的解释权。汉代的这些经师，包括很有名的郑玄，他们有一个共同的缺点，就是在讲诗的时候，不是首先把诗当作诗，而是当作一种意识形态，当作一种推行礼教的手段，给诗附加了很多解释，而那些解释不是这些诗本身的内容。这个现象一直延续到宋代。以朱熹为首的宋代儒生们，虽然对汉代的一些解释做出了修正，但他们仍然没有跳出利用诗歌来推行教化的这个框框，因此仍然忽略了诗的本意，尤其是朱熹，他把很多一般的爱情诗都认为是"淫乱之作"。所以，宋儒们的解释很多也是不可取的。

我们现在来讲《诗经》，自然不可能沿用从汉代到宋代的那些权威的讲法，对那些不属于诗自身内容的解释，我们要抛弃掉。而且，如果我要按照那样讲，讲出来也是绝顶无味儿，下面的听众朋友听不到一半，就要打瞌睡了。我们要从一个新的角度来讲，就是首先要把《诗经》当作诗，要注意这些作品作为诗歌的特征，用文学、用诗学的新观念来理解它们、解释它们。从历史的角度来看，这样讲，也是开辟了一个阐释《诗经》的新时代。这个新时代是由五四时期的很多前辈学者、诗人开创的，我只不过跟在他们后面，学习了他们的各种著作，做了一些补充和发挥。我很有幸和大家合作，我们互相促进，这叫作"教学相长"。

我们读《诗经》，当然要欣赏诗歌的美，但因为前面所说的，《诗经》的主要特点是"诗言志"，是"饥者歌其食，劳者歌其事"，所以我的讲座，也比较地倾向于为大家讲解。讲解的成分要多于欣赏的成分，主要还是帮助大家了解中国古代典籍，了解中国古代的社会生活真相，还是属于社会学的范畴。这和欣赏纯诗，比如唐诗以后的很多中国古诗，是有很大不同的。

这么多首诗歌，我们要怎么讲呢？如果三百零五首全部讲，每个月讲一次，要讲三年。且不说各位是不是有兴趣坚持那么久，就是我自己，能不能活那么长，都是个问题，真所谓"吾生也有涯，而知也无涯"。所以我们采取简化的办法。正如吃猪肉不必非吃肥肠不可，你只要知道背绺肉（也就是北方人说的膂脊肉——他们搞错了，写成了"里脊"）的鲜嫩，就可以说"我吃过猪肉了"。读《诗经》也是这样，用不着把三百零五篇全部读一遍，因为中间有一些作品，实在是太艰涩了，读起来很苦；有一些诗的味道也比较淡薄，不适合一般读者阅读。我从三百零五首里面选了九九八十一首来讲。我选诗的原则有三点：第一要有浓厚的诗味，第二要浅显，第三要短小。对这个概念，我们要心中有数：虽然它还不到《诗经》的三分之一，但是据北大中文系教授王水照先生回忆，他50年代读北大中文系时，四年下来也只学了七十二首。所以，各位朋友如果有耐心把这八十一首诗读完，你就可以拍胸口说："我学过《诗经》了。"

目　录

风

周南·关雎

关关雎鸠，在河之洲。
_{jū jiū}
窈窕淑女，君子好逑。
_{yǎo tiǎo} _{qiú}

参差荇菜，左右流之。
_{xìng}
窈窕淑女，寤寐求之。
_{wù mèi}

求之不得，寤寐思服。
_{pé}
悠哉悠哉，辗转反侧。
_{zhǎn}

参差荇菜，左右采之。
_{qǐ}
窈窕淑女，琴瑟友之。
_{yǐ}

参差荇菜，左右芼之。
_{mào}
窈窕淑女，钟鼓乐之。
_{nào}

《关雎》乐而不淫，哀而不伤。

——《论语·八佾》

《关雎》，女子采荇于河滨，君子见而悦之。

——闻一多《风诗类抄》

"周南"不是一个国家，而是指"洛阳以南周公管辖的地区"。这个周公，不是协助武王伐纣的周公姬旦，而是他的后人，也就是"周召共和"时期两个共同辅政的大臣之一（另一个是召公，这个"召"读shào）。所谓"周召共和"，就是周厉王胡作非为，搞得大家只能"道路以目"以后，国人忍无可忍，于公元前841年发动暴动，把他废黜了，直到公元前828年才拥立周宣王，而从公元前841年到公元前828年这一段时间就是由周公和召公共同主持朝政，史称"周召共和"。因为周公和召公的封地分别在洛阳和镐京的南面，所以就一个叫"周南"，一个叫"召南"。因为周公和召公是分别留在洛阳、镐京的，并没有到封地去做国君，所以这两个地区不能称为"国"，很多研究者把《周南》《召南》和"十三国风"并称为"十五国风"，我认为是有问题的。周南就是周公管的这一部分，大致在今天的河南西南部和湖北西北部一带。

《关雎》是《周南》的第一首诗，也是《诗经》的开篇。老实说，孔夫子做这个选择，是动了脑筋的，它表现出的文化观念、诗歌观念，比我们今天的许多人还要先进。我们今天如果要去编一本诗选，放在前面的肯定是领袖作品，或者是某个著名诗人的作品——你们去看现在编的诗集、文集，哪一本不是这样？而且主题一定是很严肃的。孔夫子却不是这样。其实我们不妨想一想：社会是由家庭构成的，家庭是由夫妇构成的，两性的结合就是天地间的第一件大事情，这叫作"男女婚姻，人伦之始"。这就是孔夫子的观念。是不是比我们还先进呢？

全诗可分为五章，是一个渐次递进的过程。

"关关"是一种水鸟的叫声，它叫"雎鸠"，叫声是"呱呱呱"的，也就是"关关关"的。雎鸠就是你我都很熟悉的渔老鸹，学名"鱼凫"，又叫"鸬鹚"。有人说它就是鱼鹰，据我的研究，最多只能说它是鱼鹰之一种。因为另有一种以捕鱼为食的猛禽，也叫"鱼鹰"，但它没有这种叫声。你们去看渔老鸹捕鱼：如果一只渔老鸹发现了鱼，马上就会"呱呱呱"地呼叫，其他的渔老鸹听到了，就会扑过来围猎。所谓"关关雎鸠，在河之洲"，说的就是河边沙洲上，一群渔老鸹正在围猎，一片此起彼伏的叫声。洲者，河中小岛也。出现在这片叫声中的，是"窈窕淑女"，是君子求偶的好对象。"逑"是对象、目标，就是object，"好逑"就是佳偶。"窈窕"是个联绵词，就是"以音求义"之词，不能分开来讲"窈"是什么、"窕"是什么。"窈窕"就是"遥迢"，遥迢者，远也。"窈窕淑女"是说和那美丽的女子距离很远。这个距离，指的是感情距离：虽然那个淑女就在江边，可以见到，但是彼此不认识，无缘靠近，就感觉隔得很远了。这就像《西厢记》里面，张生初见崔莺莺时感慨"隔花阴，人远天涯近"——明明和美女只隔一片花阴，因为无法攀识，无从交往，就觉得比天涯还远了。这种情况就是"窈窕"。汉代的经师们说，"窈窕"是因为淑女住在闺阁之中，很不容易见面。这个解释，显然不符合这首诗描写的现场场景。

第二章四句，很值得分析："参差荇菜，左右流之。窈窕淑女，寤寐求之。"淑女们正在采摘一种叫"荇菜"的水生植物。《诗经》里面对此有专门的解释，说这种荇菜是"宗庙祭祀之用"。参差者，长短不齐也，就是长长短短的荇菜在水面漂浮。荇菜的根没在水中，牵得很长，像藤蔓一样；叶子是圆的，颜色紫红，直径一寸左右，漂浮在水面上，所以采摘时只需要微微弯腰。"左右流之"中的这个

"流"，相当于"捞"或者"揪"，借来表现女子采摘的动作：左手捞一下，右手揪一把，腰肢扭来扭去，极尽女子的体态之美。显然那个时候的风气是很开放的：这些漂亮女子在水里采荇菜，虽然不像今天穿三点式泳衣，总不会穿得很复杂，不然怎么方便得了呢？

读到这里，这首诗的秘密就现出端倪了：它写的是古代的一种民俗活动。每年的春末夏初，荇菜成熟的时候，各家各户的年轻女子都到水里去采，用来敬鬼神、祖先。她们在采摘的时候，搴裳及腰，亮出玉臂美腿，姿态又是那么优美，就引得城里的小伙子，也就是"君子"们，都去河边看，看谁家的女子漂亮，哪个女子身材好看。这就相当于一种含蓄的选美活动。古今人情不远，这些事是无师自通的，并不是只有今天的小伙子才会欣赏美女。小伙子看得心有所动，夜晚睡觉都老是在想，既觉得伊人遥远，又实在割舍不下，这就是"寤寐求之"。

"寤寐"是个偏义复词，本来"寤"指醒来，"寐"指睡着了，连用的偏义在"寐"，就是梦中都在思念，都在追求。这个"之"是代词，指那位让人心动的女子。

他想到了什么程度呢？"求之不得，寤寐思服。悠哉悠哉，辗转反侧。"这个"服"字，上古音近 pé，和现代"急迫"的"迫"意思相通。迫者，接近也。"寤寐思服"就是说他在梦中都想和那个女子在一起。悠者，长也。这个被爱情俘虏的人觉得夜晚太长，等啊，等啊，等不到完，就是"悠哉悠哉"。"辗转"的本义是车轮转过去又转过来，就像司机转方向盘一样；"反侧"是翻过来覆过去。两个词连在一起，就是翻来覆去睡不着觉。梦中似乎相亲相近，实际上又不能见面，就像从前一首歌唱的："梦里常相聚，觉来隔远道。"

第二天，那个女子还在那里采荇菜："参差荇菜，左右采之。"我们的这位君子又去了河边，这一次终于和那位女子有了交往，还约到了一个什么地方，一个奏琴，一个鼓瑟，这就是"窈窕淑女，琴瑟友之"。就是以音乐作媒介，开始谈恋爱了。这个"采"读qǐ，"友"读yǐ，两个字在当时的读音是押韵的。古今谈恋爱大约都是这个样子，听音乐啊，看电影啊，先从这种比较含蓄的形式开始。这是第四章的内容。

　　最后一章，一对恋人终于结婚，结婚仪式上请了文工团班子，用钟鼓这些乐器来庆贺，乒乒乓乓地热闹起来："参差荇菜，左右芼之。窈窕淑女，钟鼓乐之。""芼"读mào，也就是我们今天的"拔"字，还是描画那个女子采荇菜的动作，只是因为它现在要换一个韵，所以要换一个动词。这里的"乐"要读nào——音乐让自己愉悦，就是"乐"（读lè）；如果是为他人演奏，就叫nào，"热闹"的意思。

　　综观全诗，它就是描写一对青年男女，从初见、相思到相识、结合的过程。大概这就是孔夫子的理想：在一个社会里面，青年男女应该通过自由恋爱来彼此认识，组建家庭。从这里，你能看到上古时代自由恋爱的痕迹，不是什么包办婚姻，说明自由恋爱绝不是现在才出现的事物。它被放在《诗经》的第一篇，反映出孔老夫子绝不是那种糊涂、冬烘的人。

周南·桃夭

桃之夭夭，灼灼其华。
之子于归，宜其室家。

桃之夭夭，有蕡其实。
^{fén}
之子于归，宜其家室。

桃之夭夭，其叶蓁蓁。
^{zhēn}
之子于归，宜其家人。

诗人感物，联类不穷。流连
万象之际，沉吟视听之区。写气
图貌，既随物以宛转；属采附声，
亦与心而徘徊。

——［南朝·梁］刘勰
《文心雕龙·物色篇》

桃

这是一首在婚礼上表达赞美和祝福的诗，它一直流传到我的童年时代。我小时候还看见过"礼生"（就是今天的婚礼主持人）在结婚仪式上吟诵这首诗，是配合着音乐进行的，非常专业。只是因为古时候的观念不同，不能像今天这样直接夸奖新娘漂亮、祝她早生贵子，古时候是不准这样说的，主持人就用了"言在此而意在彼"的手法。全诗分为三章，借着对桃树的花、果、叶子的描绘，把祝福和赞美之意，表达得既含蓄又到位。

第一章是说这个漂亮的新娘会使家庭兴旺发达：你看这棵生命力正旺的桃树，生机焕发，满树红花好像耀眼的火焰，预示着这位美丽的新娘会让她的夫家很快兴盛起来——多办几个公司，多多发财。"夭夭"是"少壮貌"；灼灼者，火焰之耀眼也；"华"就是花，因为"花"字出现得较晚，之前都是用"华"字来表示。"之子"是"这个女子"。之者，此也；"子"在古代男女都适用。"于归"就是出嫁。古人认为女子早晚要嫁到她夫家去，那边才是她的归宿，所以女子出嫁就叫"于归"。宜者，适合也；这个"室家"就是"家室"，把词序反过来，是为了押韵。

刚才说了女子的漂亮，但是光说漂亮是不够的，因为古代对婚姻还有一个很重要的希望，就是传宗接代。女子不但要漂亮，还要多生男娃娃。所以第二章就说桃树的果实了："桃之夭夭，有蕡其实。之子于归，宜其家室。""蕡"读 fén，蕡者，大也；"实"指桃子的果实。民间说"桃三李四杏八年"，桃树是果树中挂果最快的。这是祝福新娘明年就生个胖娃娃。

说了花，说了果，最后一章又说叶子，实际就是这个婚礼主持人演说的吉祥话："桃之夭夭，其叶蓁蓁。之子于归，宜其家人。"
我读了这三章，很佩服古人观察事物的细致程度，因为这首诗的描写顺序，非常符合桃树的生长规律。各位朋友未必都能注意到：桃树开花的时候，基本上还没有叶子；桃花谢了以后，才开始出叶子、挂果子；要等到把桃子摘完以后，桃树才会长出浓密的叶子。蓁蓁者，茂盛也。"其叶蓁蓁"就预示着这个媳妇会让这户人家人丁兴旺，将来儿孙满堂。这当然是古人生活观念的反映，和现代的观念有所不同，今天要是娃娃一大堆，父母恐怕就要发愁了。"宜其家人"是为了和"其叶蓁蓁"押韵，便于吟诵。

这首诗很有创造性，它是中国第一首用桃花比喻美女的诗。后来唐代崔护的诗"去年今日此门中，人面桃花相映红。人面不知何处去，桃花依旧笑春风"，就是从这里来的。还有杜甫写的"江碧鸟逾白，山青花欲燃"，也是借鉴了这首诗的"灼灼其华"。

周南·汉广

南有乔木，不可休思。

汉有游女，不可求思。

汉之广矣，不可泳思。

江之永矣，不可方思。

翘翘错薪，言刈其楚。

之子于归，言秣其马。

汉之广矣，不可泳思。

江之永矣，不可方思。

翘翘错薪，言刈其蒌。

之子于归，言秣其驹。

汉之广矣，不可泳思。

江之永矣，不可方思。

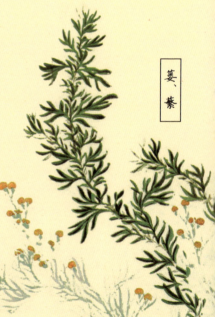

夫说之必求之，然惟可见而不可
求，则慕悦益至。
　　——[清]陈启源《毛诗稽古编》

这又是一首"恋爱＋结婚"的诗歌，写的是一个青年樵夫迷上了汉江上的一个美女，又知道无法追求，感伤咏叹不已。全诗分为三章，每章都用同样的咏叹结尾。

一开始的这个"南"，不是泛指南方，而是指周南地区的南方，就是江汉一带了。乔者，高也；而这个"休"字，一个人旁一个木，谓之"人依木曰休"，本义就是指一个人在一棵大树下面休息。行人在路上走，如果太阳太大了，走一会儿就要乘凉。乔木树干太高，树冠面积又小，并不遮阴，不适合在下面乘凉，所以说"南有乔木，不可休思"。这个"思"是虚词，近似于《楚辞》中的"兮"，全诗的"思"都是如此。后面的"汉有游女"，修饰"女"的不是"遊玩"之"遊"，而是"游泳"的"游"，在古代这是两个字，但是简化成了同一个字，逼得我们要说明一下。"不可求思"，就是感叹那个女子很难接近，不可求婆。为什么这么说呢？因为那个女子太漂亮了，又无法接近，让他想到了嘉陵江的女神。古人认为山是雄性，水是阴性，因此几乎每一条河都有一个女神（只有黄河的河伯例外，是一个男性），汉水当然也有它的女神。第一章这四句，是以比兴发感叹：乔木虽然高，但是不能遮阴，仙女虽然漂亮，但是无法接近。

接下来，这个青年男子就不断感慨："汉之广矣，不可泳思。江之永矣，不可方思。"广者，水面宽阔也；永者，水流之远也；"泳"就是"游泳"；"方"是木筏，竹筏称为"筏"，木筏称为"排"，排又叫"方"。他是在感叹：汉水这样宽阔，我要想游到江中去追她，实在太难；女神在顺水漂游，而江流又是那样长，流向长江，流向东海，不知哪里才是尽头，就算我游泳技术很好，比如拿过游泳金牌，可以游到江中去，也不可能跟着她游那么远；就算我扎一个木筏去追，恐怕还没有追到她，"方"就已经散了。总而言之，神女虽然很漂亮，但是可望而不可即。

追又追不上，求又求不到，而那个女子是早晚要嫁人的，青年男子想到这里，不免有点酸楚，转而用另外的方式来表达感情："*翘翘错薪，言刈其楚。之子于归，言秣其马。*"翘者，特出也；错薪者，薪炭林交错丛生之杂木也；刈者，砍割也；"楚"就是"荆"，就是黄荆条，那是上好的木柴，烧起来最耐火；这个"言"是古代的口语，自我的代称，就是《水浒传》中鲁智深说的"俺"。这一章的前两句是一种比喻：杂树林里面有各种柴火，但是我只去砍那个"楚"。实际上他是在说：虽然世上女子那样多，但我就喜欢这一个。由于这个表达又形象又贴切，所以就流传下来了，我们现在说某人是"翘楚"，就是从这里来的。后面两句，让我们看到这个青年樵夫是个文明人，虽然没有人教他"八荣八耻"，他也晓得"发乎情，止乎礼"。他明白自己不可能和那个漂亮女子在一起了，而人家总是要出嫁的，就做了另外一番打算："之子于归，言秣其马。""秣"的本义是饲马的草料，作动词就是喂马；"马"要按古音读 mǔ，两句诗是押韵的。他的意思是：我既然追不上人家，那就把马喂好，把我砍下来的这些好柴驮去，就当是送给她的一份贺礼吧。这首诗也对人有教育：你不要看他只是一个砍柴的，但是他品德高尚，是个君子，简直是个"gentleman（绅士）"。不像现在有的人，追不到人家就用刀去戳，爱不成了就要把人家弄死，还说是"有多爱就有多恨"，简直野蛮！不过呢，这位樵夫绅士虽然克制了自己，以送礼的方式表达了自己的

梧桐

感情，但总还是有些伤感，所以前面的感慨又出现了："汉之广矣，不可泳思。江之永矣，不可方思。"重复咏叹，就见出了这份感情的深沉。

最后一章，是在重复第二章的场景和感叹，只是换了两个字：一是把"楚"换成了"蒌"，"蒌"就是蒌蒿；二是把"马"换成了"驹"。意思都是一样的。然后又是重复感叹："汉之广矣，不可泳思。江之永矣，不可方思。"这个反复出现的感叹，是这首诗的绝妙处，它所表达的那种怅然若失的感情，你要慢慢吟诵它，才能体会出来。明代有人说："《易》之妙，妙在象；《孟》之妙，妙在辩；《庄》之妙，妙在思；《诗》之妙，妙在情。"这首诗就是通过这样的一咏三叹，把一看就忘不了，要追又追不上，恋恋不舍却又克制守礼这么一种委婉的感情，非常微妙地表达出来，真是值得我们慢慢吟诵、细细体会。

请大家注意：我们所选的《周南》部分这三首诗，都没有标明作者是谁。实际上，除了很少几首被后人认定了作者的，《诗经》里的诗都没有说作者是谁，其中很多诗，尤其是"二南"和《国风》部分，它们很可能当初就没有一个固定的作者。比如这样一首诗，写一个砍柴青年爱上一个漂亮姑娘，却又无法迎娶回家，这是经常发生的事情，完全可能是某一个人先创作了几句，后来的人或有同感，就不断地修饰，加入新的情节，最终形成今天我们看到的样子，所以它的作者就无法确定。当时周天子专门派遣官员到各个地方采风，也就是去收集这些诗歌，而这些诗只记下了流行的地区，并没有注明作者，这是采风的古人实事求是的表现。

召南·殷其雷

殷其雷，在南山之阳。
何斯违斯，莫敢或遑(huáng)？
振振君子，归哉归哉！

殷其雷，在南山之侧。
何斯违斯，莫敢遑息？
振振君子，归哉归哉！

殷其雷，在南山之下(hǔ)。
何斯违斯，莫或遑处？
振振君子，归哉归哉！

今玩其词意，但有思夫之情。

——[清]崔述

召南是召公的封地，也是因为它位于镐京之南而得名。但它的位置比周南靠西边一点，大致在现在的陕西南部、四川东北部一带。

"殷其雷"就是打炸雷，声音很大的那种雷。殷者，盛也。这首诗写的是丈夫去了外地，太太一个人留在家中，夜晚暴雨骤至，半空打起炸雷，女主人公吓得睡不着，就更加思念丈夫，希望他早日归来。全诗分为三章，都是以这个女主人公的口气在说话。

一开头是说雷声很大，好像就响在她家屋边。"南山之阳"就是南山的南边，是这家人住的地方。中国北方靠山的村庄，房子都修在山的南边，这是因为黄河流域一带纬度较高，太阳从东方出来，并不经过天顶，而是经过南方的天空，然后西沉，所以，所有的建筑物都坐北朝南，以利于采光、取暖。山北面就叫"阴"，也就是山背后，人们一般是不会把家安在那边的。"南山之阳"就是房屋周围。暴风雨突然发作，炸雷的声音好大，就像在房子周边响，女主人公吓得睡不着，开始抱怨她出门在外的丈夫："何斯违斯，莫敢或遑？""何"是为什么、什么事；"违"是相违、违背，各走各的路；这个"斯"和《汉广》里的那个"思"一样，都是语气词。"何斯违斯"就是抱怨：到底为啥子嘛！弄得这样夫妻分离！莫敢者，不敢也；或者，一点点也；遑者，安也。"莫敢或遑"就是惊恐不定，无法安心。这几句诗的意思是：你出个啥子鬼差嘛！把我一个人丢在家里头——现在雷声这么大，吓得我通宵提心吊胆的。接下来她就在心中呼唤她的丈夫："振振君子，归哉归哉！"——我那个老实巴交的丈夫啊，你快点回来嘛！这个"振振"，是形容一个人的忠厚；"哉"是虚词，是既焦急又抱怨的语气，由两个音拼起来的：一个音是"之乎者也"的"之"，一个音是"嘞"，两个音连起来读，就是这个"哉","归哉"也就是"归之嘞",这里面反映了生活中的土语。你不要以为我们平常不会这样说话。我的老家金堂县,它下面有个地方叫淮口,那里的人就不说"的",只说"之",比如说"我的哥哥",就叫"我之哥佬倌"。这就可以推想,古人的口语中间也会有这个"之"的。把这些诗读活以后就会发现,它们实际上与我们的生活距离非常近。

第二章还是同样的意思,还是说大雷炸响,好像就在房子外边,女主人吓得睡不着,只是响雷的方位有点变化,诗的韵也变了:"殷其雷,在南山之侧。何斯违斯,莫敢遑息?"侧者,山之一边也;息者,休息也。说的是同样的场景,所以发出的也是同样的抱怨:"振振君子,归哉归哉!"我前面说这个"振振"是"忠厚老实",只是一种解释,还可以有另一种解释,就是"尊贵"的"尊"。古时候文字还比较少,同音假借的现象是比较多的。所以"振振君子"也可以是"我敬爱的丈夫",这样理解也符合这首诗所表达的感情。

第三章和第二章也一样:"殷其雷,在南山之下。何斯违斯,莫或遑处?振振君子,归哉归哉!"只是前面换成了"南山之下",后面换成了"遑处"。"处"也是居住、休息的意思。也许有人会问了:前面都押了韵,这里怎么就不押韵了呢?这是因为我们没有读古音。这个"下"的上古读音近hǔ,和后面的"处"是押韵的。各位或许还会问:你怎么知道该这么读呢?我固然不是古人,但是古人给我们留有证据。屈原的《九歌》中有一首《湘夫人》,其中写道:"帝子降兮北渚,目眇眇兮愁予。袅袅兮秋风,洞庭波兮木叶下。"这里的"下"也读hǔ。到南北朝的时候,有一首很有名的鲜卑族民歌《敕勒歌》:"敕勒川,阴山下,天似穹庐,笼盖四野。天苍苍,野茫茫,风吹草低见牛羊。"你不要以为是后面押韵，前面不押韵，读古音应该是："敕勒川，阴山下（hǔ），天似穹庐，笼盖四野（yǔ）。"20世纪80年代有个写新诗的人说：为什么不能写自由诗？唐诗里面就有不押韵的。他就举了陈子昂的《登幽州台歌》为例："前不见古人，后不见来者。念天地之悠悠，独怆然而涕下！"我说你把音读错了，应该读："前不见古人，后不见来者（zhǔ）。念天地之悠悠，独怆然而涕下（hǔ）！"按照古音，就应该这样读。

这首诗所传达出来的感情，是非常之微妙、含蓄的，这位女主人公不直接说孤单难过、思念丈夫，只是说听到雷声很害怕，希望丈夫快点回来陪自己。由此我们完全可以推想，他们夫妻感情很好，平时一打雷，她丈夫就要哄她、逗她，百般呵护，也许还会说："不要怕不要怕，我在这儿，那个雷不敢打你！"如果要说歌颂，这就是对爱情的歌颂，是非常生动、细腻地在歌颂夫妇之爱。这一类的人类情感，是永恒不变的，即使是现代，很多女子听到打炸雷，仍然是很害怕的；如果夫妻感情好，仍然希望这个时候丈夫就在自己身边，也会在心里这么呼唤："振振君子，归哉归哉。"是不是呢？

作为中华民族的子孙，我们千万不可随便糟蹋孔子，认为他什么都不懂，保守愚蠢。才不是呢！他居然连这样的诗都没有删掉。如果脑筋死板，一定会很烦这样的诗——这个耍的啥子哦，一打雷就吓倒了，你提高点儿革命勇气嘛！你丈夫在外面工作，那是为人民服务，你把他喊回来，岂不拉了后腿哉？——幸好孔夫子不是这样想的，否则，今天的你我就不会知道，在我们中国，几千年前就有这样含蓄感人的夫妇之爱了。

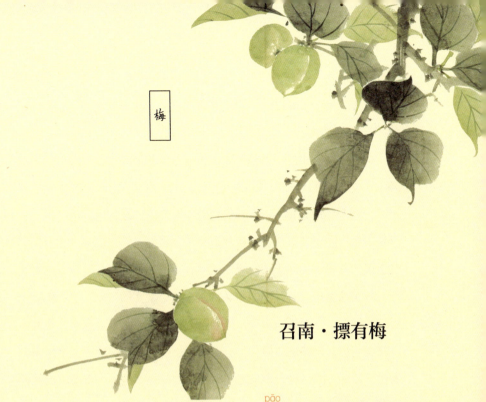

召南·摽有梅

摽有梅，其实七兮。
求我庶士，迨其吉兮。

摽有梅，其实三兮。
求我庶士，迨其今兮。

摽有梅，顷筐塈之。
求我庶士，迨其谓之。

摽有梅，急婿也。

——[清]龚橙《诗本义》

"摽有梅"是什么意思？自古以来研究《诗经》的人，都没有讲清楚，本人有一点看法，自以为是讲得通的，也算是我对《诗经》研究的一点点贡献。

　　首先，诗题中这个"摽"字，很多专家都说是"落"的意思，这恐怕不对。我的老师教我读的是 piǎo，后来经过考证，我发觉他读错了，这个字应该读 pāo，就是我们今天说的"抛绣球"的"抛"。只是"抛"字出现以后，就把它顶替了。"梅"是黄梅果。"有"字在这里的意思，不同于"有无"的"有"，而是拥有、领有、占有之意，其实这就是"有"字的本义。请看这个篆文的"有"字：𠬝。上面是一只手，下面是一块肉，这就是"有"。这是个会意字，我们一下就能明白，它就是"拥有"。很有意思的是，在埃及古文字里面，表达"拥有"的也是一个与之非常相似的符号，是一个人拿着肉往怀里揣。可见从远古时代起，人们的思维就有其共通性。

　　经过这样的分析，我们就知道："摽有梅"就是把自己拥有的黄梅果抛出去。这是在做什么呢？

　　这是古代的一种风俗，是女子向自己心仪的男子示爱的一种方式，相当于后来的抛绣球。夏天来了，水果成熟，年轻女子要上树去摘，如果这个时候她看到了自己喜欢的男子，就会把摘下的水果抛过去打他。这样的事，在南北朝时期还有一个著名的传说，说是西晋的诗人潘岳长得很漂亮，每次在洛阳城坐着小车出去，遍街的女子都会向他丢水果，等他回到家水果已经载了满满一车，够吃一个月！因为潘岳字安仁，我们后来说到美男子会说"貌若潘安"，就是出自这个故事。这也是自由恋爱的一种方式，是女子选男子。这种风俗直到近代都还保留着，在我们成都是五月端午"打李子"，就是把李子拿来抛打。1895 年的端午节，在成都东校场"打李子"还打出了一场大风波，就是把当时的基督教会的医院窗玻璃打烂了，结果打出了一场中国近代史上非常有名的"成都教案"。

上面算是解题。下面我们来读这首诗。

有这么一个女子，她摘了一筐黄梅果，就开始抛给喜欢的男子，希望能找到一个如意郎君，或者还希望能快点儿就搞定，把婚期约好。结果抛了半天，那边的男子好像没有反应——这就是诗歌第一章的意思。"实"是梅子的果实，"其实七分"，就是一筐黄梅果只剩百分之七十，已经抛掉百分之三十了。庶者，众也；士者，青年男子也。"求我庶士"是一个倒装句，就是"我所追求的青年男子"。"迨"是等待。"其吉"有两种解释：一是说吉祥的男子就是好男子；一是说好日子，就是吉日。因此"迨其吉兮"也就有两种理解：一是说希望在这里可以找到一个称心如意的男子；一是说还需要等到一个好的时机，因为从前结婚一定要在吉日，要挑一个吉祥的日子，就像现在年轻人结婚，都要选个节假日、纪念日之类一样。

但是好像男子那边没有什么反应，那个女子就接着抛，梅子越抛越少，她也就越来越着急了。可能她是个大龄女青年，起初还在说"我要等一个吉祥的日子"，一着起急来就说："哎呀，管他的呢，就是今天也可以嘛！"这就是第二章的意思："摽有梅，其实三兮。求我庶士，迨其今兮。""三"的古音读 shēn，和后面的"今"是押韵的。"其实三兮"，是说黄梅果只剩百分之三十，已经抛出去百分之七十了；"迨其今兮"这个"今"，就是今天，意思是说今天就可以算个好日

野性的歌谣：流沙河讲诗经

召南·摽有梅

二一

子，只要我们好上了，几个小时之内保证 OK，黄昏就可以举行婚礼了。因为从前婚礼都是在黄昏举行的。

没想到抛到最后，就剩几个梅子了，还是没人对她有意思。这个女子也不晓得是太着急了，不管不顾，还是有点赌气了，总之她最后干脆搬起筐子，"呼隆"一声全部倒出去，等于是把剩下的黄梅果全部撒给那些青年男子，碰到哪个就是哪个——哪个看得起我，我就嫁给他，时间也不必讲究了。这就是第三章"*摽有梅，顷筐塈之。求我庶士，迨其谓之*"所要表达的。也许这位诗人是在开玩笑，有点儿取笑那个大龄女子的意思，因为这个形象太不好看了嘛。顷者，倾也，和倾倒是相通的；"塈"读 gěi，就是给，英语 give you 的意思；这个"谓"指语言表达，就是开口说话——只要你回答一声"行"，我就跟你走，马上就可以成婚。

读到这里，我们不免有点吃惊：这不是野合吗？原来古代还可以这样开放！有些人就觉得这种事不可理解，就有宋儒说这首诗是"淫奔之诗"，他大概没当过大龄青年，不理解人家的困难。其实《周礼》上就有规定：男子过了三十，女子过了二十，"仲春之月"，"奔者不禁"。周朝的时候还没有"姘"字，这个"奔"就是"姘"。这两句就是说暮春的时候，那些还没有找到对象的大龄男女，如果临时相遇，对上眼了，人家愿意做什么就做什么，政府都不要去禁止他们。这确实是古代社会的真相。所以，像这种枝叶浓密的果树林里面，有野合之事也不足为怪，不必担心有人要去抓什么"现行"。当然，这肯定也不是普遍现象。

实际上，按照本人的看法，这种男女交往依然是美好的、纯洁的，绝不是淫乱。你们注意，人家是只要两情相悦就行，既没有买卖关系，也不是权钱交易，有何不可？而且这里是女子在选男子，不是男性强迫女性，还有点男女平等的意思在里面呢。

召南·野有死麕

野有死麕，白茅包之。
^{jūn}

有女怀春，吉士诱之。
^{tòu}

林有朴樕，野有死鹿。
^{sù}

白茅纯束，有女如玉。
^{rú}

舒而脱脱兮！
^{tuì}

无感我帨兮！
^{hàn} ^{shuì}

无使尨也吠！
^{máng}

麕

这首诗，也是在讲一个爱情故事。三章递进，一章比一章更有趣。

第一章讲的是一个青年猎人，分到了一块獐子肉（"麕"就是獐子），赶紧用白茅把它包起来。白茅就是丝茅草，它的颜色很干净，所以叫"白茅"，过去就拿它当包装。包起来做什么呢？他想到了一个正在想谈恋爱的青年女子，准备去追人家。"有女怀春，吉士诱之"，这个"怀春"，郑玄解释说是女子想在春季结婚，这是一种掩饰性的说法，不合常识。其实"怀春"就是思春，女子到了适婚年龄，就想要找对象、谈恋爱，就叫"怀春"。"吉士"指这个青年猎人自己，"诱之"就是要去追求她。看来这个青年猎人想低成本成就好事，一块獐子肉就想把人家追上手。

我小时候的那位老师，是一个前清秀才，他把这个"诱"字读tòu，解释说这个字就是"逗弄"的"逗"，我想他是有道理的。因为"包"就是"兜"的意思，大家可以仔细体会。

第二章的"林有朴樕，野有死鹿"有两种解释：一种是说野外那里又打死了一头鹿，这个猎人又分到一块肉；另一种是说这里不是指鹿肉，而是指两张鹿皮。后一种说法可能更有道理。因为古代男子追求女子，要去下聘（就是订婚），是要送礼的，礼物中要有一件"俪皮"，就是两张鹿皮。鹿皮是很值钱的，作为聘礼要成双地给女家送去，以示郑重。当然两种说法都成立，就是这个猎人要拿东西去作聘礼。这个"朴樕"，古人说是青冈树，其实不对，它是泛指各种小树，也就是灌木丛。这个青年猎人很有心计，送礼之前，他先做好了地形侦察，看中了树林里面一处灌木丛。他是有"战略安排"的，什么安排？我们看下面就会明白。"白茅纯束"，就是用白颜色的丝茅草把那两张鹿皮（或者是一块鹿肉）捆起来。捆起来做什么？他还是在想那个女子。"有女如玉"，就是说那个女子非常漂亮，肤色好得像玉一样。这个"玉"要读成 rú。

朴樕

接下来第三章，你就会明白他为什么相中了那一处灌木丛："舒而脱脱兮！无感我帨兮！无使尨也吠！"这三句是那个女子在说话。舒者，缓慢也，"舒而"就是"慢嘞"，是女子叫那个猎人"你慢点嘞"。"脱"要读 tuì，行为得体之谓也，"脱脱兮"就是"动作文明点嘛"。有这两句话，我们就知道这件事情是发生在那个灌木丛里面的，所以前面一段的"林有朴樕"绝对不是多余的。这个"感"要读 hàn，就是"撼动"的"撼"，撼者，动摇也。"帨"读 shuì，它是什么呢？《周礼》上有说明：那时的成年女子要戴"帨巾"，就是一张手帕，是挂在左胸前的。它有什么用呢？搞卫生：抹桌子、掸灰尘都可以。旧社会馆子里面的堂倌，左肩上都搭着一张帕子，叫"随手"。那个"随手"就是这个"帨"，本来该叫"帨手"，好随时取下来的意思。这个女子对青年猎人说"无感我帨兮"，就是"你不要动我这个帨巾"——原来是他的手都碰到女子的左胸了，女子又不好直接说，只能说"你不要动我的手帕嘛"。这和后面的"无使尨也吠"，都是很含蓄的提醒：你不要动作大了，不要弄得远处那家人的莽子狗汪汪地叫起来，言外之意是那样一来就什么都做不成了。"尨"读 máng，指藏獒一类的大毛狗，至今民间还把一些狗叫"莽子"，就是这个"尨"。这个字出现得很少，很容易错成简写的"龙"。要是看简化字，你肯定会说这才怪嘞：一只犬有三根毛就是大毛狗，只有一根毛就是龙？这就是简化字的荒谬。

这首诗很有戏剧性：青年猎人是实用主义，打到一块肉就赶快去讨好自己的意中人；第二次去下聘礼，就把人家喊到树林里面的灌木丛里头去了。而这个女子是讲礼的，有所矜持，劝告他不能乱来——这完全是古代社会生活的一幅风情画，非常真实。如果孔老夫子都像郑玄、朱熹一样，认为这样的诗是在搞精神污染，我们就没有机会领略这些诗的趣味了。

邶风·柏舟

汎彼柏舟，亦汎其流。

耿耿不寐，如有隐忧。

微我无酒，以敖以游。

我心匪鉴，不可以茹。

亦有兄弟，不可以据。

薄言往愬，逢彼之怒。

我心匪石，不可转也。

我心匪席，不可卷也。

威仪棣棣，不可选也。

忧心悄悄，愠于群小。

觏闵既多，受侮不少。

静言思之，寤辟有摽。

日居月诸，胡迭而微？

心之忧矣，如匪浣衣。

静言思之，不能奋飞。

柏

　这诗……五章一气呵成，娓娓而下，
将胸中之愁思、身世之飘零，婉转申诉出
来。通篇措词委婉幽抑，取喻起兴细巧工密，
在素朴的《诗经》中是不易多得之作。

　　　　——俞平伯《茸芷缭蘅室读诗杂说》

《诗经》中的"风"诗，主要是春秋时期中原一带的诸侯国的诗歌，大都是各地的民歌，它们的共同特征，是带有很浓郁的地方色彩和民间趣味，好像就是那一个国家的某种风俗、风气。汉代的儒生说什么"上以风化下，下以风刺上，主文而谲谏，言之者无罪，闻之者足以戒，故曰风"，虽然"言之者无罪，闻之者足以戒"说得很好，但是这样去理解这些诗，就很迂阔，属于过度解读了。

　　邶，读 bèi，是一个很小的国家，但它的诗却特别好。为什么叫"邶"呢？这是因为它在古城朝歌的北面。朝歌是商朝灭亡前的首都，就是武王伐纣的时候殷纣王住的地方。为什么它在朝歌北面就叫邶国呢？我们在《殷其雷》里面已经讲过，黄河流域的建筑物都要坐北朝南，以利于采光和取暖，这样一来，北边就是"背"，"北"在古代就读"背"，所谓邶国，就是指"在背后的那个国"。邶国在春秋时代很早就被卫国吞并，在孔夫子的时代已经不存在了，但是孔夫子非常公道，《国风》中保留的《邶风》篇章最多，而且那些诗确实非常好。显然，孔夫子选诗，只看诗本身的好坏，而不去管国家的大小强弱，文学和政治就应该是两个标准嘛。我从其中选了六首来讲，现在先讲《柏舟》。

　　"柏舟"就是柏木造的船。并不是所有的木料都可以用来造船的。华北平原没有楠木，没有香樟，最好的造船材料就是柏木。这首《柏舟》跟我们前面讲的那些诗有所不同，它的作者很可能是当时卫国的一个官员，官位还不低。从这首诗里面能看出来，他在卫国朝廷里是很有地位的，但却碰够了钉子，因此就写了这首诗，抒发他的愤怒和不满，还有对现实的批判。

这首诗的一开始，是说作者下了班回来，因为受了一肚皮的气，就喊仆人把家中的船划出去——因为他这个官当得大，家中就有船——仆人问他往哪边开，他就说："哎呀，就顺水漂，就随那个大流嘛！"这就是"汎彼柏舟，亦汎其流"。"汎"通"泛"，泛者，漂也；彼者，那个也。"亦汎其流"，就是说我们也像别人一样，随大流吧，漂到哪里算哪里。这头两句就已经是在发牢骚了。接下来两句就说明他受到了不公正的待遇，心态不好，结果"耿耿不寐，如有隐忧"。"耿"的本义是指耳朵发烧，它的字形就是"耳"旁一个"火"嘛。古人和今人有相近的一些迷信，认为耳朵发烧是因为有人在说他。我们小时候常听大人说："耳朵烧，有人叨。"这个"叨"不是"叨扰"的意思，而是泛指恶意的言语。这是因为这位官员在朝廷里面不得意，夜晚想起来心里就有气，他就想："那一帮小人一定又在议论我！"这样一想，耳朵一下子就烧起来了，这一烧就失眠，隐隐感到要发生什么不测。"如"在这里作"而"讲，就是还有隐忧。漂了一阵还是满心焦躁，觉得这一肚皮的气隐隐难平，喝酒都消不了愁，只好继续在水上漂起耍。他心头担忧，估计别人要整他，但是又说不清楚，有些模糊，怎么办呢？没有办法："微我无酒，以敖以游。"微者，非也，"微我无酒"就是说：不是我没有酒，就是喝了酒还是解不了心里的忧。那就只好这么泛舟消愁。"敖"和"游"意思一样，都是出去耍。

第二章里面，他继续在想那些不开心的事："我心匪鉴，不可以茹。""鉴"是镜子，"茹"在这里的意思是容纳、忍受。他说：我的心又不是一面镜子，镜子倒是什么东西都可以容忍，随便什么都可以到那里去照，它都不动感情；我的心不是那样，我是有是非判断的，容不下那些乌七八糟的事情。然后呢，他就想去找个兄弟说一下，诉诉苦，没想到刚说两句就得罪了人，那个兄弟不但不劝解他，反而冲他发怒，让他觉得这些兄弟靠不住，所以就说："亦有兄弟，不可以据。"这里的"兄弟"不一定是同胞兄弟，从前的人家族观念重，同一个姓的平辈人皆为兄弟，特别是在政界，古代的人非常讲究这个，你在外面时，要是你的宗族、同姓氏里有很多弟兄都在当官，你的处境就会好些。本来以为兄弟都应该同患难、共进退，但是我的这些兄弟靠不住，"不可以据"。这个"据"是"依据，依靠"的意思。为什么靠不住呢？因为"薄言往愬，逢彼之怒"。薄者，迫切也，忙忙慌慌也；"言"相当于我们现在说的"那个样子"。慌慌张张的那个样子，就叫"薄言"。"愬"是"诉"的古写，"往愬"，就是到他那里去诉苦。"逢"在古代读音近 pèng，就是我们今天说的"碰钉子"的"碰"；"彼"就是指那个发怒的兄弟。

接下来，这位官员一边愤愤不平，一边为自己打气："我心匪石，不可转也。我心匪席，不可卷也。威仪棣棣，不可选也。"匪者，非也；转者，转动、改变也；卷者，收卷之意也；"威仪"，本义是容貌端庄，在这里指做人的尊严；"棣棣"，本是秩序井然的意思，在这里指堂堂正正；"选"在这里读 xùn，通"巽"，屈服的意思。这一段是说：我的心不像石头，石头再大都可以转动，实在转不动的还可以用杆子去撬动，我的心无法转动，我不可能顺着他们那些人的意思打转转；我的心不是床上的席子，要就要，不要就卷起来，我的心卷不起来，我不会畏缩退避；我做人堂堂正正，有自己的尊严，不会去给那些小人赔笑脸！古往今来，这样的情形都差不多，讲原则的人，很正派的人，就是很难见风使舵，做不来那些低三下四的样子。人家说"你转变一下态度，很快就适应了嘛"，但他就是转不过来。这一章里面的"匪石""匪席"，和第二章里面的"匪鉴"，一连三个比喻，用得多么好哦！

在那个小小的卫国，上有昏君，下有乱臣贼子，全是一群小人，这位官员的处境太艰难了，他在朝廷里面无法诉说，回到家里也不好说，只能一个人把忧愁闷在心里，所以他在第四章里说自己"忧心悄悄"。悄者，无声也。作为一个正人君子，当然要遭那些人的忌恨，这就是"愠于群小"。"愠"就是恨、愤怒，加一个"于"字，在这里是被动语态，是被恨、被憎恶。谁在恨？那一群勾结在一起的小人。后面的两句，是天生的一副对联，每个字都对得很工整："觏闵既多，受侮不少。"觏者，遭遇也；闵者，忧伤也。就是说我遭遇的忧伤已经很多了，受过的侮辱已经很不少了。诗人并不是有意要在这里做对偶句，这是汉语言特性的自然呈现，后来才被广为应用，成为一种特定的修辞手法。面对这么多侮辱，遭遇这么多忧伤，任何人心头都难以平静，所以他越想越怄气，又无处发泄，只能捶胸顿足，抓起身边的东西来摔："静言思之，寤辟有摽。"这个"静言"不是平静、安静，而是无法说出，只能闷想；"之"是代词，指那些屈辱和忧伤。"寤"是反方向的意思，《左传》里有一篇《郑伯克段于鄢》说庄公"寤生"，就是他妈妈生他的时候，他是倒着出来的，不像顺产的婴儿那样先是头出来。这个"辟"本来是手掌向外拍，"寤辟"就是反起拍。他拍哪里呢？那只能是拍自己的胸口，就是气得拍胸口。这个

"摽"是"抛"的古字，我们前面已经讲过；"有摽"就是抓起东西摔出去。这两句诗，非常形象地刻画出这位官员气愤到极点的样子。气成这样，我真担心他非得癌症不可。

这样的心头难受，在最后一章表现得更加细腻而生动："日居月诸，胡迭而微？心之忧矣，如匪浣衣。静言思之，不能奋飞。"这里的"居"和"诸"都是虚词，分别是"其乎"和"之乎"拼出来的发音，"日居月诸，胡迭而微"是他在呼天抢地地发问：太阳啊月亮啊，你们为什么都是这么昏暗不明呀？"胡"就是为什么；"迭"是一个迭一个，一个跟一个；"微"是昏暗不明。这是在说什么？国君糊涂，奸臣太多，让他觉得天昏地暗、日月无光。这种情况下，他的感觉当然非常不好，"心之忧矣，如匪浣衣"。这两句是在形容那种说不出来的忧闷烦恼，好像自己穿了一件被汗水湿透的脏衣服，浑身不舒服。"匪浣衣"就是没有洗的衣服。他的这种感受，就好像一些精神上出了问题的人，一会儿觉得手上长满了疙瘩，老是去洗手；一会儿又觉得脚上糊满了泥巴，总要去洗脚。总之就是心里别扭，觉得哪里都不对头。这个比喻之生动传神，在我见过的文学作品中，绝对是独一无二的！这么难受，他当然就想要摆脱，心想要是能够像一只鸟那样飞走就好了。但问题是他走不脱。他冷静下来一想："我是朝廷官员，我往哪里走？卫国就是我的祖国，受到排挤也是没有办法的事，我只能待在这里，我没法像一只鸟那样自由地飞出去。"这就是"静言思之，不能奋飞"。烦恼莫名，却又无计可施。一个正直的人，遭遇这种昏聩黑暗的环境，卷进那些不明不白的纠纷旋涡里，都会有这样的感受。

一首好诗中间，绝没有多余的东西，每一句、每个字都是它的有机结构的一部分。比如，这首诗一开始写到划船，他并没有说他是下了班回到家中，但是给我们留下了想象空间：既然提到了划船，语气又是那么不耐烦，我们就可以假设，是他从朝廷里面受了气回来，这样我们就进入了它的现场，后面的诗句，理解起来就很自然了。最后这两句"静言思之，不能奋飞"，我们也可以想象那个语境：他一个人在家里怄气的时候，他养在笼子里、挂在屋檐下的一只鸟突然叫了起来，顿时让他浮想联翩："我要是像那只鸟一样有翅膀就好了……"我们要深入理解一首诗，需要反复多看几次，运用我们的知识和生活经验去联想、去感受，把每一个部分组装起来，成为一个现场，成为一个故事，里面的人物也就变活了。

邶风·燕燕

燕燕于飞，差^{cī}池其羽。　燕燕于飞，下上其音。
之子于归，远送于野。　　之子于归，远送于南。
瞻^{zhān}望弗及，泣涕如雨。　瞻望弗及，实劳我心。

燕燕于飞，颉^{xié}之颃^{háng}之。　仲氏任只，其心塞渊。
之子于归，远于将之。　　终温且惠，淑慎其身。
瞻望弗及，伫^{zhù}立以泣。　先君之思，以勖^{xù}寡人。

为万古送别之祖。

——［清］王士禛《分甘余话》

譬如画工一般，直是写得他精神出。

——［宋］朱熹《朱子语类》

卫庄公死后，留下夫人庄姜，还有一个叫戴妫的女人。这两个人关系很特殊，要讲一段故事才弄得清楚。

庄姜是齐国国君的女儿。卫庄公求娶庄姜，完全是出于政治上的考虑，并不爱她，所以娶过来以后，基本上就让庄姜幽居独处。后来卫庄公又娶了陈国一个叫戴妫①的女子。戴妫是戴姒的妹妹，按当时的风俗陪嫁来到卫国。后来戴姒病故，卫庄公又娶了戴妫，还与之生了一个儿子，但卫庄公很快又移情别恋了。备受冷落的戴妫和庄姜同病相怜，又同时幽居深宫，日久生恋，就有了特殊的关系。卫庄公死后，卫国出现内乱，州吁是卫庄公的私生子，他把戴妫和卫庄公生的儿子杀了，自立为君，为消除隐患，强行把戴妫送回陈国。历来的《诗经》研究者都认定这一首《燕燕》是"庄姜送归妾之作"。

全诗共四章，结构有点特别，我们慢慢分析。

第一章写的场景是在春天的原野上，诗人目送自己的爱人出嫁。"爱人嫁人了，丈夫不是我"，诗人当然就很伤感，他站在那里，看着婚车队伍越走越远，又看到雌燕雄燕，成对双飞，触动了心中关于这一段不幸的爱情的记忆，伤心而哭。什么叫"燕燕于飞"？答案很简单，就是两只燕子在飞，一雄一雌，代表着爱情，也说明了季节：每年的阴历三月，燕子要从南方的珠江流域、长江流域飞到黄河流域，在原野里翔舞。这个"于"是虚词，没有具体意思。"差池其羽"是说这两只燕子一前一后地飞。"差池"的"差"读 ci，"差池"就是

---

① 《左传·隐公三年》："卫庄公娶于齐东宫得臣之妹，曰庄姜。美而无子，卫人所为赋《硕人》也。又娶于陈，曰厉妫。生孝伯，早死。其娣戴妫，生桓公，庄姜以为己子。"据此，文中"戴姒"应为厉妫。妫为姓，厉、戴为谥号。

我们现在说的"参差"，这是个双声联绵词，凡是不齐的，都可以叫"参差"。"羽"不是羽毛，而是鸟的量词，比如说一羽、两羽、三羽，就是一只、两只、三只鸟。"之子于归"，就是"那个女子出嫁了"。"远送于野"是送了很远，因为这里的"野"特指远郊之外，所谓"邑外谓之郊，郊外谓之野，野外谓之林，林外谓之坰"。"瞻望"是望向远方；弗者，不也；"及"就是到。"瞻望弗及，泣涕如雨"是说这位满心伤痛的爱人，痴呆呆地站在那里，目送着那支送亲的队伍，一直到它从地平线上消失，看不到了，就像李白所说的"孤帆远影碧空尽，唯见长江天际流"。但李白没有哭，而这位诗人一直在偷偷地哭，所以叫"泣"。哭是哭，泣是泣，哭而无声谓之"泣"，所以你看"哭"字上面有两个口，大张着嘴巴，自然就是出了声的；而泣是没有声音的，是无声地哭，只有泪如雨下。

按今天的读音，这几句诗是不押韵的，但"羽""野"和"雨"古音同在一个韵部。所以《诗经》可以为我们证明，在两千五百年以前，许多字的发音和现在就是不一样的。

第二章，诗人无法再远送他的爱人了，就停下脚步，呆呆伫立，目断天外，那两只一高一低相伴飞行的燕子，又触动了他的感伤："燕燕于飞，颉之颃之。之子于归，远于将之。瞻望弗及，伫立以泣。""颉"是低，"颃"是高。"远于"是"比……还远"的意思。比哪里还远？比诗人能够远眺、能够目送的地平线的那一边还远。"将"就是送，这里只能是目送。"之"作为动词，这里可理解为"到达"。华北平原上，站的地方稍稍高一点，视线就能到达很远很远的地方。说"远于将之"，就等于是说远在天外了，这是在为再次出现的"瞻望弗及"

做铺垫。"伫立"是停下来，长久地站立。我们这位诗人只能在那里凝望，心情低沉，止不住眼泪的流淌。

这首诗的第三章，是写燕子此起彼落地对歌、唱和，加重了诗人心中的痛苦："燕燕于飞，下上其音。之子于归，远送于南。瞻望弗及，实劳我心。"这个"南"是南郊外的意思；劳者，苦也；"实"就是我们常说的"真是，实在是"。这最后一句是在强调：这样的情形，实在是使我心痛苦。"我"是谁呢？就是这个目送新嫁娘的诗人。到这里他才正式亮相，以"我"现身。这三章在结构上都是一样的，这说明什么？它在暗示这首诗是当时的一首流行歌曲，是拿来唱的，每一段都是"燕燕于飞"，描绘的情景从"差池其羽""颉之颃之"到"下上其音"，就是从双飞的身影、飞行的动态，一直到它们在空中的欢唱，最后是说一只燕子的声音高，一只燕子的声音低，这就叫"下上其音"。

请大家注意，我们现在的语言习惯是说"上下"，由来已久了，只有商朝的时候例外，商朝不说"上下"，说"下上"，这是在甲骨文里面发现的。而邶国这个地方，是商朝都城朝歌的地界，虽然到周朝了，它的语言形态仍然保留着前一个朝代的特点。你不要以为语言不分朝代，语言往往是打上了时代烙印的。比如现在，中华人民共和国十三亿人①，都说"全心全意"，但是在中华民国时期，四万万五千人的时候，说的都是"全心全力"，现在再也没有人说"全心全力"了，它就是那个时代的语言特色。在第三章里面我们还可以

①　截至 2022 年，全国人口为 14.12 亿人。

发现："南"这个字，古代的读音也和今天的不同，它和"音""心"是押韵的。

虽然这首诗是当时的流行歌曲，但它非常美，美在含蓄，不像现在那些口水话一样的流行歌曲，乱七八糟，肤浅得毫无美感，不配叫诗，人家这个才叫作诗。它用了一种很委婉的比喻，既做了很真切、很深沉的表达，又一点都不失自尊，为我们留着很空阔的审美想象空间。现在唱的那些流行情歌，一失恋就捶胸顿足，一副要死要活的样子，哪里还有什么自尊？人家这三段歌一唱起来，你就觉得很同情这一对恋人，尤其要同情这个诗人，觉得他遇到了这样的事情都能克制自己，并没有呼天抢地。由此我们知道，流行歌曲只要写得好，也可以是非常好的诗。现在的这些歌手应该好好学习一下这首诗，研究一下能不能做一个现代改编，让它古为今用。我相信，如果改得好，唱起来一定非常感人。

前面这三章，已经是一首完整的、非常好的诗。但这首诗最后还有一章。研究《诗经》的人，都觉得这一章极其不自然，像是安装了一个尾巴。为什么会这样呢？这就要回到我们一开头说的故事——原来古代也有同性恋，这首诗就是证据。从汉代以来，《诗经》专家们一直是这样解释的。我们可以推测：这首诗是庄姜把当时邶国的流行情歌拿来，在后面加了一个尾巴："仲氏任只，其心塞渊。终温且惠，淑慎其身。先君之思，以勖寡人。""仲"是老二，"任"是姓，所以称她是"仲氏任"，"只"是虚词。从前的女子没有名字，就是这样称呼，比如大家熟知的"孟姜女"，就是指"姜家大姑娘"："孟"是老大，"姜"是她的姓。"仲氏任只"就是"任家二妹子呀"。什么叫"其心塞渊"？"塞"字的本义是把一个东西塞满，塞满了它就实在了，所以可以引申为充实，这里是说心地踏实；"渊"是说性情很深沉。这样一分析，我们就知道确实是那个国君夫人的话了："这个任家二妹子，她的心又可靠又深沉。""终温且惠，淑慎其身"是说她既很温和又很贤惠，"终"和"且"连在一起，是"既……又……"的意思，这种句式结构在《诗经》里多次出现。而且，这个二妹子还非常贤淑，非常小心谨慎——只和我好，没有去乱谈恋爱。"淑"是贤淑，"慎"是谨慎，这也是庄姜在夸她，说她感情专一。"先君"就是死了的卫庄公；"之思"是"用意"的意思；"以勖"就是帮助；"寡人"在这里就是寡妇，不是君王的自谦之称。最后这两句是说：已故国君想得很周到，为我考虑，为我留下了任家二妹子。庄姜不能直接说出她和戴妫的恋人关系，就拿这个说法做幌子，包括把戴妫的姓氏换掉，都是为了掩人耳目。我们可以想想：如果只是一般的姊妹感情，她怎么会把这些话安到这样一首流行情歌后面呢？全诗结构上的特殊性，在这里得到了很好的解释，所以有专家认为这首诗表达的是同性恋感情，这个说法应该是可信的。

黄鸟

邶风·凯风

凯风自南，吹彼棘心。
棘心夭夭，母氏劬劳。
　　　　qú

凯风自南，吹彼棘薪。
母氏圣善，我无令人。

爰有寒泉，在浚之下。
　　　　　　xùn　hǔ
有子七人，母氏劳苦。

睍睆黄鸟，载好其音。
xiàn huǎn　　jì
有子七人，莫慰母心。

非朴无以见其真，非直无以见其诚。

——程俊英 蒋见元《诗经注析》

这一首《凯风》，写的是一个寡居多年、带大了七个儿子的母亲，因为生活艰难，要改嫁了，她的大儿子，就是七个弟兄中的老大，写了这样一首诗，表达对母亲的理解，当然也很伤心。他深知母亲非常善良，不是要抛弃他们，而是一家人实在没有办法生活下去，因此他对母亲没有一个字的指责，只是责怪自己，说是怪只怪我们这些当儿女的不成才。所以古人说这首诗是"孝子之诗"。

诗歌的第一章，就充满了对母亲的感激之情：我们一家人生计艰难，就像荒原上的酸枣树；我的母亲辛勤地操劳，受苦受累，护持我们长大，就像温暖的南风，让酸枣树长得枝条茂盛。"凯"有柔和的意思，"凯风"就是温暖的风；"自南"就是自南方吹来；"棘"是北方的酸枣树，我们成都平原没有，"棘心"是古人常用的比喻，他们把长在一棵树中间、往上面冲的嫩芽，就叫作"心"。"夭夭"是生长茂盛，《桃夭》中已经讲过的；"母氏"就是母亲，用"氏"是尊称；"劬"是受苦，"劬劳"就是受苦受累。一个寡居的母亲带着一群娃娃，确实是非常辛苦的，古人的生活条件又差，这样的操持就更加艰难。她的大儿子首先要表达的，就是对母亲操劳的感激。

这个大儿子非常懂事，他感慨了母亲的辛苦之后，就站在儿女的角度自责，说是都怪我们不成器、不能干，言外之意就是说：如果我们弟兄都成了才，就能让母亲留在家里，她就不会再嫁了嘛！这就是第二章的意思："凯风自南，吹彼棘薪。母氏圣善，我无令人。"这里把"棘心"换成了"棘薪"，就是酸枣树上强壮的枝干，比喻儿女长大了；"圣善"是说他的母亲既通达事理，又心地善良；"我"在这里是复数，是在代表他们七个弟兄说话；"令人"是指能干的、有本事的人。你看他这些话，没有半个字是指责母亲的，所以古人都赞叹《凯风》是"孝子之诗"。

第三章："*爰有寒泉？在浚之下。有子七人，母氏劳苦。*"这个"爰"是虚词，是"于"和"焉"两个字拼起来的，"于焉"两个字读快了就是"爰"，"于焉"就是在哪里，在何处。"寒泉"是冰凉的泉水，用今天的话说就是优质矿泉水，我们四川乡下喊的"凉水井"里面的水。什么地方有这样的泉水呢？"在浚之下"。"浚"是卫国的一个城市，就叫浚城；"下"还是读古音 hǔ，与"苦"押韵。这个"寒泉"不是这首诗凭空编造的，有研究历史的告诉我们，在浚城有座山叫寒泉冈，那里原来就是有"寒泉"。接下来的诗句"有子七人，母氏劳苦"，就是我们妈妈白养了我们七个儿子，一天都没有享到福！前面两句，是这个老大想到后面这件事时的心情：想到母亲为生活所迫而选择改嫁，我的心就像浚城的那种泉水，凄寒冰凉。

第四章是这个老大的重复自责："*睍睆黄鸟，载好其音。有子七人，莫慰母心。*""睍睆"读 xiàn huǎn，象声词，鸟叫的声音；"黄鸟"又叫"苍根鸟"，民间叫"黄鸟窝儿"，就是杜甫《绝句》里面写的"*两个黄鹂鸣翠柳*"的那个黄鹂，它的叫声非常悦耳，所以说"载好其音"。这个"载"要读作 jì，就是"既然"的"既"，两个字是相通的，用在这里也是虚词。《诗经》里面，凡是这种"载……载……"结构的，一般都是这个意思、这个读音，但是现在我们都不知道它的读法了，连中央电视台都把"载歌载舞"读成"zài gē zài wǔ"，都是按照现在的注音读的。"莫慰"就是无法安慰：春天来了，黄鸟的叫声那么好听，它都可以用叫声让人们愉悦，我们母亲，白白生了我们七个没出息的儿子，我们不能让母亲安心地生活，我们真是连黄鸟都不如哦！

　　读了这首诗，我们心头会非常难受。因为这个长子非常体谅母亲，通篇都没有说穿母亲改嫁这件事，做儿子的他不好直接说，只是反复责备自己。古时候的人评价《诗经》"温柔敦厚"，敦者言人很踏实，厚者言心很厚道。《凯风》所表现出来的这个心情，就叫"敦"，就叫"厚"。这样的诗，不仅可以供我们欣赏诗歌之美，也有潜移默化的教育效果。现在有一种社会现象，很多当儿女的阻拦老人的婚姻，还怪老人们不替他们着想，一说起就充满怨恨。这是一种非常自私的想法，这样的儿女，应该来好好读一下这首《凯风》。

邶风·匏有苦叶

匏有苦叶，济有深涉。
深则厉，浅则揭。

有弥济盈，有鷕雉鸣。
济盈不濡轨，雉鸣求其牡。

雍雍鸣雁，旭日始旦。
士如归妻，迨冰未泮。

招招舟子，人涉卬否。
人涉卬否，卬须我友。

匏

虚心平看，自有意味。

——[宋]朱熹《答周叔瑾》

这首诗是从一个恋爱中的女子的角度，写她三番五次来到河边渡口，等她河对岸的恋人。

"匏"是一种瓜，就是我们说的瓢瓜，它成熟、风干以后，可以把它对半切开来做水瓢。由于古代黄河流域菜蔬非常少，很多瓜的叶子都要摘来当菜吃，这个匏瓜的叶子一到夏天就渐渐变苦，不能吃了。"匏有苦叶"就是点明季节：夏天来了。她要在渡口约会，男朋友在河对岸，她当然要关心河水的深浅，所以马上就想到了"济有深涉"。"济"是渡口，"涉"是徒步蹚水。那个时候并不是到处都有桥，没桥的地方就只能涉水过河。怎么过呢？"深则厉，浅则揭"。这个"厉"与"砅"同音，"砅"的意思是踩着石头过河。这是过去的一种渡河设施，就是在水里竖一溜大石头，间距很小，高出水面，供人们踩着过河，称为"跳蹬"。我们成都有个地名叫"跳蹬河"，原来那里就有"跳蹬"。"揭"就是把衣裳挽起来，这是直接踩水过河的动作。因为对岸的男朋友还没有过来，这个女子就在心头念叨："水要是深了，你可以从那个跳蹬上过来嘛；要是还不深，你就挽起衣裳，直接踩水过来了嘛。"——只有恋爱中的人，才会想得这么细。

第二次约会，已是夏末秋初，水势更大，渡口已经淹完了，虽然满河都是水，但车子还是可以过的。大概她的男朋友家里比较有钱，她晓得他们家有车，还是可以过河来约会的，所以她就竖起耳朵听车子的声音，结果听到了岸边一只母野鸡在叫。这就是第二章："有弥济盈，有鷕雉鸣。济盈不濡轨，雉鸣求其牡。"弥者，涨大水也；盈者，满也，漫也；"鷕"读 yǎo，母野鸡的叫声。"濡"是沾湿；"轨"与"牡"上古同韵，指车轮的轴，因为那时的车身很高，轮子也大，渡口虽然河水弥漫，但还淹不到轮轴，她这么说，是认为男朋友还是应该会过河来赴约会；"牡"在这里指公野鸡。因为这个女子正在谈恋爱，对很多事情就比较敏感，连那个野鸡叫她也听得出公母来。这一句很微妙地反映了这个女子的天真情态："那只母野鸡是不是也像我一样，正在等它的男朋友呢？"

进入第三章，季节已是秋天，这个女子又在江边渡口那里等，而且还是一大早就去了，朝阳刚刚露脸，大雁在晨光中飞鸣，她也在心里嘀咕："你要娶我就要抓紧，一定要赶在河水冰封以前哦！"因为古代的婚姻礼仪有规定：河水封冻以后，婚姻就不举行了，必须等到第二年天气暖和以后。这就是第三章的内容："雍雍鸣雁，旭日始旦。士如归妻，迨冰未泮。""雍雍"是大雁的叫声，读 yōng yōng，这就说明华北平原已经是秋天了。"旭日始旦"，是说早晨的时候太阳才刚刚出来；"士"是男子的通称，在这里说她的男朋友；"如归"就是"如果你要娶我"，我们在前面已经讲过，女子出嫁就叫"归"；迨者，等也；泮者，泮合也，河面结冰是从两边向中间延伸的，等到两边合拢了，就叫"泮"，就是河水封冻了。这是在提醒她的男朋友：要抓紧时间，快点来娶我。大概这个女子已经有点着急：我都在这儿等了你那么多次，你来了就光晓得谈恋爱，又不说什么时候结婚，未必你还要拖到明年吗？

最后一章，这个女子还在渡口等人。河水冰凉，过河已经必须坐船了，船夫以为她也要过河，就向她招手，人家是好心，她却不领情："你们坐，我不坐，我才不过去呢。"这就是"招招舟子，人涉卬否"所要表达的。"舟子"就是船夫，"招招"是他招手的动作；"人"

在这里指他人、别人；"涉"还是渡河，这里指坐船过河；"卬"读áng，就是我；"否"在这里应读 pǐ，就是"不"。为什么不？女子有她的自尊心：按一般谈恋爱的规矩，应该是男就女嘛，一个女子哪里能够急吼吼地就朝男子那边跑呢？所以她在心里说："人涉卬否，卬须我友。"——他们去坐船，人家才不去呢，人家要等男朋友过来！她还是很骄傲的。这个"友"要读古音 yǐ。

从头到尾，这首诗只是反复写那个女子在渡口等人的场景，从季节的变化、心态的刻画到语气的描摹，把那个谈恋爱的女子表现得活灵活现。

邶风·谷风

习习谷风，以阴以雨。
黾勉同心，不宜有怒。
采葑采菲，无以下体？
德音莫违，及尔同死。

行道迟迟，中心有违。
不远伊迩，薄送我畿。
谁谓荼苦，其甘如荠。
宴尔新昏，如兄如弟。

泾以渭浊，湜湜其沚。
宴尔新昏，不我屑以。
毋逝我梁，毋发我笱。
我躬不阅，遑恤我后。

就其深矣，方之舟之。
就其浅矣，泳之游之。
何有何亡，黾勉求之。
凡民有丧，匍匐救之。

不我能慉，反以我为仇。
既阻我德，贾用不售。
昔育恐育鞫，及尔颠覆。
既生既育，比予于毒。

我有旨蓄，亦以御冬。
宴尔新昏，以我御穷。
有洸有溃，既诒我肄。
不念昔者，伊余来塈。

妇人为夫所弃，故作此诗，以叙其悲怨之情。

——[宋]朱熹《诗集传》

古时候男女不平等，没有离婚一说，只有丈夫可以"休妻"。休者，停止也，就是丈夫单方面终止夫妻关系。这首《谷风》就是写一个被休掉的妻子，在被撵出夫家之际，一边数落负心的丈夫，一边还担心着自己的娃娃，怕他们被狠心的父亲和后母虐待。全诗六章，把一位被抛弃的妻子、被迫离别子女的母亲刻画得细致入微。

在第一章里面，她还在哀哀戚戚地给那个丈夫讲道理：夫妇共同生活，需要同心协力，有点磕磕碰碰，就像春天的阴雨一样，都应该是和风细雨的，不应该动辄发这么大的脾气（指她丈夫要休妻这件事），这就是"习习谷风，以阴以雨。黾勉同心，不宜有怒"。"谷风"就是"和风"；黾勉者，努力也；有怒者，发脾气也。她开导说：过日子要重实际，就像挑选蔓菁、萝卜一样，难道不是要看重下面的根茎吗？言外之意就是不能只图叶子好看，这是批评她丈夫的另寻新欢："采葑采菲，无以下体？""葑"是蔓菁，一种根茎类蔬菜，有点像我们四川那种圆白萝卜，但是和萝卜不同科；"菲"在这里就指萝卜；无以者，"不是要用"之谓也。说了这些道理，这位妇女又提醒她的丈夫："德音莫违，及尔同死。"——"结婚之初，你说的那么好听的话，你都忘了吗？我本来是指望和你白头到老的啊！"德音者，当初夫妇相爱时说的美言也；莫违者，不要违背也；尔者，你也，这里指她丈夫。

但这些话说来全都没用，那个变了心的丈夫还是要赶她走，这位伤心的妇女不愿离去，走得很不情愿，所以第二章一开头就是"行道迟迟，中心有违"。行道者，上路也；迟迟者，慢慢也，一步一回头之状也；"中心"就是内心；违者，违背也，不愿意也。但她再不愿意，终究要走，因为丈夫坚持要休掉她，她就没有权利留在这个家中了，她只好哀求她的丈夫：“不远伊迩，薄送我畿。”意思是说我也不要你送我好远，你就把我送到村边上行不行。这个“伊”是语助词，没有意义；迩者，近也。“薄”在这里作“勉强”解，“畿”在这里指村庄的边界，“薄送我畿”就是“你好歹把我送出村”的求告。为什么要这样？她还有好多话要说：“谁谓荼苦，其甘如荠。宴尔新昏，如兄如弟。”荼者，苦菜也；荠者，荠菜也，是一种味道鲜美的野菜；宴者，安乐也；尔者，你也，你们也，这里指她的丈夫和丈夫的新欢；“昏”是古“婚”字。这几句诗是说：你们只管舒舒服服地享受新婚，好得像亲兄弟一样，一点都不顾我现在的心情，我比苦菜还要苦！

荼

按照当时的风俗，男子纳妾未必就一定要休妻，但她的丈夫显然是为了讨好新欢，也说明那个新来的妇人很刁蛮，所以一定要把前妻赶走，还反过来说留下她家中不得安宁。这位妇女当然不服气，第三章里，她就提醒她的丈夫："泾以渭浊，湜湜其沚。宴尔新昏，不我屑以。"——家中不安宁，是你引来了祸水，我们家本来像泾河那样清澈见底，是你把那个人弄进来，就像把浑浊的渭水引进了泾河一样；是你们要享受你们的新婚，就不待见我，不能容忍我。湜者，水清亮也；沚者，水底也；"不我屑以"是"不屑于我"的倒装句，这是那个时候的语言习惯。她对丈夫的指责做了辩白以后，想起了自己的孩子，就赶紧跟他办交接："毋逝我梁，毋发我笱。我躬不阅，遑恤我后。"——你们不要跑到我修的鱼梁那里，不要弄开我留下的捕鱼笱；你们连我都不待见、不容纳，对我的娃娃一定不会好——言外之意就是那些东西是我留给我的娃娃的。毋者，不要也；逝者，往也；发者，开启也。"梁"和"笱"都是捕鱼用的，后者是以竹子或者藤条植物编的一种篓子，开口很大，颈部有倒钩装置，底部是封死的，这样鱼很容易游进去，但是进去了就出不来；前者是用石头修砌的顺河堤坎，作用是把水流逼向放有鱼笱的水口。躬者，自身也；阅者，容纳也；"遑"是"何况"两字的拼读；恤者，同情也，怜悯也，这里可理解为"照看"；后者，后人也，指她不得不留在夫家的娃娃。

第四章，这位妇女开始打比方数落那个负心的丈夫，说现在这个家业，是她想方设法帮他创下的，不管有的没的，她都要想办法，还扑爬跟斗地给邻居帮忙，都是为了帮他处好邻里关系："就其深矣，方之舟之。就其浅矣，泳之游之。何有何亡，黾勉求之。凡民有丧，匍匐救之。"就者，到也；这里的"深""浅"就是水深、水浅之意；"方"是个借字，通"枋"，方形木筏。前面四句是说：水深的地方，我就扎筏子划船渡过去；水浅的地方，我就直接游过去——我不晓得帮你做了多少事情！后面四句是她总结性的概括：什么事都是我在努力想办法，包括为邻居操办丧事，都是我在忙前忙后。"何"是疑问代词，这里就表示"什么东西"；"亡"通"无"，"何有何亡"，就是"不管是有的东西，还是没有的东西"。这是在说什么？是为了突出后面的"黾勉求之"，就是"都是我在努力想方设法"。"黾"读 mǐn，努力的意思；民者，人也，他人也；匍匐者，爬行也，引申为手足并用之意。

第五章，这位妇女越说越伤心，可怜自己为他做了这么多事，他说休妻就休妻，有了新欢就不要自己了，还把自己当仇人一样；自己甘愿放下身段将就他们，就当自己卖身给他们当用人，他们都不干："不我能慉，反以我为仇。既阻我德，贾用不售。"慉者，畜也，收养之意；阻者，阻止也，拒绝也；"贾"在这里读 gǔ，是"卖"的意思，"用"是借字，通"佣"，"贾用"就是把自己卖作用人。这个话已经说得很凄凉了，更惨的是"你们居然不要我，好像我卖都卖不掉一样！"。这就是"贾用不售"。后面的"昔育恐育鞠，及尔颠覆"，很多《诗经》研究者都讲得含含糊糊，主要是"颠覆"这个词没有落实好。其实这个"颠覆"就是指"颠鸾倒凤"，"及尔颠覆"就是"做爱的时候迁就你"。为什么这样说？因为新嫁娘对夫妻性事是很恐惧的，无论是生理上还是心理上都有恐惧，"昔育恐育鞠"就是补充说明。昔者，以前也，当初也；育者，生育也；"鞠"又是借字，通"惧"。

这样一下就讲通了，很好理解。后面的谴责也是顺理成章的："既生既育，比予于毒。"——现在我为你生儿育女了，你就把我当作毒虫毒草了。

最后第六章，是一连串愤怒的谴责。第一句"我有旨蓄，亦以御冬"，就是"我做的那么好的腌菜，你们拿去过冬了"。旨者，美味也；"蓄"的本义是储藏，这里指过冬的腌菜。为什么说这个东西？因为北方的冬天全靠腌菜下饭，这一句是家庭主妇的个性化语言，非常生动。不仅如此，你们还"宴尔新昏，以我御穷"——为了享受你们的新生活，拿我来抵挡贫穷。这是什么意思？就是说你们硬要赶我走，怕我拖累你们。后面的"有洸有溃，既诒我肆"就是骂个不停，活路铺排不完。"洸"字本义是水波浩荡，"溃"字本义是大水决堤，这里是比喻。诒者，让也；肆者，劳务也。这样的表现，哪里还有一点点夫妻感情呢！所以她说"不念昔者，伊余来墍"，翻译成大白话就是："也不想一想当初，我是怎么爱你的！"这个"墍"又是个借字，通"懘"，"爱"字的古写。"伊"仍是语助词，没有意义。这个妇女就把这样一段亦怨亦怒的谴责，甩给这个负心的丈夫，作为最后的诀别。

邶风·静女

静女其姝，俟我于城隅。
shū　sì　　　yú

爱而不见，搔首踟蹰。
chí chú

静女其娈，贻我彤管。
luán　yí　tóng

彤管有炜，说怿女美。
wěi　yuè yì

自牧归荑，洵美且异。
tí　xún

匪女之为美，美人之贻。

《静女》一诗，本是情诗。

——[宋]欧阳修《诗本义》

这也是一首爱情诗，是从一个热恋中的男子的角度，写他和恋人的交往。根据本人的推测，这个"静"就是我们今天说的"靓"，"静女"就是漂亮的女子，并不是说一个很安静的女子。你们看"靓"和"静"的左边都是一个"青"字，因此我这样说是有道理的。

全诗三章，说的是三次见面的情形。

诗一开头就夸他的女朋友，说她不仅漂亮，而且脸色红润好看。姝者，女子脸色红润也，《说文解字》注的就是"从女朱声"，后来才读成 shū 的。这么好的女子，要和"我"约会，"俟我于城隅"。

俟者，等待也，这里就是讲男女约会。在什么地方等"我"呢？城墙倒拐的地方。隅者，角落也，城墙从那里转弯，比较僻静。古代的男女约会，还是有一些顾忌的，怕被人家看见，不免要躲躲藏藏、偷偷摸摸，不像现在，哪里都可以约会，还特别要到大庭广众之下去"晒幸福"。这个"隅"要读yú，是押着韵的。但是那个女子好像有点调皮，明明约了"我"，却又躲着不出来，逗得"我"都有点儿发急了："爱而不见，搔首踟蹰。"这个"爱"，跟我们现在说的男女之爱是两回事，它不是 love 的意思，古代最初造这个"爱"字，是说心中有什么东西梗着了，相当于"妨碍"的"碍"，这里是躲藏起来的意思，所以《诗经》的另外一种版本里，这个"爱"字上面有个草字头，意思就是有所阻拦、有所遮蔽的。"搔首"是抠脑壳——那个小伙子一边抠脑壳，一边转来转去到处看：咦，她在哪里呢？"踟蹰"就是转圈子。为什么转圈子叫"踟蹰"呢？这又是一个双声联绵词，是从蜘蛛结网那里来的，因为蜘蛛结网就是不断绕圈子的。

前面夸了他女朋友的容颜，接下来就夸她的身材好；而且这次见面，那个美女还送了一支笔给他。他接过来一看，朱漆闪光，越看越美，简直就像宫廷里面的高级专用笔——这就是诗的第二章："静女其娈，贻我彤管。彤管有炜，说怿女美。""娈"是指身体有曲线，古人还是和现在一样，也注重身材，讲究"三围"，其实这是人的本能；"贻"是赠送；"彤"是红颜色；"管"就是笔，竹子做的笔。那个女子选了一支非常好的笔送给他，这种信物选择相沿成习，一直到 20 世纪 50 年代，谈恋爱都是这样兴的，都是送一支英雄笔或者金星钢笔，或者更高级的帕克笔，一样的。这句话引出了很多误会，汉代的那些经师认为，"彤管"在古代是皇宫里面的女官专用的——女官的工作就是专门记录皇帝每天做了些什么，记录所用的笔就叫"彤管"。所以郑玄就解释说，这首诗写的是宫廷里面的女官正在记录皇宫里面的事情。其实哪有这种可能呢？我们可以推测：或者那支笔很像宫廷里用的东西，就像我们现在拿到一个东西说"这是中南海里头的"，未必我们就在中南海；或者这简直就是这个男子爱屋及乌的想象。你看他后面接着就说："彤管有炜，说怿女美。""炜"是光明、光泽；这个"说"要读 yuè，就是"喜悦"的"悦"；"怿"是欢喜；"女"是汝，指这支笔。小伙子拿到这支笔，喜欢得不得了，看得它红光闪闪，不是彤管都会看作彤管的！

到了第三章，他们的关系要更深了。这个女子到郊外牧场去办事，专门给小伙子带回新鲜的食物，让他吃在嘴里甜在心里："自牧归荑，洵美且异。""牧"是指牧场。"荑"是什么呢？各位是城里长大的，可能没见过。乡间草场有一种叫"芭茅"的野生植物，它刚长出的嫩穗子可以剥开吃，又嫩又甜，就是"荑"，读 tí。这个女子亲手剥好甜蜜蜜的芭茅，带回来送给这个小伙儿。东西本身当然是甜的，但这个爱情的表示更美、更甜，所以小伙子感到很幸福，先是赞叹"洵美且异"，然后又表白说："匪女之为美，美人之贻。"洵者，真是也；"美"在这里指美味；异者，奇特也；这个"女"还是"汝"，就指"荑"。这几句就是说：这个"荑"好吃得出奇，味道太美了。其实不是这个东西的味道真有那么美，而是因为它是那个漂亮女子亲手给我剥的！

恋爱中的人，爱屋及乌是很正常的，所以那个靓女送的笔被他看作"彤管"，也是情理之中的事嘛。

鄘风·墙有茨

墙有茨，不可埽也。
中冓之言，不可道也！
所可道也，言之丑也！

墙有茨，不可襄也。
中冓之言，不可详也！
所可详也，言之长也！

墙有茨，不可束也。
中冓之言，不可读也！
所可读也，言之辱也！

有诗人不忍道、不忍详、不忍读者。

——［清］方玉润《诗经原始》

　　鄘也是一个小国。说是一个国，但它实际上比一个县还小。现在河南省的北部有一个淇县，在商朝的时候是首都朝歌所在地，它的西南方有一个很小的城镇叫"荣城"，这个地方就是古代的鄘国。鄘国虽然小，却出了很多诗人。我从《鄘风》里面选了三首诗，今天先讲

《墙有茨》。有很多专家认为，这首诗是讽刺卫国国君的，但是我觉得，把它当作"说黄段子可耻"来读，恐怕更合适。

这个"茨"，就是"刺刀"的"刺"，"墙有茨"就是说这个墙的上面有刺。我们现在还能看见这种现象：有些人家为了防贼，弄了些碎玻璃，尖尖地插在土墙上头；还有很多小区，大门口铁门顶上都是尖的，都是"墙有刺"。古代没有玻璃，是用一种叫"棘针"的植物，就是我们讲《邶风·凯风》里面说的酸枣树的刺，把它插在墙头。从前，黄河流域一般的民居土墙上，都是插的这种棘针，也是用来防贼的。"墙有茨"就是古代的"墙有刺"。

"墙有茨，不可埽也"，是说墙头上的刺，你不能把它扫除了，要让它留着。为什么呢？你扫除了，贼就会翻进去，任何人都可以翻墙进来，就不能"严内外之防"了。"中冓"是倒装语词，就是"冓中"。"冓"是房屋的结构，"冓"字加一个木字旁，就是正体字"结构"的"构"。古代民居的房顶，两边是斜着合拢来的，这样的结构就叫"冓"。"冓中"是指屋顶以下的部分，就是屋子里面。"中冓之言，不可道也"，就是说我们说话要分内外，房间里面说的话，不能够拿来到处传播，"道"就是传播。因为"所可道也，言之丑也"。这个"所"，是"是"和"若"两个字的拼读——你把两个字读快一点，发音就成了"所"，就是"若是"的倒装。若是拿到外面去说，就"言之丑也"。为什么呢？因为这个"中冓之言"，实际上指的是男女枕席之间的话，只不过这位写诗的古人觉得用词要朦胧一点，不要说得那么露骨，所以就只说是"中冓之言"。这样的话当然不能传播到外面去，拿到外面去讲，就不够文明，有伤风化，所以就是"丑"。

"丑"的古音和"扫""道"是押韵的。

第二章："墙有茨，不可襄也。中冓之言，不可详也！所可详也，言之长也！"这个"襄"可引申为"除掉"的意思，"不可襄也"，就是说墙上安的那些刺，不能把它们除去。详者，详细也。这个"长"不读 cháng，如果理解为"说来话长"，那就完全错了。从汉代的儒生，直到朱熹朱夫子，在讲这个"长"的时候，都讲不清楚，其实答案非常简单，就是"脏"。所以这一章后面的两句诗，和前一章那个"言之丑也"是一样的：房中之事，不能够拿出去详详细细地讲，若是那样去讲，就太脏了。这个读音不是我发现的，是我的一个老朋友，很有名的何剑熏教授（发现的）。他本来是重庆大学中文系的主任，后来也是"右派"。"文化大革命"刚开始的时候我去看他，我们两个"右派"在茶馆里聊起这首诗来，我就问他："那个'言之长也'是什么意思？"当时我还读成"cháng"。他说："那个'长'就是'脏'。"可惜何教授在 20 世纪 80 年代中期就去世了，他没有写出文章来说这个问题，现在我把他的发现介绍给大家，也是借此机会纪念这位长者——我的老朋友。

第三章的"墙有茨，不可束也"，是说墙上的那些刺不能把它们收起来。"束"就是捆，就是收敛起来。"中冓之言，不可读也！所可读也，言之辱也！"是说那些床上的话，不能够点断整理，若是那样搞的话，说出来就太耻辱了。这个"读"的古音可以读作 dòu，需要多讲一下，因为很多人都不知道它的意思了。从前的书没有标点符号，读书人拿到书后，要自己用标点符号去"点断"，标点符号只有两种，画一个圈叫"句"，点一个点叫"逗"。这个"读"就是"逗"。

不过这里还是读"dú"，是诗歌的韵脚。

　　这样把三章都弄清楚以后，我们才知道：原来这是诗人在劝某些人不要讲黄段子！看来，黄段子在古代一样有，也还有人津津乐道。低级趣味的人，哪朝哪代都是有的。但是斯文人还是觉得这是不好的，要给予提醒和批评。如果我们用这位诗人的观点，来批评现在那些讲黄段子的人，我们就要说："段有黄也，不可讲也。所可讲也，言之脏也！"

鄘风·桑中

爱采唐矣？沐之乡矣。

云谁之思？美孟姜矣。

期我乎桑中，

要我乎上宫，

送我乎淇之上矣。

爱采麦矣？沐之北矣。

云谁之思？美孟弋矣。

期我乎桑中，

要我乎上宫，

送我乎淇之上矣。

爱采葑矣？沐之东矣。

云谁之思？美孟庸矣。

期我乎桑中，

要我乎上宫，

送我乎淇之上矣。

《桑中》一篇但有叹美之意，绝无规戒之言。

——［清］崔述《读风偶识》

这首诗分为三章，可以看作"恋爱三部曲"：先是在城外桑园中约会，然后一对情侣就去了高级宾馆，第二天又在淇水河边上送别。但每一章之间的差异很小，只有三个字在变化，说了三件不同的事情。但是三件不同的事有共通之处，所以它的后半部分完全是一样的，就像歌曲的副歌部分，在那里反复咏叹："期我乎桑中，要我乎上宫，送我乎淇之上矣。"这里的"期"是约会；"要" 读平声，就是"邀请"；所谓"上宫"，就是古代的高级宾馆；"淇" 原来的读音是 jī，指淇水，是朝歌城附近的一条河。

从诗句上看，这是一个花花公子在那里炫耀，说人家女子和他约会，又把他带到宾馆，又依依不舍地送他——反正都是女方主动，所以他非常得意。每一章前半部分的那个语气，明显是在显摆。

每一章的前一半，他都是在那里得意洋洋地自问自答。一开始的那个"爰"，是两个字拼读的发音，"于"和"焉"，它的意思也是"于焉"，就是问"在哪里"——你们说我在哪里 "采唐"（"唐"的本义就是甜菜，所以它加一个米字旁就是"糖"）呢？就在朝歌城外嘛（"沬"就是古代的朝歌城，"沬之乡"就是指朝歌城的郊外）！"云"就是"说"，"云谁之思"又是倒装，就是"说在思谁"——你们说我在想哪一个呢？"美孟姜矣"就是"那个漂漂亮亮的姜家大妹子嘛"！后面两章和第一章完全一样，只是换成了"采麦""采葑"。"麦"是麦子；"葑"是蔓菁，我们在《邶风·谷风》里面讲过的。约会的地方换成了"沬之北""沬之东"，就是朝歌城的北郊和东郊。为什么说他是花花公子？因为他不仅换了地方，他连人都换了——姜家大妹子变成了弋家和庸家的大妹子。没隔几天，连换了三个对象，而且从"要我乎上宫"这一句来看，这几个对象大概都是贵族人家的女子，所以他才拿出来在众人面前炫耀，显摆自己好有艳福，觉得多有脸的。

我们会想：这样的花花公子，怎么不拿来批判，还任他这么显摆呢？这是因为，它不过是一首诗，又不是要号召大家向他学习。我们可以看得活些，不要把它当成了报纸的新闻。要是那样看的话，哪有这么巧——三部曲都是一样的？每次还都是人家屋头的大妹子？咋个不是二妹、幺妹呢？怎么都是在桑树林中约会？还都是被人家带到高级宾馆里面去？哪有那么回事呢！

我们也可以这样理解：这是诗人在讽刺那个到处猎艳的花花公子。从诗的角度来看，这首诗技法可取：通过那个花花公子的语言，把那种显摆、炫耀的心理表现得活灵活现，这也是艺术之美嘛。

鄘风·相鼠

相鼠有皮，人而无仪。
人而无仪，不死何为？

相鼠有齿，人而无止。
人而无止，不死何俟？

相鼠有体，人而无礼。
人而无礼，胡不遄死？

刺无礼也。

——《毛诗序》

鼠

这个诗题的"相"要读四声，"相马""相面""相亲"都是读"xiàng"，是动词，意思就是注视、研究。现在除了说"伯乐相马"，几乎都读错了，连电视上都把"相亲"读成阴平，是因为他们没把词性搞懂。所谓"相鼠"，就是"看那个耗子"。这是一首骂人的诗，一首讽刺诗。

全诗三章，一章比一章骂得狠。

我们先来看它字面上的意思。

"相鼠有皮，人而无仪。"——你看那个耗子，它长得那么丑，都还披了一张皮嘛！怎么你一个大男人，连起码的仪表都不注意呢？这是一个女人在骂她的丈夫，从口气上就听得出来。大概是她的丈夫很邋遢，衣服好多天都不换，一身喷臭！"人而无仪，不死何为？"这一句就骂得更狠了——"你连脸面都不顾了，还活个啥子？你不如去死了算了！"像这样的话，只有太太骂丈夫，才骂得出来。这是第一章。

第二章，好像是那个丈夫做事不要脸，把他的女人气惨了："相鼠有齿，人而无止。人而无止，不死何俟？"这是说：你去看一下，那个耗子都是有牙齿的，你怎么这么无耻呢？这个"止"就是"耻"的意思。她为什么要她的丈夫去看耗子的牙齿呢？不知各位注意过没有——牙齿在嘴里是长得很有规矩的，门齿、犬齿、臼齿……都有一定的顺序，不是乱七八糟地排列。好了，这下我们明白了："连耗子的牙齿都不会乱长，你这个人怎么不讲规矩地乱来呢？你这样无耻乱来，不如死了算了！你居然还好意思活起不死，你在等啥子？要等到世界末日吗？"俟者，等待也。

第三章，那个女子换了一个比喻还在骂："相鼠有体，人而无礼。人而无礼，胡不遄死？"这个"体"是"体面"，不是身体。"胡"又是两个字的拼音，就是"为何"；"遄"有两个读音，chuí和chuán，都是加快速度的意思。"耗子都要讲究体面，你这个人根本就不顾体面了，既然如此，你干脆快点儿死了算了！"

那么，这首诗是不是就是这么简单，就只是一个妇女在骂她的丈夫吗？我们如果把每一段那个"人"换成"官"，不是同样可以用它来骂那些搞腐败的贪官吗？这么一想我们就会明白，这是一首讽刺诗，诗人完全可能是在骂鄘国的贪官。所谓讽刺诗，就是"其称文小而其指极大，举类迩而见义远"。也就是说，往往从字面上看只是在说一件小事情、很切近的事情，但是它有深远的含义，可以用在很多地方。这首《相鼠》可以看作一个范例。

王风·黍离

彼黍离离，彼稷之苗。
行迈靡靡，中心摇摇。

知我者，谓我心忧；

不知我者，谓我何求。

悠悠苍天，此何人哉？

彼黍离离，彼稷之穗。

行迈靡靡，中心如醉。

知我者，谓我心忧；

不知我者，谓我何求。

悠悠苍天，此何人哉？

彼黍离离，彼稷之实。

行迈靡靡，中心如噎。

知我者，谓我心忧；

不知我者，谓我何求。

悠悠苍天，此何人哉？

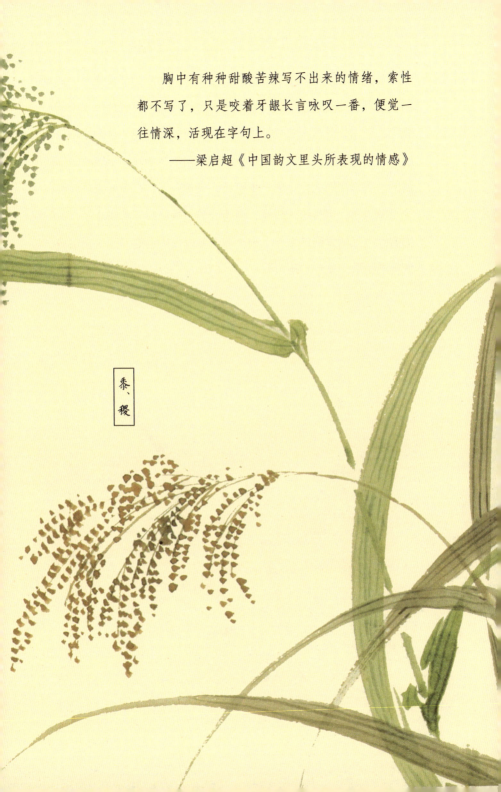

　　胸中有种种甜酸苦辣写不出来的情绪，索性都不写了，只是咬着牙龈长言咏叹一番，便觉一往情深，活现在字句上。

　　　　——梁启超《中国韵文里头所表现的情感》

黍、稷

这个"王"不是某个诸侯国的"王",而是指"王城"。到过洛阳的朋友就知道,洛阳城中有一个很小的古城,它就是传说中的"王城"。在周公受武王之托辅佐周成王的时候,人们还认为洛阳是天下的中心,非常重要,所以周公就常住洛阳主持朝政,王城就是那时修建的。后来西周灭亡,周平王东迁,史称东周,东周的王宫就设在这个王城里面。但是这个时候,周天子的力量已经非常弱小了,他的权力实际上只能管到这么一个小小的王城以及附近的郊区。在王城一带流行的民歌,就叫"王风"。

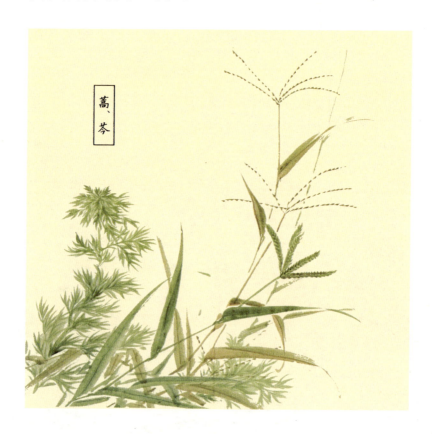

蒿、苓

"黍"是黄米；"离"是形容词，本义是相距、排列，这里指庄稼排列成行。这首诗的作者应该是东周的一个官员，他出差经过西周的故都，看到故宫废弃，长满了野草蓬蒿，从前那么繁华的地方，被农民开垦成农田，种上了庄稼，他感伤萦怀，去了三次，每次都在叩问苍天，无法自已。

第一次去的时候，还是春末夏初，黄米已经成列，糯高粱刚刚出苗："彼黍离离，彼稷之苗。""稷"是另一种庄稼。清代学者程瑶田在他所著的《九谷考》中说："黍，今之黄米。稷，今之高粱。"黄米就是小米，而这个"稷"是高粱中一种特殊的品种，指黏高粱，又叫"糯高粱"，产量比高粱低，但更好吃。因为稷的播种期比黍要迟一些，所以才刚刚抽出苗苗。这个"之"是动词，生长的意思。这个官员可能年纪大了，很可能还有心脏病，本来他是来看王室故宫的，结果看到一片庄稼，又难受又心慌，脚杆也发软了，觉得自己简直走不动了，"行迈靡靡，中心摇摇"所描绘的就是这么个情景。句子中的这个"行"要读 háng，指道路，"迈"是行走，"行迈"又是倒装句，就是我们现在说的"走路"；靡靡者，行走迟缓也。谁在走路？就是这个官员自己。"中心"就是"心中"，"摇摇"是剧烈跳动，"中心摇摇"就是心脏咚咚咚地跳得发慌。这个反应是生理上的，但是起因是心里难过："知我者，谓我心忧；不知我者，谓我何求。"——那些认得我的人，他们理解我的感伤心情，知道我是周室官员，在这里凭吊前朝遗迹；但是那些年轻的人，不认识我的人，就不知道我为什么在这里走来走去，会感到奇怪，以为我在找什么东西。这个官员想到这里，不由自主地仰望苍天，长声浩叹："老天爷呀，我是个什么样的人啊！"这就是"悠悠苍天，此何人哉？"。其实这是他无言地表白："我是一个伤心人，一个哀悼从前的繁华一去不复返的人，一个感伤于文明被毁灭了的文化人。"

后面两章，大概是这位官员无法释怀，过一段时间，就要到那片荒废了的王宫去看一次。一次是稷已经结了穗子，开了花，他心里面的难受也加剧了，神情恍惚，就像喝醉了酒一样，这就是第二章的"彼黍离离，彼稷之穗。行迈靡靡，中心如醉"。再后一次是庄稼都结实了，而他的心里还像有什么东西梗在那里，说不出来地难受，呼吸都有点跟不上了，这就是第三章的"彼黍离离，彼稷之实。行迈靡靡，中心如噎"。"噎"就是噎住了，喘不过气来。这两章的后面，都是重复和第一章同样的感伤和长叹："知我者，谓我心忧；不知我者，谓我何求。悠悠苍天，此何人哉？"用这种一咏三叹的手法，表现挥之不去的深沉情感，非常感人。

这首诗极其有名，影响久远，以至于后来人就把这种感伤，这种由某一个繁华时代一去不回，只留下一些破败残迹所触发的感慨，称为"故宫禾黍之悲"。有大量的诗人在凭吊前朝的时候，都写过相同的主题，所抒发的也都是类似的情感。

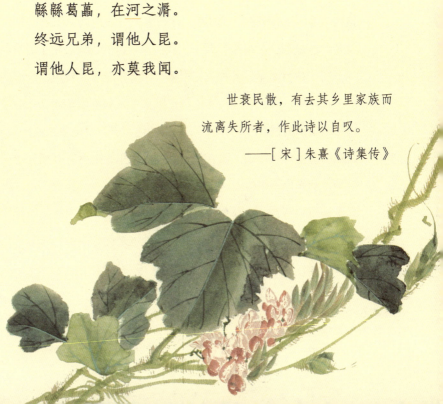

王风·葛藟

緜緜葛藟，在河之滸。
终远兄弟，谓他人父。
谓他人父，亦莫我顾。

緜緜葛藟，在河之涘。
终远兄弟，谓他人母。
谓他人母，亦莫我有。

緜緜葛藟，在河之漘。
终远兄弟，谓他人昆。
谓他人昆，亦莫我闻。

世衰民散，有去其乡里家族而
流离失所者，作此诗以自叹。
——［宋］朱熹《诗集传》

"葛藟"就是葛藤,一种生长在丘陵地区的藤蔓植物,它有很长的藤子,晒干以后可以缠在竹椅上,加工成藤椅,这种椅子以前在城市里面非常流行,办公和家居都大量使用,现在则很少见了。诗人用葛藤起兴,讲述了一个孤儿的悲惨生活。

"葛藟"是一个比喻,诗中的主人公在说他自己:"我的老家是在黄河岸边,代代延续,已经很久了,就像葛藤一样。"这就是"緜緜葛藟,在河之浒"。緜緜者,长也,就是"绵绵"的古写;"河"在这里特指黄河;浒者,水边也,所以写梁山泊的小说叫《水浒传》。"后来,我一个人不幸离开了老家,远离了我的亲人,去到外地,把别人叫爸爸了。"这就是"终远兄弟,谓他人父"。终者,到头来也。这个远要读 yuàn(音怨),是动词,离开的意思,不是形容词"远近"的"远"。所以毛泽东的那篇文章说白求恩"不远万里",也应该读"不 yuàn 万里"。谓者,称谓也,"谓他人父"就是把别人叫父亲。这是怎么回事呢?原来,我们这首诗的主人公是小时候就被卖掉了的。黄河两岸,各种灾害很多,水灾、旱灾、蝗灾,一遇到这样的灾害之年,农民就无法养活自己的孩子,只好卖儿卖女。这个孤儿被卖出去的时候,已经不小了,所以他还记得自己的老家是在黄河边,是在那里世代繁衍的人家。被卖到别人家里,他就算喊别人爸爸喊得再甜,别人也不顾怜他,这就是"谓他人父,亦莫我顾"。"顾"的意思是用眼睛看——那个外人最多只是"嗯嗯"地回答,连看都不看我一眼。没当过孤儿,就不知道这种处境是何等痛苦!这个"父"要读古音 fǔ,才能押韵。

后面两章,这个孤儿继续在讲他的悲惨故事。

第二章："縣縣葛藟，在河之涘。终远兄弟，谓他人母。谓他人母，亦莫我有。""涘"字读 yǐ，还是水边。"母"在这里也要读古音 mǐ。最后这个"有"字，还是要按我们在《摽有梅》里面所讲的"拥有"来理解，也要读古音 yǐ。"亦莫我有"，就是我在那个家中仍然没有任何权利，因为我还不算正式的家庭成员。

第三章开头说："縣縣葛藟，在河之漘。""漘"是河边，它去掉三点水，就是正体字"嘴唇"的"脣"，上面的"辰"是声符，底下是一个"肉"，写成"月"。河的两岸就相当于河水的嘴唇一样，所以叫"河之漘"。现在简化字把"脣"合并到"唇"，实在不应该，因为"唇"的古音读 zhèng，不是指嘴巴。"终远兄弟，谓他人昆。谓他人昆，亦莫我闻。"这几句也是在诉苦：我喊他"哥哥，哥哥"，他连听都不想听。昆者，哥哥也；闻者，听也。

这首诗，把一个被卖到外地的孤儿的可怜心情，写得多么好哦！老实说，我看那么多新诗，还没有一个诗人良心发现，来写这样的孤儿题材。没有，从来没有见到，还不如几千年前的《诗经》。可见《诗经》的内容是多么丰富啊！

从这首诗里面，我们还能看见几千年前中国人就有的一个重要观念，就是不忘自己的祖宗——诗的一开头他就在交代，中间也不断在念叨这件事：俺们的老家在黄河边上，源远流长。他什么都可以忘记，但是他的故乡，他的祖宗，这些不可以忘记。他所表达的这一点精神，也是中国人的灵魂所在。

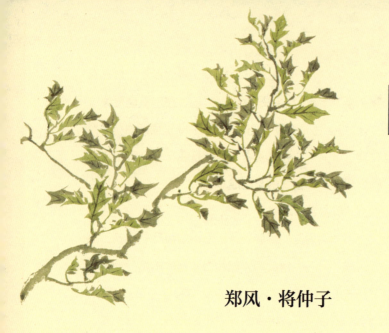

杞

郑风·将仲子

将仲子兮，无^{yú}我里，无折我树杞。
岂敢爱之？畏我父母。
仲可怀也，父母之言，亦可畏也。

将仲子兮，无^{yú}我墙，无折我树桑。
岂敢爱之？畏我诸兄。
仲可怀也，诸兄之言，亦可畏也。

将仲子兮，无^{yú}我园，无折我树檀。
岂敢爱之？畏人之多言。
仲可怀也，人之多言，亦可畏也。

郑国也是在今天的河南省境内。大家查地图就可以看到，在郑州的南面，有一个叫新郑的地方，那就是郑国的国都。郑国是一个很了不起的国家，文化非常发达，子产在当郑国宰相的时候，开办了很多学校，乡下、城里都有，比孔夫子办学还早，不过他办的是官办学校，孔夫子办的是私立学校。文化发达了，诗歌就很多，郑国的音乐也很有特色，非常流行，后来有些读书人脑壳读迂了，说是"郑声淫"。这个"淫"，不是说它淫乱，而是说它很动人，容易令人沉迷，使听音乐的人只顾感情的发泄，没什么顾忌了，这就叫"淫"。其实用现在的观点来看，音乐让人沉醉，那不是很好的音乐吗？但是中国古代人听音乐的时候很讲究，要把衣服穿好，帽子戴起，坐得端端正正的，忘了这些规矩，过分投入到音乐中去，那就不行，就叫"淫"。

《将仲子》这个"将"，要读 qiāng，它的意思是"请"，就是英文的 please。"仲"是老二，"仲子"就是二哥，"将仲子"就是"请二哥"。当然不是去把这位二哥请进来，而是"请你听我讲"。从这个题目我们就知道，这首诗是一个小妹妹对仲子（二哥）说的话。全诗分为三章，就是她叮嘱了小二哥三次，每次都是又有解释，又有表白。

第一章，她叮嘱小二哥要注意："将仲子兮，无逾我里，无折我树杞。"逾，通"逾"，翻墙也；里者，里巷也。从前的每一条巷子口都有门，可以从里面关上、闩死。大概是这个小二哥一天到晚都往小妹子家里跑，这家人烦了，就把巷子门关了，他只好翻墙进去，翻墙的时候要攀着人家树上的枝条，结果把人家的杞树都折断了，所以小妹妹就说："二哥啊，你不要来翻巷子的墙了，你翻墙的时候会折断我们家的杞树的，这样不好。"接着她就表白："岂敢爱之？畏我父母。"　"之"是代词，指那棵杞树。她说："不是我舍不得那棵树，是因为你把杞树折断了，我怕爸爸妈妈要骂我。"这个"母"要读古音 mǐ。这样说了以后，她又怕伤了小二哥的心，显然她还是喜欢他的，所以马上又一边安慰，一边解释："二哥你是值得人爱的，我是把你记在心中的，只是我爸爸妈妈那些话，也让我很难受啊！"这就是"仲可怀也，父母之言，亦可畏也"。怀者，挂在心中也。

　　第二章还是同样的叮嘱和解释，不过这回是喊小二哥"无隃我墙"，"墙"指巷子里面女子家的院墙，院墙里面栽着桑树："将仲子兮，无隃我墙，无折我树桑。"很显然，她上次没有把小二哥劝住，也可能是小伙子见面心切，他还是翻墙进去了，而且这回已经进到了巷子里面，但是那个女子家的门是关着的，小伙子还要翻这堵院墙。下面又是解释："我不是心疼那棵桑树，我是担心我那几位哥哥，他们骂起人来也是很可怕的。"这就是"岂敢爱之？畏我诸兄。仲可怀也，诸兄之言，亦可畏也"。这个"兄"要读 kuāng，和"墙""桑"是押韵的。

　　这户人家，家境好像还比较殷实，不仅有院墙，还有庭院。他们对这个小二哥也是防得很紧，不仅关了院门，还把从庭院到内室的中门也关了，所以小二哥翻进院子里面，还是看不到自己的小妹妹，他还要翻，小妹妹就又给他打招呼："将仲子兮，无隃我园，无折我树檀。"这回她担心的是那棵檀木树了。檀木是很名贵的，古代造战车、造武器都用檀木，如果把这棵檀木树给弄断了，那就是大事情了。事情一闹大，晓得的人就多了，所以这回小妹妹担心的就是周围邻居的闲话议论了："人之多言，亦可畏也。""人言可畏"这个成语就是

檀

从这里来的。

其实这个小妹妹对小二哥是有好感的，她的话说得非常委婉，只是强调："我们家管得紧，周围又人多嘴杂，我怕挨骂，担心被议论，你就不要翻墙进来了。"实际上她是在暗示："你要另想门路，要躲开我家父母和哥哥，还要躲开那些邻居。"就是不晓得这个小二哥脑壳有没得我这么活——他要是个死脑筋，懂不起人家小妹妹给他递的点子，只晓得去翻墙，那可就麻烦了。

郑风·遵大路

遵大路兮，掺执子之祛兮，
无我恶兮，不寁故也。

遵大路兮，掺执子之手兮。
无我魗兮，不寁好也。

亦男女相悦之辞。

——［宋］朱熹

郑国是在黄河南岸，那一带自古以来就有很多自然灾害，古时候又没有办法预防，遇到这些灾害，人们就只好逃荒。远走他乡另谋生路，往往就有青年男女为此不得不分手，这也是很伤心的事。这首诗写的就是这样一件事：一个男子无奈远行，他的女朋友去送他，两个人顺着大路边走边说。遵者，顺也。

"掺"是挽扶；"执"是拉着；"子"就是你；"祛"读 qū，是古时候衣服上的一个特殊部分，叫"袖头"，现在已经看不见了，古人为了衣服耐磨、好洗，这个袖口是另外接在衣袖前端的，可以拆洗。第一章前半部分是说：顺着大路走啊，我挽扶着你，拉着你的袖口。"无我恶兮，不寁故也"是说你不要这一走就厌烦我了，和我就不像咱们从前那样好了。"恶"要读 wù，厌烦之意。"寁"

读 zǎn，就是"咱们"的"咱"。故者，旧也，男女间早就有了感情，就叫"故"。

第一章里面，女子是拉着男子的袖口；第二章里面就更亲密，"遵大路兮，掺执子之手兮"，也就是直接牵着他的手了。说的话也更体己了："无我魗兮，不寁好也。"意思是：你不要出去看到漂亮女子就嫌我丑了，就不和我好了！这个"魗"是"丑"的通假字。"不寁好"就是"咱俩就不相好了"的意思。

这首诗把男女分手时女性复杂的内心活动很委婉但很贴切地表达出来。现代有一首很有名的歌《走西口》："哥哥你走西口，小妹妹我实难留，手拉着哥哥的手，送哥送到大门口……"大家不要以为这首歌现在才有，这首诗就是《诗经》版的《走西口》。由于从古至今，天灾人祸不断，青年男女被迫分手的事也就不断重复。这样的人间惨事，没有尽头；这样的歌，也就一代代地传唱下来了。

郑风·有女同车

有女同车，颜如舜华。

将翱将翔，佩玉琼琚。

彼美孟姜，洵美且都。

有女同行，颜如舜英。

将翱将翔，佩玉将将。

彼美孟姜，德音不忘。

　　状妇女总不外"容饰"二字，此诗艳丽则以"同
车""翱""翔"等字点注得妙。

——［明］孙鑛《批评诗经》

古代的贵族子弟，和今天有钱人家的公子哥儿，心态也差不多，买了豪车，就想出去飙车，如果这个时候车上还带着一个美女，兴致更是特别高。这首诗所写的，就是这样一个富家公子的心情。

第一章是写飙车的时候眼中所见及心中所感，从夸自己车上的美女说起："有女同车，颜如舜华。""舜华"就是木槿花。这样一个美女坐在旁边，身上的红宝石和佩玉又在流光溢彩，他飙车的感觉自然很爽，觉得一会儿像鸟儿振动着翅膀在飞，一会儿像鸟儿伸直了翅膀在滑翔。这就是："将翱将翔，佩玉琼琚。""翱"和"翔"都是鸟飞的动作，振翅而飞谓之"翱"，展翅滑翔谓之"翔"。"琼"是赤红的玉石，"琚"也是佩玉。然后他专门说那个女子是知名美女，姜家的大女子，不仅长得漂亮，而且打扮又很时尚："彼美孟姜，洵美且都。"洵者，真也；都者，都市风尚也，就是洋气、入时，就像我们成都人说某种打扮"好港哦"，他们那个时候就说"好都哦"。

第二章换了一个角度，写他听到的声音，突出那个"佩玉将将"和"德音不忘"。将将者，美玉碰响之声也；德音者，善意而美好的话也。大概那个"美孟姜"夸奖了这位公子，或者是说他驾车技术高明，或者还说了许多情话，总之让他听起来惬心悦耳，所以就说那是"德音"。"舜英"也是木槿花，换一个字押韵而已。

郑风·褰裳

子惠思我，褰裳涉溱。

子不我思，岂无他人？

狂童之狂也，且！

子惠思我，褰裳涉洧。

子不我思，岂无他士？

狂童之狂也，且！

"狂童之狂也且"，语势拖靡，风度绝胜。

——[明]孙鑛《批评诗经》

　　褰者，撩起来也；裳就是裙子，古代无论男女都穿裙子。"褰裳"就是把裙子的下摆撩起来。为什么要撩起来呢？因为他们要下河去踩水，这样才能不沾湿衣服。

　　溱水和洧水是郑国的两条河，这里的"涉溱""涉洧"，都是指下河去踩水。这是当时的风俗：每年的春末夏初，都会搞郊游。郊游时不论男女，都要把鞋子、袜子脱了，撩起裙子去踩水。这种风俗在春秋时期很普遍。你们如果读《论语》，在《先进第十一》那一篇里，就会读到孔夫子的学生曾点的这样一段话：我就喜欢暮春三月出去郊游，和几个同伴一起，穿起新的衣服，到河里游泳，在河边上跳舞、唱歌，然后吹着春风，吟着诗，慢慢走回家。孔夫子对此还非常欣赏、肯定。曾点说的就是这类活动。

这首诗的两章是表达同一个意思。一个正在谈恋爱的女子，要试探她的男朋友，就对他说："你要是真的对我好，是把我放在你心头的，那你就和我一起，撩起裙脚去踩水。"这就是"子惠思我，褰裳涉溱"和"子惠思我，褰裳涉洧"。子者，你也；"惠"是好的意思。所以如果我们得到了什么好处，就说是受到了"优惠"。大概这个姑娘是个美女，追她的人多得很，所以她就威胁她的男朋友，也可以说是在点醒他："你要是不陪我，有的是人要陪我去。"这就是"子不我思，岂无他人？"第二章又说："子不我思，岂无他士？"都是又有点儿责怪对方，又有点儿显摆、骄傲的意思。"士"在这里指的是文化人、学生哥。

看来那个小伙子头脑有点木，他就是不愿意下水，这个美女就忍不住骂他"狂童之狂也"，这里的"狂童"是"傻瓜"的意思，"狂童之狂也"就是"傻瓜里面的头号大傻瓜呀"。对最后这一句，历来讲这首诗的人，都读的是："狂童之狂也且。"他们没有理解那个美女做的过场，所以漏掉了一个逗号，怎么解释都嫌牵强，其实只要把这个逗号读出来，整首诗都活了："狂童之狂也，且！"最后这个"且"就是"呸"，是这个女子在笑骂完了以后，还啐了那个小伙儿一口："你这个傻瓜中的大傻瓜呀，呸！"这一声太传神了，让一个天真烂漫又骄傲自得的小女子，呼之欲出。

郑风·子衿

青青子衿，悠悠我心。

纵我不往，子宁不嗣音？

青青子佩，悠悠我思。

纵我不往，子宁不来？

挑兮达兮，在城阙兮。

一日不见，如三月兮。

这首诗写的是一个姑娘和一个学生哥约会，那个学生哥没有来，她一个人就在那里走来走去，一边猜测，一边抱怨。

"青青子衿"，是当时郑国学生穿的校服。子者，你也。"衿"是什么呢？我们现在只有在看古装戏的时候才能看到：戏中的小生出来时穿的那个袍子的领子都是交领，交领就叫"衿"。现在的中小学生都兴穿校服，古代没有那么复杂，郑国的校长只是规定学生的交领必须是深绿色的。青色就是深绿色。悠悠者，长久也。"青青子衿，悠悠我心"，就是说"你那深绿色的交领，长久地印在我的心里面了，不能忘记"。很显然，这是这个女子在表白她对学生哥的感情。看来上一次约会时，这个女子没有去，这一回她就早早地跑到老地方去等，等了很久小伙子都没有来，她就忍不住抱怨："纵我不往，子宁不嗣音？"——"就算我上次失约，你怎么能不给我带一个口信呢？"纵者，就算也；"宁"就是我们现在口头说的"哪能"的合音，这两个字读快了，就是"宁"；嗣者，给予也；音者，口信也。

第二章的"佩"，指那个学生身上佩戴的玉石；"思"就是思念。"青青子佩，悠悠我思"，就是说你那深绿色的佩玉，让我深深地思念。她为什么要这样说？谈过恋爱的姑娘都懂——"我在思念那个人。"这话是不能直接说的，那样就显得失格了。想着想着，这个姑娘又忍不住要抱怨了："我一次没有赴约，你怎么就能不来了呢？"潜台词就是："何况这次我还来了，我还在这里等你呀！"这就是"纵我不往，子宁不来"。

后来这个姑娘越等越着急，就在那个城墙缺口走进走出，这就是"挑兮达兮，在城阙兮"。进进出出就叫"挑达"；"城阙"就是城墙缺口，可能就是他们两个一直约会的老地方。因为两个人正在热恋中，天天都非见面不可，一天没有见面，就好像有三五个月那么长了，所以是"一日不见，如三月兮"。后来我们形容那种急于见面的心情是"一日三月""一日三秋""一日三岁"，都是从《诗经》里面来的。谈过恋爱的人，都有过这种体会。

写到这里，这首诗就戛然而止，并没有具体交代那个学生哥最后究竟来了没有，它只是把这个等待恋人等得急不可耐、一个人念念叨叨地在城墙缺口走进走出的女子形象留在那里，让我们去体会、去猜想，韵味深长。

郑风·扬之水

扬之水，不流束楚。
终鲜兄弟，维予与女。
无信人之言，人实迋女。

扬之水，不流束薪。
终鲜兄弟，维予二人。
无信人之言，人实不信。

将与妻别，临行慰勉之词也。

——闻一多《风诗类抄》

所谓"扬之水"，就是激流的水。扬者，高也。这首诗写的是一对夫妻吵了架，做太太的又听到一些闲话，说她的丈夫好像有外遇了，随便她丈夫怎样解释，表白心迹，太太就是不信，一天到晚就和他吵，这位丈夫气慌了，想一走了之，临到要出门了，回头对太太说了一番话，就是这首诗。

楚者，黄荆条子也，"束楚"就是一捆柴。买过柴的人都知道，柴都是一捆一捆卖的。"扬之水，不流束楚"，从字面上是说"那些激扬的流水啊，不要把一捆柴给冲散了"，这是在打比方：夫妻在一起，就像一捆柴，本来是各自独立的，后来有了婚姻，就把两个人连在了一起。现在流水来了，影响了夫妻关系，就像大水要把一捆柴冲散了。而这位丈夫是不愿意的，这是他对他妻子说的第一句话，说明他很在乎他们的夫妻关系。所以他接下来又劝导他的太太："终鲜兄弟，维予与女。"终者，到头来也；"鲜"的本义是很少，在这里就是"没有"；维者，只有也；这个"女"在这里就是"汝"。这是在提醒他的太太：你要明白，你没有哥哥也没有弟弟，我也是孤人一个，我们两个人相依为命，如果流水把我们冲散了，你去投靠谁？我去投靠谁？所以他奉劝妻子不要去听别人的话，因为别人都是骗她的："无信人之言，人实迋女。"无信者，不要相信也；迋者，欺骗也，瞒哄也。

第二章还是同样的意思。"束薪"也是捆起的柴，"维予二人"还是强调前一段那个意思：我们两个只能互相依靠，必须互相信任。外人的话是听不得的："无信人之言，人实不信。"最后那个"信"就是真实、诚实——别人对你讲的那些话是不真实的，那些人是不诚实的、靠不住的。

读完这首诗，我们只觉得这个丈夫爱他的妻子，爱得很，他没有办法解释，只有反复强调夫妻二人是相依为命的，不要听信别人的传言。各位回去以后，如果你的太太和你发生冲突了，你不妨就把这首诗念给她听。

　　这首诗说明，夫妇之间，小到柴米油盐、怄气吵嘴这样的事情，甚至就是闹一场误会，都可以写出很好的诗来。现在写新诗的人，好像没有这么细致的体验，无法从日常小事中体会这种深沉的感情，所以全部新诗里面都没有这样的好诗。

郑风·溱洧

溱与洧，方涣^{huàn}涣兮。

士与女，方秉蕳^{jiān}兮。

女曰："观乎？"士曰："既且^{cú}。"

"且往观乎？洧之外，洵^{xū}讦且乐。"

维士与女，伊其相谑^{xuè}。赠之以芍药^{yuè}。

溱与洧，浏^{liú}其清矣。

士与女，殷其盈矣。

女曰："观乎？"士曰："既且。"

"且往观乎？洧之外，洵讦且乐。"

维士与女，伊其将谑，赠之以芍药。

郑国之俗，三月上巳之辰，于此两水之
上，招魂续魄，除拂不祥。

——《太平御览》引《韩诗章句》

《郑风》中我选的最后一首诗，还是写的郑国那种民俗活动，就是《褰裳》里面介绍过的春末夏初的踩水。逢到这个季节，各地都有类似的活动，因为这个时候天气转暖，可以下水了，相传这样可以把一个冬天的霉气洗掉。在南方，包括我们四川，类似的活动就是端午节戏水、划龙船。黄河流域气候冷，不可能泼水，就用踩水来代替。于是郑国的青年男女就借这个机会，一群群地往溱水和洧水汇流之处跑，因为那里人多，闹热，正好去找男朋友或者女朋友。《溱洧》这首诗就写的是这种场合的男女交往。

芍药

　　这首诗一共就两章，两章之间也只有很小的变化：一处是把"方涣涣兮"换成了"浏其清矣"，一处是把"方秉蕑兮"换成了"殷其盈矣"。前两句写河水之景观，后两句写人群之情态。方者，才刚刚也，正好也；涣涣者，水势之盛也；春夏之交，河里都会涨水，水深就谓之"浏"，水深了自然就更清亮，所以是"浏其清矣"。士者，男士也；秉者，手持也。"士与女，方秉蕑兮"就是男男女女手里都拿着一种叫"蕑"的植物。这个"蕑"既不是兰花，也不是做药的兰草，而是一种学名叫"泽兰"的水生植物。为什么都要拿着它？这是这个民俗活动的一项重要内容，就是采摘泽兰，拿回去煎水洗澡，因为它有一种特别的香味，而且可以预防、治疗很多皮肤病，这和我们到了端午节要用菖蒲和陈艾煎水洗浴是一样的。殷者，众多也；盈者，充满也。"士与女，殷其盈矣"就是挤满了男男女女，这当然就是说他们去踩水找朋友的溱、洧二水汇流之处的河岸都挤满了人，可见去的人之多。

　　除了这两处变化外，两章里面在重复同一个内容，这也是这首小诗特别有趣的地方。

　　第一句："女曰：'观乎？'士曰：'既且。'"这是写一个美女，看到那边有一个帅哥，想去交朋友，就主动问他："你愿意和我一起到那边去看吗？"那个帅哥可能一开始还没反应过来，就老老实实地说："我已经去过了。"既者，已经完成了也；这个"且"读cú，通"徂"，去往的意思。

　　第二句："'且往观乎？洧之外，洵订且乐。'"这个美女非常大方，看那个帅哥还没搞醒豁，就继续邀请他，说"哎呀，你姑且陪我再去看一下嘛，洧水对岸那么热闹，去耍起好开心嘛"。这里的"且"和前面的意思不一样了，是姑且、暂且的意思；外者，非此一方也，"洧之外"就是"洧水对岸"；洵者，真正也；这个"讦"本义是夸口，读 xū。

第三句："维士与女，伊其相谑。"那个帅哥终于搞懂了，当然就答应再陪美女前往，而且这一趟走下来，两个人已经熟悉，还互相开起玩笑来了。这个"维"是句首虚词，没有具体意义。"伊其"就是"彼此"；谑者，开玩笑也。

最后一句："赠之以芍药。"就是赠送芍药花，但要注意"药"读 yuè，才能押韵。谁赠给谁？诗里面没有直接说，完全可能是相互赠送。很明显，一趟游玩下来大家互生好感，彼此都有了意思，就出现了这个情节。那个场合这么热闹，不难想象有专门卖花的人，就像现在很多娱乐场合有人卖玫瑰花一样。也许那个时候就时兴芍药花，恐怕还有配套的丝线别针，方便青年男女买来戴起。这就等于"送你一朵玫瑰花"，什么意思已经不言而喻了。

齐风·鸡鸣

"鸡既鸣矣，朝既盈矣。"
"匪鸡则鸣，苍蝇之声。"

"东方明矣，朝既昌矣。"
"匪东方则明，月出之光。"

"虫飞薨薨，甘与子同梦。"
"会且归矣，无庶予子憎。"

无端嫁得金龟婿，辜负香衾事早朝。

——[唐]李商隐《为有》

春秋初年，周天子下面出现过五个霸主，即齐桓公、晋文公、楚庄王、秦穆公、宋襄公，他们合称为"春秋五霸"。在五个国家中，最富有的是齐国，因为它位于山东半岛，"有鱼盐之利"，就是说海产品很丰富，还出产海盐。另外，当时通行天下（就是当时的全中国）的货币是海里的贝壳，齐国出产海贝，这就相当于开着印钞厂。这么富足之地，是不是歌颂幸福生活、伟大国家的诗歌就多呢？恰好相反。研究《诗经》就会注意到，《诗经》的《国风》中，偏偏是《齐风》的讽刺诗最多，甚至有直接讽刺齐国国君的，而且写得十分有趣。我为大家选的这三首诗，就都是讽刺诗。

这一首《鸡鸣》就很有意思，它是讽刺齐国的国君睡懒觉的。

第一章的四句，是模仿齐国国君与他的妃子在枕边对话。那个妃子对国君说："鸡已经叫了，朝堂上已经挤满了大臣。"——意思就是你该快点起来，去上朝处理政务了。但是这个国君还在贪睡，不想起床，就咕哝了一句："不是鸡在叫，那是苍蝇飞的声音。"朝者，宫中早朝也；盈者，充满也，这里指朝堂之上站满了臣子；"则"在这里是"在"的意思。

过了一阵，妃子看国君还不起来，就又去催他，这回是说："天都亮了，朝堂里面都在'昌'了。"昌者，唱也，早朝点名之声也。因为朝廷上有专门的人员检查大臣是否到齐，要一个一个地点名，就是唱名，就是"昌"。结果国君回答说："哪里是天亮了嘛，那是月亮的光。"可见他还没有睡醒，还在那里找些话来搪塞。这就是第二章的内容。请大家注意，这个"匪东方则明"的"明"，我们可以推断它的古音不读 míng，而近 máng，因为这样才押韵。

第三章，这个妃子着急了，就开始骂国君："虫飞薨薨，甘与子同梦。"这是什么意思？薨薨者，嗡嗡也，苍蝇飞的声音也——"那些苍蝇跟你一起都在做梦。"这是在挖苦他。挖苦过了，又叮了他一句："等会儿你还没到场，人家朝堂上就散会了，你不要怪我没喊你哦！"这就是"会且归矣，无庶予子憎"。"归"就是散会回家的意思；"无庶"是"但愿不要"。不要什么呢？不要让人家憎恨你、骂你！这就是"予子憎"。予者，给予也；这个"子"是"你"，指国君。这个君王如此不理事，让大臣在朝堂上白等一个早晨，当然就要讨骂了。

这首诗是很有趣的。它没有明说写的人是什么身份，只通过对话中的"朝""昌"，就让我们明白了这是齐王和王妃的对话，就表现了国王在睡懒觉，狠狠地把他讽刺了一把。

一个国君受到讽刺，这是好事还是坏事呢？我以为是好事。暴君就不会受到讽刺，因为没有人敢讽刺他。谁敢去讽刺希特勒啊？谁敢去讽刺秦始皇啊？这是很明白的事嘛。齐国的这个国君也算是很大度的，他居然没有去抓"反动分子"，还让这首诗流传下来了。所以，虽然他睡了懒觉，我们还是要向他致敬。

齐风·东方未明

东方未明，颠倒衣裳。
máng

颠之倒之，自公召之。

东方未晞，颠倒裳衣。
xī

倒之颠之，自公令之。

折柳樊圃，狂夫瞿瞿。
fán pǔ   qú

不能辰夜，不夙则莫。
      sù mù

夫之在家，从不能守夜之正时，非出
太早，即归太晚。妇人称夫曰狂夫。

——闻一多《风诗类抄》

这首诗是讽刺齐国朝廷的。诗题中的"明"还是要读 máng。

朝廷公事多，就会经常动员老百姓去搞义务劳动。比如一会儿要大兴水利啊，一会儿又要修什么政绩工程啊，又或者是扫地搞卫生迎接官员视察啊，连连牵牵没个完。这样一来，老百姓就不得安生了。天还没亮，就有官家办事人员，挨家挨户地催老百姓快点起床。那个时候又没有电灯，摸黑看不清楚，结果那个起床的人把裤子都套到脑袋上了，这就是"颠倒衣裳"。古时候"衣"是专指上身的衣服，"裳"是下装。我们怎么知道这个"颠倒衣裳"的原因是官家催促呢？它接着有交代："颠之倒之，自公召之。"公者，公家也，这个"召"就是我们说的"找"。这下就说清楚了，之所以裤子和衣服都穿倒了，是由于公家人找上门来，在催促老百姓快点起来干活。小老百姓真是倒霉。这是第一章。

第二章还是同样的情形："东方未晞，颠倒裳衣。倒之颠之，自公令之。"晞者，曦也，"未晞"就是太阳还没有出来。又是因为公家有命令下来，又来催了，又弄得颠倒衣裳。这一章只是变了两个字，一个"明"变成了"晞"，一个"召"变成了"令"，重复表现，以示其事之繁也。

连着这样搞，老百姓就要发牢骚，就要开骂了："折柳樊圃，狂夫瞿瞿。"樊者，藩篱也；圃者，菜园也。"折柳樊圃"，就是折柳枝在菜园周围栽一圈篱笆。"狂夫"就是我们说的傻瓜，这里当然就是那个"公"，或者就是指齐国的国君。"瞿瞿"是睁大了眼睛发脾气。这两句是说：天还没亮就把我们催起来，结果是给我们安排这些毫无意义的劳动，根本就不需要这么抢时间的，那个傻瓜还要吹胡子瞪眼睛地发脾气。接下来老百姓就挖苦他："其实他自己傻得分不清白天黑夜了，要不就是多早地喊我们去做事情，要不就是天都快黑了又喊我们去做事情。"这就是"不能辰夜，不夙则莫"。这个"能"是动词，判断之意，"不能"就是分不清、搞不懂了。"辰"是白天；"夜"是晚上；"夙"是太早；"莫"和"暮"是一对古今字，就是说它在那个时候就表示"暮"，就是很晚。朝廷的统治者们，好像是分不清昼夜早晚，尽是这样胡乱折腾，结果搞的全都是些没名堂的事情！

齐风·敝笱

敝笱在梁，其鱼鲂鳏。
齐子归止，其从如云。

敝笱在梁，其鱼鲂鱮。
齐子归止，其从如雨。

敝笱在梁，其鱼唯唯。
齐子归止，其从如水。

比类虽繁，以切至为贵。

　　　　——[南朝·梁]刘勰《文心雕龙·比兴篇》

笱是一种捕鱼工具，我们在《邶风·谷风》里已经讲过。"敝笱"就是底都烂了的笱，什么都关不住了，任由鱼儿在里面游来游去。

这首诗是讽刺一个叫文姜的齐国公主，文是她的名字，姜是她的姓，也是齐国国君的姓。那个时候都是这样，把女子的姓摆在后面，就和《燕燕》中的那个庄姜一样。文姜这个女人非常糟糕，《春秋左氏传》上都有关于她的记载：又好出风头，又喜欢乱搞，简直整得不像话了。她本来是嫁到鲁国做鲁桓公的夫人的，但她不仅和她同父异母的哥哥齐襄公私通，还在鲁国和很多男子乱搞，最后甚至把这些人带回娘家齐国去住，搞得乌烟瘴气。鲁桓公畏惧齐国的强大，不敢管她，听之任之。齐国人看不惯，就有这首诗在社会上流传。

前面两章意思相近，都是说那个河中的敝笱形同虚设，各种各样的鱼全在里面随意出入，就像文姜带的那么多随从一样。"梁"是鱼笱捕鱼的辅助设施。"鲂"是鲂鱼，也叫"鳊鱼"，体形比较大；"鳏"也是一种体形很大的鱼，又叫"鲩鲲"，因为它喜欢单独游动，所以后来就用来指称无偶的男子，叫作"鳏夫"；"鲂"是鲢鱼的古称，就是我们喊胖头鱼的那种花鲢。这些都是体形很大的鱼，它们都在那个敝笱里面随意游进游出，所以敝笱完全是形同虚设了。"齐子"指文姜，"归"是回娘家，"止"是个语气词，没有具体意义。其从者，她的随从也；如云如雨者，形容其多也。前面两句是比喻：河梁中间安了一个鱼笱，好像能关得住鱼儿，结果它是个烂了底子的笱，那么大的鱼都在里头随便进出。这就好像鲁桓公一样，说是文姜的丈夫，结果文姜把那么多乱七八糟的男人当成随从带回娘家。鱼和水，在古时候经常是用来比喻男女关系的，所以这几句诗讽刺意味非常明显，也是很厉害的挖苦。

第三章"其鱼唯唯"的"唯唯"，就是"逶逶"，形容各种各样的鱼一条跟着一条，对那个形同虚设的敝笱毫无顾忌，好像流水一样顺顺当当，这就是"其从如水"。这既是讽刺鲁桓公不管事，也是批评文姜的滥交。

我觉得还需要为大家补充说明一点：齐国的国都叫临淄，就是现在的山东淄博，曾经是春秋时期第一大城市；齐国的富裕程度和文化发展都是春秋时期最高的，所以它比较开化。像我们讲的这三首诗，都是很明显地讽刺君主、讽刺官方，这也说明齐国的政治比较开明，能够容忍讽刺。所以，不要以为歌功颂德之作多就是社会文明的表现，实际的情况，恐怕恰恰相反。

魏风·陟岵

陟彼岵兮，瞻望父兮。

父曰："嗟！予子行役，夙夜无已。

上慎旃哉，犹来无止！"

陟彼屺兮，瞻望母兮。

母曰："嗟！予季行役，夙夜无寐。

上慎旃哉，犹来无弃！"

陟彼冈兮，瞻望兄兮。

兄曰："嗟！予弟行役，夙夜必偕。

上慎旃哉，犹来无死！"

笔以曲而愈达，情以婉而愈深，千载下读之，犹足令羁旅
人望白云而起思亲之念，况当日远离父母者乎？

——[清]方玉润《诗经原始》

周朝时候的魏国，在今天的山西西南端，就是黄河由北向南流转
向由西向东流，拐了一个大弯的那个地方。在那里，黄河的南岸就是
今天的河南三门峡，北岸的那一带，就是魏国。我从《魏风》里面选
了两首诗。

"陟"读 zhì，就是登高，从坡底下走到坡上面，就叫"陟"。"岵"是有草地的山。华北有很多山都是光秃秃的，不像我们四川这边的山都长满了草木，所以专门造了这个字。"陟岵"就是登上多草的山。请看这个"陟"字的金文：𨙵。它的左边这个包耳旁，在古文字中就是画的山坡的阶梯，表示山坡上面的石头梯步，右边的"步"是两只脚，左脚在前，右脚在后。你不要小看这个细节，这些细节常常让我感叹：我们这些祖先真了不起，他们对生活观察之仔细——你随便喊一个人朝你面前走，他一定是先出左脚，后出右脚的。

诗歌一开篇，就让我们明白这是登高望远，想看到自己的父亲："陟彼岵兮，瞻望父兮。"瞻望者，向远方眺望也。原来这个人是魏国的普通老百姓，被国君命令去服役——服兵役或者劳役。这个小伙子从来没有离开过家，出门在外，长途跋涉，很想念他的家人，看见前面有座山就爬上去，想从那里回望家乡，看到父亲。他一门心思地想家，以至在山顶上产生幻觉，仿佛听到父亲在对他说话："唉，我儿子在服役啊！你没日没夜地赶路，路上千万要小心谨慎哦！"这就是"父曰：'嗟！予子行役，夙夜无已。上慎旃哉。'"所要表达的。嗟者，叹息也；"予子行役"，就是我的儿子正在服役；"夙夜无已"，就是白天黑夜都在走，没有个完；"上慎"是千万要谨慎；"旃"读zhān，是"之焉"两个音拼成的，所以"旃哉"是连起来的三个语气词，这是口语的特色。然后他又好像听见父亲在叮嘱他，一定要惦记着回家，不要留在外面："'犹来无止！'"犹者，仍然也，还是也；来者，归来也；"无止"就是不要停留。这种描写非常感人，诗中的主人公特别令人同情。

第二章还是在登高望远，这次是登上了一座光秃秃的山，心中在想念他的母亲："陟彼屺兮，瞻望母兮。"屺者，全无草木之山也。这个"母"也要读古音 mǐ。他又听到他的母亲叹了一口气，在说："唉，我家三儿正在服役！你路上千万小心，无论白天黑夜，不要打瞌睡，千万不要掉队了。"这就是"母曰：'嗟！予季行役，夙夜无寐。上慎旃哉，犹来无弃！'"所要表达的。古时候按长幼顺序排，老大是"孟"，老二是"仲"，老三就是"季"，所以第三名叫"季军"。寐者，入睡也，"无寐"就是"不要打瞌睡"。后面的"上慎旃哉，犹来无弃"，是在叮嘱他不要掉队了，"无弃"就是不要被大队伍抛弃。为什么他的母亲要这样提醒他？因为母亲特别了解儿子的习性，知道她这个幺儿贪睡，万一稀里糊涂地睡过去，脱离了大队伍，就等于被抛弃了，他就连吃饭的地方都找不到，要饿死在外面。所以母亲要这样地提醒他。

第三章，他登上一座横着的山，在望他的哥哥："陟彼冈兮，瞻望兄兮。"冈者，横列之山也；"兄"也要读 kuāng。他听见他哥哥在说什么呢？"兄曰：'嗟！予弟行役，夙夜必偕。'"哥哥也是长叹一声，然后叮嘱他无论白天夜晚，一定要和大部队步调一致，不要掉队。偕者，在一起也。他哥哥很可能有过服役的经历，知道一旦掉队就完了，所以他就这样提醒他弟弟。然后又叮嘱："上慎旃哉，犹来无死！"——"你千万小心啊！你还得要回来，不要死在外面。"

这首诗的感人之处，在于它没有说一句思念的话，而是说他一到高处就回望故乡，思念心切就产生幻觉，好像听见他父亲也在思念他，他妈妈也在思念他，他哥哥也在思念他，以此来衬托出他的感情，来表现人性。

魏风·硕鼠

硕鼠硕鼠，无食我黍！
三岁贯女，莫我肯顾。
逝将去女，适彼乐土。
乐土乐土，爰得我所。

硕鼠硕鼠，无食我麦！
三岁贯女，莫我肯德。
逝将去女，适彼乐国。
乐国乐国，爰得我直。

硕鼠硕鼠，无食我苗！
三岁贯女，莫我肯劳。
逝将去女，适彼乐郊。
乐郊乐郊，谁之永号？

麦、贝母

硕者，肥大也，"硕鼠"就是吃肥了的大老鼠。这是《魏风》里面很有名的一首诗，是老百姓受够了盘剥，把官家看作吃肥了的大耗子，痛心疾首地诅咒发誓，也是一种警告。

第一章是说：你这个吃肥了的大老鼠哦，你天天吃我的粮食，整整三年了，我简直把你惯适了、宠坏了，你是只晓得吃我，一点儿也不替我着想。现在我不干了，我一定要搬到别的地方，到那些没有你这种大耗子的地方去。这个"贯"就是我们说的"惯适"，郑玄为这首诗作注，就注明"贯者，适也"。顾者，顾怜也，顾惜也，"莫我肯顾"也是倒装句，就是"不肯顾惜我"；"女"还是"汝"的意思；"逝"是借字，就是发誓的"誓"；去者，离开也；适者，到达也。他这么一下定决心，马上心头轻松，就想象那个将要去的地方，是一片乐土，那里才是"我可以安住的地方"。"爰"就是我们在《鄘风·桑中》里面讲过的"于焉"，就是"在那里"；所者，居所也。

第二章的意思基本相同，只是换了几个字："麦"是小麦，也是代表被硕鼠吃掉的粮食；"德"是好处，"莫我肯德"就是"你一点也不肯对我好"。"乐土"换成了"乐国"，这个"国"是指城市，那时候一切城市都可以叫"国"，并不是我们今天的概念，不是说这个老百姓想叛国了，要跑到日本、欧美、澳大利亚去。这个农民在乡下被盘剥得受不了了，想搬进城里头去住，就是"适彼乐国"。后面这个"直"是"值"的意思，还是古今字；"爰得我直"就是"那里才能体现我的劳动价值"。大家要注意这一段的读音，麦要读 mei，德要读 dei，国要读 guei，直要读 zhei，而且都是入声，也就是说，按古音来读，这一段的韵是押得很好的。

第三章，这个硕鼠简直吃顺嘴了，更不像话了。前两段它还是吃的粮食，这回是连庄稼都没成熟，它就把幼苗都啃了！"莫我肯劳"就是"不肯慰劳一下我"，就是说我自己的劳动果实，你都不肯让我享受一点。那我必须搬走不可，如果进不了城，郊区我都要去！这就是"适彼乐郊"。"永号"是"咏诗"和"号叫"。这最后两句是说：如果能够快乐地生活在郊区，我就不会像现在这样，要靠作讽刺诗来发泄我的痛苦。

读完全诗，有两点还需要讲一下。一是这个挨骂的硕鼠是一种特殊的田鼠，既不是家鼠，也不应该是仓鼠，因为家鼠和仓鼠都只是吃饱了就算了，也不会跑到田野里去啃庄稼的苗。田鼠分两种：一种是普通田鼠；另一种是华北平原特产的棕色田鼠，它们最大的特点是贪得无厌，不仅要偷吃，还要建"老鼠仓"，要把粮食搬到它们的洞子里面去储藏起来，就像那些贪官，贪污的钱都要弄到房子里头去堆起。我看到过报道，有一窝棕色田鼠的洞里面，居然藏了三百斤粮食！它们这样可恶，农民咋个受得了？二是，为什么这首诗里面反复提到"三岁贯女"呢？这是因为周代有一条规定：每隔三年就是"大比之年"，这一年官方要重新登记户口，老百姓在这一年里头可以申请搬家。这既是个很开明的政策，等于是允许老百姓"用脚投票"，也可以让周天子根据人口的流动，来判断各个地方的社会治理情况。所以这个"三岁"是有当时的政策依据的，不是诗人随意说的。

唐风·绸缪

绸缪束薪，三星在天。

今夕何夕，见此良人？

子兮子兮，如此良人何？

绸缪束刍，三星在隅。

今夕何夕，见此邂逅？

子兮子兮，如此邂逅何？

绸缪束楚，三星在户。

今夕何夕，见此粲者？

子兮子兮，如此粲者何？

唐国是春秋时期的一个小国，它的国都位于现在的山西太原地区，那里的纬度大约是北纬三十八度。纬度高的地区，能看到的星象就很多。这一首《绸缪》（这两个字要读 chóu móu），就是用天空的星象来交代事情发生的时间过程。

这是一首贺婚歌，就是举行婚礼的时候，唱来祝贺新娘新郎的，它被记录下来，编入《诗经》。

"绸缪"就是我们说的"缠绵"，本义是用绳子把一堆柴捆起来，古人以此来象征男女两家的婚姻结合。在古人的观念里，婚姻是两个家庭甚至两个家族的事情，就像一捆柴，原来是散的，现在把它们缠到一起，捆在一起了，这就叫"绸缪束薪"。薪者，柴也；束者，捆绑也。"三星"是天空中的猎户座。各位以后可以注意，在我们四川成都这个纬度，冬天或者初春的夜晚，都能看见天空中三颗很亮的星，它们挨得很近，古希腊神话里说它们组成了一个猎人身上的腰带，所以叫它们猎户座（orion）。因为进入冬季的夜晚，这三颗星就出现在正南方的天空中，中国古代把这个天象叫作"三星在天"，而这个时候已是农闲，很多婚礼都选在这时举行，所以"三星在天"就和婚姻连在一起了。这里的"天"要读古音 ting。接下来是模仿客人的语气，向那位新媳妇发问："今夕何夕，见此良人？子兮子兮，如此良人何？" ——"今天晚上是一个什么样的晚上啊？你见到了这样一个郎君，觉得如何？"夕者，晚上也；良人者，情郎哥哥也。"子兮子兮"就是"你啊你啊"，是在指着新媳妇发问。因为古代的婚姻如同"隔着口袋买猫"，结婚之前，男女双方是不见面的，一直要到结婚，才能看到对方的模样。今天晚上一对新人已经见面，显然新郎官长得很不错，所以那些闹洞房的人明知故问，来寻开心。

第二章："绸缪束刍，三星在隅。""刍"就是草，华北平原没有那么多柴火，连割的草都要捆起来晾干当柴烧。前面说的"三星在天"，是说那三颗星刚刚出现在天空。因为地球自转的关系，北半球天空上的所有星座都是自东向西南方向运行的，从华北平原看上去，随着夜色加深，这三颗星就渐渐运行到了东南角上。隅者，角落也。接下来还是对新娘子的打趣："今夕何夕，见此邂逅？子兮子兮，如此邂逅何？"——"今晚是什么夜晚哪？你们两个怎么碰在一起了？你啊你啊，说一下对这个见面还满意吗？"邂逅者，无意间碰面也。从这些打趣的话，我们能看出当时闹洞房还是很文明的，只是口头上开开玩笑而已。

第三章的时间更晚了，人们对这一场婚姻又换了一个比喻："绸缪束楚，三星在户。"楚者，黄荆也，我们已经讲过，它也是砍来做柴烧的。"户"就是大门口。因为那时华北平原的院子，大门都朝正南开，"三星在户"就是那三颗星已经转到了正南方，看上去好像就在大门外。因此第三段描述的时间已经是午夜了，闹洞房的人还没停，没有停就要继续开玩笑。这回问的是："今夕何夕，见此粲者？子兮子兮，如此粲者何？""粲"是漂亮，"者"就是我们在《有女同车》里面说的"都"，读音也是 dū，就是洋气、时尚。这是在问那个新媳妇："这个又英俊又时尚的丈夫，你觉得如何？"

整首诗读下来，让我们清楚地看见那个时代的民风民俗：闹婚的人从暮色一起，一直热闹到三更半夜，打趣的话虽然说了很多，但都非常文明，不像我们现在有些人，在婚礼上大讲黄段子，与古人相比，真是差得太远了。

唐风·葛生

葛生蒙楚，蔹蔓于野。
予美亡此，谁与？独处。

葛生蒙棘，蔹蔓于域。
予美亡此，谁与？独息。

角枕粲兮，锦衾烂兮。
予美亡此，谁与？独旦。

夏之日，冬之夜。
百岁之后，归于其居。

冬之夜，夏之日。
百岁之后，归于其室。

此诗甚悲，读之使人泪下。
——[清]陈澧《读诗日录》

《绸缪》说的是喜事，这一首《葛生》是在说伤心事。

"葛"是一种藤。目前我们发现的中原地区最早的棉织品，是南宋古墓中的一条棉线毯。在《诗经》那个年代，中原地区还没有棉花，有钱的人是穿丝绸的，一般的穷人穿不起，就只有两个选择：一是麻布，像我们现在用来做米口袋的那种麻布，这是普通人家穿的；还有一种就是葛布，比麻布还要差，是把葛藤的纤维撕下来，纺成很粗的线，再编织而成。由于我们今天再也不使用这些，所以我们也没见过葛布，恐怕好多朋友连麻布做的衣服都没有见过。

这首诗写的是一个新孀的寡妇，为刚死去不久的丈夫上坟。坟场所见，让她伤心；回到家中，感伤无尽。

这位孀妇去给丈夫上坟，第一眼看见的是两种生长状态大不相同的牵藤植物：葛藤攀附到高高的黄荆条上面，把"楚"都覆盖了；而另一种叫"白蔹"，没有枝条可攀，就只能在野地上蔓延。这就是"葛生蒙楚，蔹蔓于野"。蒙者，覆盖也；野者，田野也。那边是葛藤爬满灌木丛，这边是白蔹密密麻麻地在地上蔓延，脚都插不进去，真是一片荒凉。这样的场景，既是她给丈夫上坟时真实所见，也是她对自己命运的下意识联想。从前的女人，一生的命运都依附于丈夫，正如葛藤、白蔹各有所依。现在丈夫死了，她很担心自己的命运，要像那个白蔹一样没有依靠，所以后面就紧跟着一句感叹："予美亡此，谁

蔹

与？独处。"——"我所爱的人埋在这里了，谁来陪伴他呢？只有他一个人躺在这里，一座孤坟，一片荒凉。""美"是爱的意思；与者，陪伴也。前面的"野"要读古音才能押韵。

第二章是相同的感叹："葛生蒙棘，蔹蔓于域。予美亡此，谁与？独息。"棘是酸枣树，也是长得很高的，葛藤爬到酸枣树上面去了。"域"在这里指墓域，就是墓室周围的空地。"我爱的那个人死了，葬在这里。谁来陪伴他？只有他独自安息。"

第三章写的是上坟后回家的晚上。这位妇人在坟场上黯然伤心，晚上回家就睡不着，起来把箱子打开，翻看那些物什，发现"角枕粲兮，锦衾烂兮"——当初与丈夫合用的枕头，竟然还是新崭崭的；两人合盖的锦缎被子，也还闪着光彩。什么叫"角枕"？从前比较讲究的有钱人家，枕头是长方形的，有四个角，接近我们今天用的枕头的样式了。粲者，发光也；锦衾者，锦缎做被面的铺盖也；烂者，光亮也，这里指锦缎的闪光。本来她丈夫一死，这些东西都收起来了，现在失眠，就不免睹物思人，于是又想到了她的丈夫，也是独处墓地，熬到天亮："予美亡此，谁与？独旦。"

请各位注意，一直到现在，她都只是在讲思念丈夫，说她的丈夫一个人睡在那里，多么孤单可怜，还没有直接说自己的命运。后面两章就换了角度，直接倾诉她自己的痛苦了："夏之日，冬之夜。百岁之后，归于其居。"夏天是昼长夜短，冬天是昼短夜长，所以"夏之日，冬之夜"就是日子漫长难熬。这位寡妇心里就想：只有死了以后，和自己的丈夫葬在一起，才算是回家安息吧？"百岁之后"就是死了以后；归者，回家也；"其居"是"他的居所"，这里指丈夫的坟墓。

这个寡妇说："我还要熬好多个漫长的夏季和冬季，熬到我死，才能去陪他，葬在一起。"下一章抒发的是同样的情感，只是换了一下词序，是"冬之夜，夏之日"，表达的还是同一种愿望："百岁之后，归于其室。"这个"室"是指墓室。古时候埋葬死人，是棺外有椁，椁外有室，室上堆土才是坟。

这是一个可怜的寡妇，她根本没有想到再婚，另组家庭，因为那时候的人观念保守，社会底层的妇女更是如此。白居易说："人生莫作妇人身，百年苦乐由他人。"生作女人，你这一辈子的欢乐、痛苦都不由你，而要以丈夫的意志为转移。这首诗就表现了这种观念，让我们了解了那个时代的妇女，有这样一种不幸。

葭

秦风·蒹葭

蒹葭苍苍，白露为霜。

所谓伊人，在水一方。

溯洄从之，道阻且长。

溯游从之，宛在水中央。

蒹葭凄凄，白露未晞。

所谓伊人，在水之湄。

溯洄从之，道阻且跻。

溯游从之，宛在水中坻。

蒹葭采采，白露未已。

所谓伊人，在水之涘。

溯洄从之，道阻且右。

溯游从之，宛在水中沚。

此诗在《秦风》中气味绝不相类，以好战乐斗之邦，忽遇高超远举之作，可谓鹤立鸡群，偏然自异者矣。

——[清]方玉润《诗经原始》

在江河上悼念贤人，是中国人自远古以来就有的传统，就像我们今天的端午节凭吊屈原，不仅要吃粽子，还要划龙船、抢水鸭子等。更早的时候，在春秋时代的楚国和吴国，是凭吊伍子胥。《蒹葭》这首诗，是那个时代的秦国人凭吊一位叫冯夷的贤者。远古传说中，他是在仲秋八月渡黄河时溺水而死的，被秦国人尊为"水仙"。年深月久，悼念活动渐渐变为一种民俗，这首诗就是由此而作。

"蒹葭苍苍，白露为霜"，是点明了时令，这时已经从初秋的白露转为仲秋的寒露时节了。"蒹葭"就是芦苇；苍苍者，季节入秋，芦苇老了，颜色转深之谓也。因为传说中的冯夷是阴历八月死在黄河的，所以悼念他的活动，也放在这个节气。我们川西平原，要到霜降才开始有较深的秋意，但秦国是在现在的甘肃、陕西地区，纬度比成都高，秋天的寒气比我们早一个节气，寒露的时候就已经"白露为霜"了。这里的"白露"，是指露水泛白，不是节令之名，节令应该是寒露，大家一查《二十四节气歌》就能确认。然后，诗歌从时令的交代转向咏叹人物、说明地点："所谓伊人，在水一方。"所谓者，传说也；伊人者，那个人也，就是冯夷。因为冯夷是死在黄河的，祭奠他的活动肯定要在江河之畔，所以是"在水一方"。"溯洄从之，道阻且长"是说人们在水边盘桓，走了很久，走了很远，还克服了许多障碍，象征着祭奠的人们在反复寻找、追踪冯夷。溯者，沿着也，"溯洄"是沿着流水逆流而上；阻者，难以通行也。但是毕竟水流太长，水势太大，黄河到了八月，就是洪水季节，所谓"秋水时至，百川灌河"，水势壮阔，两岸之间浊浪滔天，"不辨牛马"，人们无法找到冯夷，只能在想象中循着他的踪迹，仿佛看见他就在河水中央，这就是"溯游从之，宛在水中央"。"从"读 zòng，就是追踪的意思；宛者，仿佛也。这是全诗的第一章，情感深沉，结像如见，音韵又十分优美，一下子就把我们抓住了。

第二章，描写的重点做了变动，既交代了气候的寒冷，也表现了参与活动的人们的奔波和心情："蒹葭凄凄，白露未晞。所谓伊人，在水之湄。""凄凄"是寒冷之意；"晞"是晒干；"湄"是河岸边的水、草交会处，与"晞"同韵，它是保持着音韵之美的。阴历八月，天自然是凉下来了，芦苇已经显得萧瑟，参加活动的人又去得很早，芦苇上的露水都还没有晒干，更增添了凄寒之感。他们要寻找的那个人，开始好像就在水边的芦苇丛中。但是，"溯洄从之，道阻且跻。溯游从之，宛在水中坻"——大家在岸边逆水而行，想去找他，一会儿又无路可走，一会儿又遇到上坡，找了很久，结果依然只是恍恍惚惚地看见，他好像在水中的小岛上。跻者，上坡也；坻者，河滩小岛也。

第三章，场景和心境都与前面相似："蒹葭采采，白露未已。所谓伊人，在水之涘。"但是读音要特别说一下。这里的"采采"读 qǐ qǐ，半湿半干之意；"已"和"采"同韵，指露水还在，还没干的意思；"涘"是水边，也是押韵的。"溯洄从之，道阻且右。溯游从之，宛在水中沚。"就是说我们总是找不到他，上游也看不到他，又要翻山走弯路，顺着到下游去找他，他又好像出现在河心小岛上了。"道阻且右"这个"右"本来是转右弯的意思，在这里是指道路迂曲，按古音也是押韵的；沚者，河心小岛也。这些看似韵不同的字，古音都是押韵的。

这样三个段落，回环咏叹，既反映了这个活动是从清晨延续到上午，又把参与活动的人们那种追慕先贤、虔诚祭奠的心情表现得凄婉真切，非常感人。所以这首诗历来被研究诗歌的人所推崇，多次入选中学教科书。古人认为这首诗为"诗人之诗"，就是说它是专业诗人写的，而那些被认为是民间流传的诗则称为"风人之诗"。20世纪40年代有部电影，其中的插曲叫《秋水伊人》，词曲都很美，风靡一时，它的歌名和意境都是源自这一首诗的。

秦风·无衣

岂曰无衣？与子同袍。

王于兴师，修我戈矛。

　　与子同仇！

岂曰无衣？与子同泽。

王于兴师，修我矛戟。

　　与子偕作！

岂曰无衣？与子同裳。

王于兴师，修我甲兵。

　　与子偕行！

英壮迈往，非唐人出塞诸诗所能及。

——吴闿生

　　前面这首《蒹葭》非常优美，下面这首《无衣》就比较雄壮了。因为这首诗是秦国军人的军歌，有点像上战场时唱的进行曲。

　　本来，秦国是战国七雄中出现得最晚的，而且它地处甘肃南边和陕西西边，就是现在的天水一带，古代称秦州，那个时候是非常蛮荒、贫穷的地方。当时最强大、最富裕的国家是齐国，但是齐国并没有统一天下，反倒是最穷的秦国成了最后的赢家，原因在哪里？我看就在这首诗里面。

第一章的"与子同袍"，不是说我们两个衣服打伙穿，而是说我们穿一样的衣服。"子"是你，"同袍"是同样式的战袍。后面两章的"与子同泽"和"与子同裳"也是这样的意思，只是换成了"泽"和"裳"。"泽"是借字，通"襗"，读 zé，就是亵衣、内衣；"裳"的本义是下装，这里指护腿的战裙。我们可以想象：这是秦国在贫瘠的地方招兵，旗子一插，锣鼓一敲，旁边还蒸了一笼热气腾腾的馒头，对那些饭都吃不饱的人，很有吸引力。就有穷人钻出窑洞或者地穴（那个时候，秦国很多地方都没有房子住，好一点的人家住窑洞，家境差的就挖个洞住地下，称为"地穴"），披一张破烂麻布片，就来报名，报名的时候就探问："俺没有衣裳，披布片行吗？"招兵人员就大笑着回答："谁说你没有衣服？我们穿啥你穿啥——外面披的战袍，里面的内衣，包括护腿的战裙，我们都穿一样的！"我们从这几句诗就能看出，秦国给士兵的福利相当好，而且待遇是官兵一致的，这样感情上就比较容易亲近。旧社会，同一支队伍的军人说有"袍泽之谊"，就是从这里来的。

第一行说服装，第二行就说武器。招兵的人说：国王在招兵了，每个人都把自己的武器维护好，"修我戈矛""修我矛戟"和"修我甲兵"都是这个意思。"修"的本义是修理，这里可以理解为维护、管理好；"戈矛""矛戟"都是武器，很好懂。这个"甲兵"需要说一下："甲"是铠甲，但是"兵"要读 bāng，不是指人，而是一种叫"镩"

的兵器。"**王于兴师**"就是"国君说军队要出征了"。"于"是语助词，相当于"曰"；兴师者，出兵也。

每一章的最后这一句，很有意思。首先我们把它的语义弄清楚："同仇"之"仇"和前面的"袍"押韵，并不是仇恨的意思，而是"俦"的借字，指种类。"同仇"就是同类，这就相当于说"只要参了军，我们大家都是一样的"。第二章的"偕作"，就是在一起干。第三章的"偕行"，"行"读 háng，人家在一起叫"同行"，行伍之意也，我们现在还说某某人是"行伍出身"，就是从这儿来的。这三句诗强调的是同一个意思：我们是平等的，一起去干。干什么？打仗。秦国的士兵和军官平等，所以士兵都卖死命，帮他们干。不但如此，秦国还有一个规定，就是给所有当兵的老百姓都定级别，这个我们今天都还没有实现，我们要当干部才定级别，秦朝老百姓都有级别。怎样定？"首功累计"，就是看你打仗的时候砍了多少个敌人的脑袋，后来觉得脑袋太重了，就改成割敌人尸首上的耳朵。秦国的士兵把敌人的左耳朵割下来，用铁丝穿起挂在腰上，回国就凭耳朵多少记功定级。杀人多的，大兵可以升排长、连长，还可以升更大的官儿，打一个胜仗回去，就能升官发财，所以老百姓参军报名踊跃，作战也很勇敢。读到这里，我们就知道了，为什么又穷又野蛮的秦国，到秦始皇那个时代能一统天下——就是打仗厉害嘛！像宋国的宋襄公那样，打仗还要讲究仁义，说是敌军在过江就不能打他们，还要留给他们时间过江，甚至还要给他们留出位置，然后再打仗——像这样的国家就灭亡了。像齐国那么有钱的国家，还有楚国那么大的国家（它的地盘相当于现在从三峡到上海），这些富国、大国，都被这样一个地处天水、偏僻贫穷的秦国灭掉了。

　　我们说每章的最后这一句很有意思，还需要请大家注意另一点：前面四句已经是一个很完整的意思了，怎么后面突然冒出来这么孤零零的一句呢？这首诗怎么这么特别呢？据鄙人研究，这是军歌的特色。《诗经》里唯一的一首军歌，就是这首《无衣》，最后这四个字，音节整齐，铿锵有力，相当于我们现在的进行曲唱完，最后还要呼一句口号。"文化大革命"的时候，流行一首"语录歌"，是一个叫李劫夫的作曲家，用毛泽东语录谱的曲，前面也是很整齐的四句："下定决心，不怕牺牲，排除万难，去争取胜利。"唱完以后，大家就要来这么一句口号："一、二、三——四！"这首诗每一章的最后一句，气势上也是这种感觉："与、子、同——仇！""与、子、偕——作！""与、子、偕——行！"这是军歌的特色。

陈风·防有鹊巢

防有鹊巢，邛有旨苕。
谁侜予美？心焉忉忉。

中唐有甓，邛有旨鹝。
谁侜予美？心焉惕惕。

非必真有侜之者，写柔肠曲尽。
——吴闿生《诗义会通》

陈国在今天河南省的淮阳一带，位于河南省中部，当时算是中原的中间。古代所谓中国，就是中原，中原的中间，地理位置显然就很突出，是当时华夏文化最发达的地方。所以陈国虽然很小，但是它的文化（水平）是很高的。那时整个河南地区都是华夏文化的中心，我们千万不要以今天的人文情况去判断古代。

《防有鹊巢》是一首爱情诗，全诗都是用一个女子独白的口气写的。这个女子的男朋友变了心，她一个人就在那里思忖："一定有什么人在挑拨我们，不然我们的爱情是不会出问题的。"

这首诗一开始，是用两个比喻在表达一种思来想去的猜测：城墙上难道会有喜鹊筑巢吗？丘陵上难道会长美味的苕菜吗？"防"的本义是堤防，就是黄河的大堤，由此引申出防守之意，这里是指都城的城墙。凡是对喜鹊的生活习性有所了解的人，都知道喜鹊是不可能在城墙上筑巢的，因为喜鹊筑巢一定是在周遭一带最高的那棵树的树枝上。邛者，山丘也。"苕"就是我们吃的苕菜，因其味道很好，所以叫"旨苕"。旨者，美味也；所以好酒我们叫"旨酒"，好的苕菜叫"旨苕"。有务农经验的人也都知道，苕菜只能在水分充足的田里生长，山丘上面缺水，种苕菜是不可能的。这两句诗，是以设问句的方式表达这个女子的一个判断：我和我的男朋友，感情那么好，是绝不可能分手的，这就像城墙上不可能有喜鹊筑巢、山丘上不可能有苕菜生长一样。

但是她的男朋友又确实和她分手了，她非常难受，就猜测是有人欺骗了她的男朋友。所以她说："谁侜予美？心焉忉忉。"这个"谁"就是猜测中的那个第三者；"侜"读zhōu，意思是用谎话欺骗；"予美"

就是"我心爱的人"，相当于英语中的 my dear；"忉忉"就是捣捣，就是拿一个东西去锤，"心焉忉忉"就是"我的心啊好难受，就像有锤子在捣一样"，也就是我们现在说的"我的心都碎了"。

第二章的"中唐有甓，邛有旨鹝"也是两个比喻。古人把庭院中间一块小的院坝叫"唐"，"中唐"就是"唐中"，指庭院的中间，又是倒装语。"甓"字的解释是一个大问题。因为甓就是砖，历来研究《诗经》的专家都只按字面的意思来讲，说"中堂有甓"，就是说庭院中间有砖。但这样理解的话，这一句诗就讲不通，因为作者在这里是否定的意思——"难道庭院中间会有砖吗？"院子里当然可以铺砖，根本不用问。所以说这个字就一直没有落实。我也猜了很久，猜来猜去，认为这是个错字，很可能是"鸊"。"鸊""甓"同音，都读 pì，而鸊是一种类似野鸭子的水鸟。既然是水鸟，就应该是在池塘里面，它要是在庭院里面，那就不对了。这样才讲得通：院子中间难道会有水鸟吗？"鹝"读 yì，它到底是什么，历来都没有考察出结果，历代注家都只说可能是一种味道很好的蔬菜。这句诗和前面的"邛有旨苔"意思是一样的。所以接下来，这位姑娘的结论就是"谁侜予美？心焉惕惕"——"是谁欺骗了我心爱的人？害得我思来想去，心中不安。""惕惕"是心中不安、紧张的意思。

这是一首简单质朴的小诗，反映的是古代一个失恋少女的心态：爱情发生了问题，她总觉得有第三者在背后挑拨，这和我们现在的情况是一样的。其实人心是会变化的，但恋人们在这种时候，总是不愿意承认这样一个常识。所以我们说：古今人情不远啊！

陈风·泽陂

彼泽之陂，有蒲与荷。

有美一人，伤如之何。

寤寐无为，涕泗滂沱。

彼泽之陂，有蒲与蕳。

有美一人，硕大且卷。

寤寐无为，中心悁悁。

彼泽之陂，有蒲菡萏。

有美一人，硕大且俨。

寤寐无为，辗转伏枕。

荷塘有遇，悦之无因，作诗自伤。

——闻一多

一三二

荷

这还是一首爱情诗，表现的也是爱情遇到了障碍，使人伤心，但这首诗的主诉者不再是女性，而是一个年轻小伙子。

"陂"的发音：湖北省有个黄陂区，读音是 pí；但这个字在这里是表示水边的堤埂，读音是 bēi。泽者，水池也；蒲是菖蒲，就是我们端阳节挂在门上的那种草药，是有香气的水生植物；荷是荷花、荷叶。第一章的前两句，就是说那里有一个荷花池，还长着菖蒲。这也是一个比喻，我们从后面的诗句就能明白。"有美一人"，就是"有一个美女"；这个"伤"要读 yāng，相当于北方人自称的那个"俺"，"伤如之何"就是"我怎么办啰"。很显然，这个诗人看到那个美女，动了感情，但是又面临某种无法逾越的障碍，使他难遂心愿，所以非常伤心。他伤心到了什么程度呢？"寤寐无为，涕泗滂沱。"——睡又睡不着，醒来也没有心思做事，还哭得一塌糊涂。"寤"是睡醒，"寐"是入睡；"涕"是眼泪；"泗"是鼻涕；"滂沱"本来是形容大雨的，这里用来形容这个小伙子哭得凶，简直哭得一塌糊涂。

按周代的风俗，男女之间的恋爱是很自由的，你喜欢她，你去追就是了嘛，为什么有这么大的障碍呢？唯一的解释是那个姑娘和他同一个姓——按古代的规矩，同姓的男女是不能通婚的，这个风俗使他的恋爱遇到一条鸿沟，不可能有结果。这是我的解释。

第二章还是同一个意思，只不过把"荷"换成了"蕑"，这个字通"莲"，也可以指荷花。这一下我们就明白了：说来说去，他就是说的他们两个，荷花指的是那个美女，蒲就是小伙子自己。后面的"硕大且卷"，是在具体地说那个美女美在哪里：硕者，丰满也；大者，高挑也；卷者，卷发也。这里需要多说一下。过去很多注解《诗经》

的人，都把这个"卷"读成 quán，说它是形容那个美女有一定的威仪，本人不同意这种说法，因为这不符合男子对女性的审美标准。我认为，这个字就读 juǎn，就是"卷发"的意思。那个美女当然不会烫了头发，但她可能是个混血儿。别以为只有今天才有混血儿，西周那个时代，中原民族和其他民族之间，一样有各种交往，包括血缘上的交融。当然也不会多，所以才稀罕。这个小伙子看多了"清汤挂面"，就觉得这个自然卷发特别美。他如果活到今天，看见卷发姑娘满街都是，大概就不会这么伤心了吧？最后两句"寤寐无为，中心悁悁"，和第一章最后两句一样，在说自己多么难受。中心者，心中也；"悁"读 yuān，愁苦忧郁的意思。

第三章的"菡萏"读 hàn dàn，也是荷花，也有解释说它是特指含苞欲放的荷花，反正都是荷花。总之，变来变去都是用荷花来形容那个美女，而形容自己的那个蒲就一直没变。第四句又强调说"硕大且俨"，很多解释都说这个字是"俨然"的"俨"，就是很神气的意思。但是早在东汉时候，《说文解字》引用《诗经》这一句时，就说它的本字应该是左边女旁、右边上"今"下"酉"，是重颐丰颔之貌，就是双下巴。说明那个美女确实很胖，这也说明古人的审美观念和现在不大一样，并不认为瘦得像排骨一样才美。"寤寐无为，辗转伏枕"，还是说他夜晚翻来覆去睡不着，趴在枕头上哭。"枕"与前面的"萏""俨"同韵。全诗的韵是押得很好的，大家可以再读一遍，好好体会一下，读起来真是好听！《诗经》里的这些诗，以前都是歌词，都是可以唱的，但是人家写得多好啊，现在那些没盐没味的流行歌曲，根本无法和古人的相比！

桧风·羔裘

羔裘逍遥，狐裘以朝。
岂不尔思？劳心忉忉。

羔裘翱翔，狐裘在堂。
岂不尔思？我心忧伤！

羔裘如膏，日出有曜。
岂不尔思？中心是悼！

桧国也在河南，说起来是一个国，其实小得很，就只有一个县那么大。现在的郑州西南几十里处，有一个古城，就是古代的桧国国都，这里是中原的中部，也是当时华夏土地上，经济、文化最发达的地区。桧国这样的小国，收入非常有限，但国君非常奢侈，而且不守规矩，乱穿衣服。因为根据那时的礼法，穿衣服是要看不同场合的，不是说什么衣服都可以穿起到处走，但这个国君就带头把规矩搞乱了。有位大臣对此看不惯，就写了这首诗，讽刺桧国的国君。

全诗分为三章，每一章都是用前两句批评国君，说他不讲规矩，乱穿衣服，后两句则是表达自己的忧虑。

周朝对王公大臣穿衣服，是有严格规定的，羊羔皮做的皮袍是礼服，要在上朝的时候才能穿；凡是娱乐，都不允许穿羊羔皮，只能穿普通的衣服。但是这个桧国的国君偏偏乱来，穿着羊羔皮的衣服到处游玩，上朝的时候他又穿着狐皮，所以，"羔裘逍遥，狐裘以朝"就是乱来。逍遥者，到处游玩也；朝者，朝堂议事也。这样做，不仅是过分奢侈，更糟糕的是国君带头不守规矩，会严重影响国家的权威。这个诗人作为桧国的大臣，也许对此提过意见，但是国君不听，他感到失望，可能还以辞职来表达过自己对此的不满，国君反而批评他，说："你要辞职？是不是没有把我放在心头？"他就回答说："岂不尔思？劳心忉忉。"尔者，你也；"尔思"是"思尔"的倒装；劳者，操劳也；忉者，忧愁焦虑也。意思是："哪里是我心头没有你？是你让我心头不安，难受得很。"因为他是位正派的大臣，担心这样乱搞，国家早晚要完蛋，所以感到"劳心"。

第二章跟前面一样，是再一次批评国君穿衣破坏制度："羔裘翱翔，狐裘在堂。"这里的"翱翔"就是逍遥，还是指国君不该穿着羊羔皮衣服到处游耍，然后又穿起狐皮衣服到朝堂上去见大臣。堂者，朝堂也。对此，他也再一次表明了他的态度："岂不尔思？我心忧伤！"

第三章，不仅批评得更加严厉，而且直接说出了他的亡国之忧：你在那里显摆，让我真担心我们的国家要完了。"羔裘如膏，日出有曜。岂不尔思？中心是悼！"膏者，油脂也；曜者，明亮也。这是指那些高级皮衣质地很好，在阳光照射之下，像油脂一样明亮闪光。大概这个国君一天到晚闲得无聊，就在大臣面前展示他的衣服，给人家看他亮晃晃的羔皮袄，不知道这位正派的大臣看在眼里，愁在心里："我们这样一个小国家，过得这么奢侈，这样子下去是要完蛋的！""中心"就是心中；悼者，忧伤也，哀念也，常常用作"追悼"，就是为死者哀伤。谁死了呢？当然就是桧国——在这位大臣心中，国君这样子带头破坏制度、穷奢极欲，国将不国，就等于已经亡了！

桧风·隰有苌楚

隰有苌楚，猗傩其枝，
夭之沃沃，乐子之无知。

隰有苌楚，猗傩其华，
夭之沃沃，乐子之无家。

隰有苌楚，猗傩其实，
夭之沃沃，乐子之无室。

显然，桧国在这样一个风气之下，感到不安、产生忧思的，一定不止那一位《羔裘》的作者。下面这首《隰有苌楚》，也能让我们感到那种近乎绝望的很深的痛苦。

全诗三章，都在表达同一个意思：我要是能像那个苌楚一样，无知无虑地只管自己生长，那就好了。

"苌楚"读 cháng chǔ，是猕猴桃的古称，也叫"羊桃"；"隰"是低湿的地方，沼泽地。"隰有苌楚"就是长在低湿之处的猕猴桃。因为猕猴桃喜欢阴凉湿润的环境，所以在这种地方就长得特别好。所谓"猗傩其枝""猗傩其华""猗傩其实"，就是说这个苌楚的枝条、花朵、果实都长得很好。这个"华"要读平声，就是"花"；实者，果实也；"猗傩"读 ē nuó，就是我们今天说的"婀娜"，也是一个联绵词，在这里是用来形容苌楚的枝条柔韧多姿。所以第一句是直接夸枝条之美，而后两句要稍稍拐个弯去理解：苌楚开花、结果以后，压得枝条颤巍巍的，也显得很美。紧接在这三句诗后面的"夭之沃沃"，是说那棵苌楚长得饱满湿润，好像嫩得出水。夭者，少壮也；沃沃者，丰美润泽也。

前面这些诗句，似乎都是在夸奖那棵苌楚长得好。但每章最后的那一句，却好像奇峰突起，作者在表达一种羡慕，而且羡慕的是"乐子之无知""乐子之无家""乐子之无室"。"乐"在这里是表示羡慕；"子"是代词，指那棵苌楚；"室"和"家"略有区别，特指家中的眷属，所以我们说"家室之累"，就不仅仅是说自己有私家宅第。这就有点奇怪了：为什么这个诗人会羡慕那棵苌楚的"无知""无家"和"无室"呢？这些东西和作为植物的苌楚根本不搭界嘛。这样一想，我们就明白了：这位诗人是在借苌楚之生长，抒发自己的幽怨和哀伤——无知，就不会为任何事情发愁；无家，就不会为将要发生的灾难瞻前顾后；无室，就不会为子女的将来忧心忡忡。

这位诗人，可能还是桧国的臣子，他天天所见所闻的都是让他揪心的事，在朝廷里要操心国事，回家要操心家事，想到未来要为儿女担忧……总之就是有操不完的心，所以他就对那棵什么都不知道，只顾浑浑噩噩地抽枝、开花、结果的苌楚充满了羡慕。人活到这个份儿上，居然羡慕一棵树，实际上是有不堪人生重负之痛楚，只不过诗人不是直接地喊痛诉苦，而是借助于一棵苌楚，做了委婉而深沉的表达。这就是所谓"怨而不怒"。

曹风·蜉蝣

蜉蝣之羽，衣裳楚楚。
心之忧矣，于我归处。

蜉蝣之翼，采采衣服。
心之忧矣，于我归息。

蜉蝣掘阅，麻衣如雪。
心之忧矣，于我归说。

生年不满百，常怀千岁忧。昼短苦夜长，何不秉烛游！

——《古诗十九首》

曹国也是个小国，也非常穷，位于今天的山东省西南部，现在的定陶就是古曹国的首都。但是怪得很，这个地方的国君和大臣，也是非常讲究穿漂亮衣服，甚至在朝堂上议论国家大事的时候，都在谈服装，还要比谁穿得更漂亮。有个大臣实在看不下去，就写了这首《蜉蝣》，表示他的忧虑。

蜉蝣是一种很小的飞虫，也很漂亮。它的尾巴上有两根很长的飘带，腰上也有两根长飘带，非常精致，像个半寸长的美女。它在空中飞的时候，翅膀扇得很缓慢，那个翅膀又很大，就像人的宽袖子，所以显得很优雅。每年在春末夏初的时候，遇到阴雨天气，它就从墙缝里飞出来，我亲眼见过。蜉蝣的寿命很短，因为它成虫后不取食，就是一群群地飞到空中交配，交配完了就死了，最短的仅一天而已，所以古人说它是"朝生暮死"。苏东坡的《赤壁赋》里说"寄蜉蝣于天地，渺沧海之一粟"，就是说人生是很短暂的，就好像朝生暮死的蜉蝣一样。在曹国这个大臣的眼中，国君和那些只会讲究穿戴的大臣，就是一群蜉蝣，看起来漂亮，完全不知道自己的国家多么穷、多么弱小，而且很危险。因为曹国的西面是宋国，比曹国大得多，后来曹国就是被宋国灭的。

第一章是说：看那个蜉蝣的翅膀，就像漂亮的衣裳，但是我心里很忧愁，担心我们没有个归宿，今后没有好下场。这个大臣知道，像这样下去，曹国前途无望，肯定要亡国，"国家亡了，我们去投靠谁"？这个"羽"是指翅膀；楚楚者，漂亮也；"于"在这里要读 wú，意思就是无、没有。请看这个"于"字的金文字形：𠃑。它是个象形字，画的就是一只飞虫。

第二章是说：那个蜉蝣的翅膀，颜色倒是很好看，但是我在担心哪，恐怕我们今后连个落脚休息的地方都没有哟！这个"翼"要读 ye 的入声；采采者，衣服有色彩也；"服"的古音近 pé；"息"要读 xie 的入声，就是歇息之意。全诗是押韵的。

第三章一开始，就是一个让人印象极深的意象："蜉蝣掘阅，麻衣如雪。"掘者，挖掘也，"阅"的本义是大门的门洞，这里借用来指代蜉蝣的窝，"掘阅"就是窝被别人挖了。人家一锄头下去，就把这些蜉蝣的窝毁了，那些蜉蝣只有到处乱飞，密密麻麻一大片。诗人运用他的联想，把这个景象说成是一大堆穿着麻布丧服的人没头没脑地乱窜，就像漫天飘飞的雪片。后面的"心之忧矣，于我归说"，是说我在担心哪，到了为我们国家送葬的时候，我们恐怕连居住的地方都没有了。"说"通"舍"，做动词用，居住之意。

这首诗写得也很含蓄，但它表达的心情是非常沉痛的：这些昏君、昏臣，都是一群蜉蝣，亡国之后就无家可归！

曹风·候人

彼候人兮，何戈与祋。
彼其之子，三百赤芾。

维鹈在梁，不濡其翼。
彼其之子，不称其服。

维鹈在梁，不濡其咮。
彼其之子，不遂其媾。

荟兮蔚兮，南山朝隮。
婉兮娈兮，季女斯饥。

　　我们从前一首诗已经看到，曹国的政治状况非常糟糕。到了曹共公当国君的时候，宠信小人，贬黜君子，朝政更是败坏得不成样子，一个不愿意同流合污的官员，居然被贬职去当仪仗队员。他本来就看不惯那些王公大臣，现在地位一落千丈，又备尝艰辛，自然是牢骚满腹，忍不住大发感慨。这首《候人》可分为四章，写的都是这些牢骚和感慨。候者，等待也；人者，贵宾也。"候人"就是王室仪仗队。

　　第一章是这样的感叹：那个仪仗队员啊，肩膀上一会儿扛戈，一会儿扛袯，忙得不可开交，而那些穿得周吴郑王的大官儿呢，居然有三百个！彼者，那个也，那些也。这个"何"要读去声，"何"字的本义就是负荷的"荷"，请看甲骨文的"何"字：𠂤。这是一个象形字，画的是一个士兵，肩膀上扛了一支戈戟类的武器。字义非常清楚。"何"字的疑问义是后来才有的，为了区分，又借用"荷花"的"荷"表示"负荷"。"袯"读 duì，也是一种兵器，又叫"敦"。"芾"有两个读音，在这里要读 fèi，指一种皮革做的围裙①。"赤芾"就是红色皮围裙，那个时候要大夫级别的大臣才能穿。请大家注意：这个字的草字头下面不是城市的"市"，而是一竖拉通，也是个象形字。按照周朝的制度，像曹国这样的小国，大夫级别的官员不能超过五个，但现在居然有三百个了！当然，三百未必是实际数字，只是极言其多罢了。

这些高级官员，都是一些小人，在这位仪仗队员看来，他们都是不够格的，于是就把自己对他们的看法写在后面两章里面了。"维鹈在梁"这个"维"是句首虚词，没有实际意义。"鹈"就是鹈鹕，一种白色的水鸟，长得有点像白鹤，但是嘴巴很大，嘴下面还有一个很大的口袋。这个"梁"不是屋梁，就是我们在《敝笱》里面讲的鱼梁，是修来拦住水流以便捕鱼的装置。濡者，沾湿也；翼者，翅膀也；咮者，鸟嘴也；媾者，所受待遇也。这两章的前面，都是在说那些鹈鹕，徒然站在鱼梁上，连翅膀都没打湿，连嘴巴都不伸到水里面，根本就不捉鱼。他在说什么呢？我们读了后面那两句就

---

① 芾在现代汉语中一音 fú，通"韍"，意为蔽膝，也就是作者提到的"皮革做的围裙"；一音 fèi，形容树叶树干细小。《康熙字典》中说"韍，方未切，音沸"。此处疑将古音和今音混谈了。

能明白，他是在打比方，说的是那三百个"赤芾"：他们在那里不干正经事，占住茅坑不拉屎，他们根本就不配穿那个衣服，所以"不称其服"；也根本配不上国君对他们的厚待，所以"不遂其媾"。遂者，称也。第二章那个"服"也要像《蜉蝣》里面一样读古音 pé，前面那个"翼"也是押韵的。

第四章是在说这个仪仗队员的困境。"荟兮蔚兮"，是联绵词"荟蔚"的感叹句式，荟蔚的本义是形容草木繁密，这里指云气汇聚，就是在形容后面的"南山朝隮"。朝者，早晨也；隮者，云气也。他为什么一大早要关心南山的云呢？因为他是仪仗队员，要在露天坝去站起，遇到下雨就要淋雨了。而"南山朝隮"就意味着要下大雨，就是民谚所说的"云往东一场空，云往南水满田"。接下来还有更恼火的事情："婉兮娈兮，季女斯饥。"——他家中那个长得很乖的么女子，还在饿肚子。"婉兮娈兮"也是联绵词"婉娈"的感叹句式，本义是年少美貌，这里是夸长得好看。谁长得好看？这个仪仗队员的"季女"，就是第三个女儿，或者就是他的么女子。她虽然长得乖，但是家中没得吃的了，还在饿肚子。他被贬下来当仪仗队员，工资肯定少了很多，连养家都困难了。"斯"是语助词，没有实际意义。

这首诗也很委婉。这位官员被贬了职，不敢不服从分配，只能发发牢骚：那些穿得周吴郑王的官员，都是尸位素餐；再看看自己的处境，想到家中的困难，不由他不发愁。

曹风·鸤鸠

鸤鸠在桑，其子七兮。

淑人君子，其仪一兮。

其仪一兮，心如结兮。

鸤鸠在桑，其子在梅。

淑人君子，其带伊丝。

其带伊丝，其弁伊骐。

鸤鸠在桑，其子在棘。

淑人君子，其仪不忒。

其仪不忒，正是四国。

鸤鸠在桑，其子在榛。

淑人君子，正是国人。

正是国人，胡不万年？

鸠

"鸤鸠"就是布谷鸟，又名四声杜鹃。它的叫声是"布谷布谷"，每年春末夏初，在平原上都可以听到。布谷鸟很奸猾，自己从来不筑巢，它是趁其他雀鸟不在的时候，赶紧跑过去，噗噗噗地把蛋下到人家窝里，下了就跑。那边的雌鸟以为蛋是自己下的，就会帮它孵，结果布谷鸟的蛋总是先孵出来。孵出来以后，它不仅吃人家找来的食物，还会把人家的雏鸟推下去摔死，等到人家糊里糊涂地把小布谷鸟喂大，布谷妈妈就去把自己的孩子接走。由于观察不细致，过去有很多人看到各种鸟巢里面都孵出了布谷鸟，还以为是布谷鸟和这窝的雌鸟"通奸"，生了野娃娃。这个误会，古今中外都有，所以在英文里面奸夫称为布谷鸟，单词就是 cuckoo[①]。这首诗的作者也被误导了。他看到曹国被搞得乌烟瘴气，从国君到大臣都在"包二奶"，到处都有他们的私生子，就作诗讽刺他们，说他们都是布谷鸟。

第一章是概括性地说布谷鸟本来是住在桑树上面的，它有很多雏鸟——"鸤鸠在桑，其子七兮。"这个"七"不是具体数字，而是概言其多。一般鸟类孵雏，都只有两个，而雌布谷是这个鸟的窝里去下一个，那个鸟的窝里去下一个，所以它的娃娃就比别人多得多。诗人不明就里，还以为是布谷雄鸟对配偶不专一，所以他接下来就说："淑人君子，其仪一兮。其仪一兮，心如结兮。"就是说善良、正派的人就不会这样对配偶不忠实。淑人者，有德君子也；仪者，配偶也，对象也；这个"一"是指专一，就是对配偶忠实；"结"是一个比喻，说是淑人君子一旦把心放在什么地方，就像在那里打了一个结一样，

---

① 英文中"奸夫"是 cockold，与布谷鸟（cuckoo）是同源词，而非同一单词。

非常稳定，这就是"同心结"的出处。一直到现在，我们都还在用"同心结"象征男女爱情，很多旅游区都会选一个地方，让恋爱中的男女去挂"同心锁"，那就是现代的"心如结兮"。

从第二章到第四章，这个布谷鸟一会儿"其子在梅"，一会儿又"其子在棘"，还有"其子在榛"，好像是在梅子树上、酸枣树上和榛子树上都去安了"另室"，搞得到处都有它的娃娃。而淑人君子的作风，和它形成鲜明对比。

第二章里说，淑人君子"其带伊丝""其弁伊骐"，就是连腰带和帽子的色彩、纹饰都是确定的。带者，腰带也；伊者，唯有也；"伊丝"就是用作腰带的丝都是确定的。弁者，皮帽也；骐者，青黑色织纹也；"伊骐"就是连帽子的花纹和色彩，也都是固定的。

第三章是夸奖淑人君子不随便变换配偶，认为他们这样做，就是很好的示范，是榜样，这样的行为还会影响到周围的国家："其仪不忒，正是四国。"忒者，变更也；正者，示范也；"是"在这里是"这样"的意思；四国者，四方之邻国也。

第四章是反问：如果有这样的淑人君子做榜样，来纠正被国君和当官者带坏了的风气，我们曹国的国运怎么会不长久呢？反映到诗中就是"正是国人，胡不万年"。国人者，曹国的老百姓也；胡者，何也，是反问的句首词。

这首诗写得很有趣。总的来说，诗人还是与人为善的，没有直接声讨那些坏作风，而是树立淑人君子的正面形象，想通过对比使大家明白：像布谷鸟那样的行为是非常丑陋的。这有点儿像我们今天对某些人只是从侧面提醒，说"一个优秀的人应该怎样怎样"，而不是直接说"你不能去包二奶"，那样就戳穿了他的丑事，就伤了他的面子了。

因为古代的文人学者缺少动物学常识，从郑玄到朱熹都没有读懂这首诗，他们的解释都是错的。本人作为今天的读书人，得益于现代科学知识的普及，多了一点这样的常识，发现只要换一个角度去讲，一下子就说通了。

曹风·下泉

冽彼下泉，浸彼苞稂。
忾我寤叹，念彼周京。

冽彼下泉，浸彼苞萧。
忾我寤叹，念彼京周。

冽彼下泉，浸彼苞蓍。
忾我寤叹，念彼京师。

芃芃黍苗，阴雨膏之。
四国有王，郇伯劳之。

善附者异旨如肝胆。
——[南朝·梁]刘勰《文心雕龙·附会》

《下泉》也是一首讽刺诗，但和前面那几首不同，它不是去批评具体问题。大概曹国的国君太不像话，朝廷里的风气也不像话，所以正派的人都难以生存，坏人反倒是活得上好。曹国的人民也不晓得该怎么来解决这些问题，就怀念过去，反复念叨，就有了这首诗。

前面三章都是比喻。冽者，寒冷也；下泉者，地下水也。"冽彼下泉"就是"那个冰冷的地下水"。有农活经验的人都知道，地下水温度太低，庄稼受不了，但是野草不怕，它们会在地下水的泉眼周围长得非常茂盛。所以诗人反复感叹"浸彼苞稂""浸彼苞萧"和"浸彼苞蓍"。"稂""萧"和"蓍"都是野草。浸者，浸润也；彼者，那些也；苞者，长势茂盛也。这就是说，都是那些野草得到了滋养。

这种情况当然令人愤懑，所以诗里面反复说"忾我寤叹"。忾者，愤慨也；"寤"在这里不是"醒来"，而是大声喧哗的意思。"忾我寤叹"就是"我愤慨地大声感叹"。慨叹之余，就想起了西周初年，周天子对诸侯管得很严的时候，不会出现像曹国现在这样的乱象，接下来的"念彼周京""念彼京周"和"念彼京师"，都是表达这个意思。念者，怀念也；"周京""京周"和"京师"都是指西周的首都镐京。第二个"京周"是为了诗歌押韵更换词序，"京"和"稂"押韵，"周"和"萧"押韵。京师也是指首都，汉代就有人解释过："京者大也，师者众也。"建筑物高大、有很多人，这就是首都的特点，所以叫"京师"。一直到清代，都还在用这个词表示首都，比如北京大学在创立之初，就叫"京师大学堂"。从字面上看，这几句是在怀念原来的首都，但我们都能明白这是一种委婉的表达，怀念的是西周初年那个时代，那时候周天子很有权威，不像东周时期，周天子只在那个小小的王城里面有点儿权威，其他的事都管不了。

第四章是回忆西周时候的情况："芃芃黍苗，阴雨膏之。四国有王，郇伯劳之。"意思是说庄稼要长得好，需要有细雨来浇灌；西周时候，各个诸侯国的风气都好，是因为周天子有权威，还有郇伯为之代劳。"芃"读 péng，和"蓬勃"的"蓬"是一个意思；"黍苗"是小米的苗，在这里代表庄稼；"阴雨"就是小雨；"膏"的本义是油脂，这里作动词，相当于说让庄稼长得绿油油的。四国者，四方之各国也；"有王"就是尊重周天子，不敢无视他。"郇伯"是西周时代的名臣，在管理诸侯方面很有办法，功绩显著。曹国的人怀念他，是用怀念过去来表达对现实的不满。

豳风·七月

七月流火，九月授衣。
一之日觱发，二之日栗烈。
无衣无褐，何以卒岁？
三之日于耜，四之日举趾。
同我妇子，馌彼南亩。田畯至喜。

七月流火，九月授衣。
春日载阳，有鸣仓庚。
女执懿筐，遵彼微行，爰求柔桑。
春日迟迟，采蘩祁祁。
女心伤悲，殆及公子同归。

仓庚

七月流火，八月萑苇。
蚕月条桑，取彼斧斨。
以伐远扬，猗彼女桑。
七月鸣鵙，八月载绩。
载玄载黄，我朱孔阳，为公子裳。

四月秀葽，五月鸣蜩。

八月其获，十月陨萚。

一之日于貉，取彼狐狸，为公子裘。

二之日其同，载缵武功，

言私其豵，献豜于公。

五月斯螽动股，六月莎鸡振羽。

七月在野，八月在宇，

九月在户，十月蟋蟀入我床下。

穹窒熏鼠，塞向墐户。

嗟我妇子，曰为改岁，入此室处。

六月食郁及薁，七月亨葵及菽。

八月剥枣，十月获稻。

为此春酒，以介眉寿。

七月食瓜，八月断壶。

九月叔苴。采荼薪樗，食我农夫。

莎鸡

九月筑场圃，十月纳禾稼。

黍稷重穋，禾麻菽麦。

嗟我农夫，我稼既同，上入执宫功。

昼尔于茅，宵尔索綯。

亟其乘屋，其始播百谷。

二之日凿冰冲冲，三之日纳于凌阴。

四之日其蚤，献羔祭韭。

九月肃霜，十月涤场。

朋酒斯飨，曰杀羔羊。

跻彼公堂，称彼兕觥，万寿无疆！

读《七月》，如入桃源之中，衣冠朴古，天真烂漫，熙熙乎太古也。

——[清]崔述

《国风》的最后一部分是《豳风》。"豳"这个字念 bīn。豳国是周民族早期的根据地，从周公的先祖公刘开始，就在那里开辟农业基地。这首诗就是写豳国的农民在农村的一年是怎样过的。

我们此前讲的那些诗，基本上都是民间传唱的民歌，它们或者是通过"迻人"搜集上来的，或者是由公卿诸侯进献上来的，所以叫"风人之诗"，就是说很难确定作者。进入《豳风》以后，就基本上都是"诗人之诗"，就是个人的创作。

中国历史上第一个诗人是谁？所有的中国文学史都没说，只是确认了作品被编成诗集的第一个诗人是屈原。本人认为中国最早的诗人是周公，就是周文王的儿子、周武王的兄弟，后来为周朝"制礼作乐"的那个周公。因为这首《七月》就是周公写的。

当时周公相当于代理天子。周武王把江山打下来以后，只活了三年。王位传给谁，本来是个问题，因为此前的王位传承并无定规，比如商朝就有好几个王是"兄死传弟"的。如果照此办理，武王死了就该周公当天子，因为周公能力很强，又协助武王灭了商朝，功劳很大，但他却拒绝了王位，因为他看见"兄死传弟"这个方式容易引起纷争。比如周武王就有很多兄弟，传说中是"文王百子"，就是儿子一大堆，如果争起王位来，那还得了？周公就极力主张"嫡长子继位"，并且把它作为一项重要的制度定下来，这样就把王位传给了武王的儿子，就是周成王。如果周公这人不是目光远大、心胸宽广，这事绝对做不到。但是当时周成王很小，所以实际上是周公在负责治理天下。这样一来，武王的其他兄弟就很生气，就造谣中伤周公。当时周朝的国都镐京城里，突然就流传说"周公将不利于孺子"，就是说周公下一步要篡位，要伤害成王。管叔和蔡叔，一个是周公的哥哥，一个是周公的弟弟，他们本来是武王安排去带兵监视殷商遗民的，这个时候却和殷纣王之子武庚搅在一起，发动叛乱。周公又带兵东征，平定了叛乱。周公深知周朝的江山来之不易，不仅通过"血流漂杵"的血战和这一场为时数年的内乱，而且还有周民族几代人坚忍不拔的努力，才奠定了周朝的基础。他一边相忍为国，一边思考对后代的教育问题，希望子孙后代要牢记先辈开创基业的艰辛，不要忘本。《七月》就是为此而创作的一首长诗，历来受到《诗经》研究者的高度推崇，周公也因此成了中国诗歌史上第一个有名有姓的诗人。

周公年轻时，从事过各种农业劳动。后人说周公"多才多艺"，那个时候的"艺"，主要是指农活技术和工匠手艺。不但周公会这一套，周文王也曾经在豳地穿起农夫的衣裳亲自耕田，还会舂小米，舂了以后还拿来簸，那都是实际劳作，绝对不是下去视察的时候摸一下农具来搞表演。周朝的奠基者都有这些实践，周公也有，所以他这首《七月》写得绝对真实。

这首诗一开始从农历七月写起。为什么周公不从正月开始写呢？这和他对农村生活的熟悉和了解有关。因为这个时候夏去秋来，从春耕开始的繁忙的庄稼活路，包括栽秧薅秧、中耕追肥等，都已经告一段落，只需要等着秋收了，这个时间有一段农事空闲。如果一个人不懂农业，是不会这样写的。

这首诗很长，要分成八章来讲。

七月流火，九月授衣。一之日觱发，二之日栗烈。无衣无褐，何以卒岁？三之日于耜，四之日举趾。同我妇子，馌彼南亩，田畯至喜。

"火"的古音，在豳地近 xǐ。在讲解的时候为了好懂，我们就读 huǒ，但是在诵读的时候可以读 xǐ。所以外行来读这首诗，一上口会觉得不押韵，如果知道这一点，就能领会诗歌的音韵美。

什么叫"七月流火"？很多名人都不懂，闹过笑话，还有某位大画家说自己查了《十三经注疏》，这句诗就应该解释为夏天天气很热。其实他没有读懂。那句话的原文是"火星中而寒暑退"，应该在"寒"字那里点断。要是把寒暑连在一起，"寒暑退"怎么讲？到底是寒退还是暑退呢？所以我这里需要详细讲一讲。

可能我们很多人都没有注意到，所有的星星也是从东边升起，慢慢移到西边，最后落下去。有一颗名叫"火"的星（又叫"大火"，是一颗恒星，不是太阳系九大行星①之一的那个火星），因为它的颜色很红，就像一团火，属中国古代天象学里所称的"东宫苍龙七宿"，位于这条"苍龙"的心脏，所以又叫"心"。苍龙七宿就是现代天文学说的天蝎座，这颗"大火"就是 α（希腊文首字母）星。这颗星有一个特点，可以用来测算季节：如果天刚刚黑的时候，看见这颗星在正南方天空出现，那就是到了夏秋之交；接下来半个月，这颗星会逐渐向西南偏斜，每一夜的同一时刻，你都能看到它的位置在下移，越往西边，位置就越低，其轨道是一道从南往西南角下滑的弧线，这个天象就叫"七月流火"。看见"七月流火"，农夫就知道马上要秋收了。这应该是古代豳地农夫的常识。

豳地的气候不像我们成都平原，夏秋之际变化很大，秋天就要穿棉衣了，这就是"九月授衣"。"授衣"就是把缝好的棉衣交给要穿的人——农家嫂子知道要换季节了，要赶快给她的男人和娃娃缝棉衣了。这个开头是很富有人情味的。

接下来"一之日觱发，二之日栗烈"，是形容风声和寒气的。"一之日"就是我们现在说的农历十一月，冬至就在那个月；"二之日"是十二月，就是腊月，这个时候寒气袭人，冷得心头发紧、手脚冰凉。"觱发"读 bì bò，十一月西北风来了，吹得房子哔剥哔剥地响。"栗烈"读 lì liè，就是凛冽，形容寒气逼人的那种感觉。这种天气如果没

---

① 2006 年，国际天文学联合会将冥王星降为矮行星。此后，太阳系共有八大行星。

有棉衣、短袄，你怎么把这一年过完？你就活不下去，要冷死了，所以说"无衣无褐，何以卒岁"。褐者，短袄也；卒者，终也，"卒岁"就是终年的意思。

后面的"三之日"当然就是正月，"四之日"就是二月了。正月间土还是冻着的，没法去种庄稼，不能下田，但是家里的农具需要清理，坏了的要去修。二月，土地已经解冻，人可以下田，开始春耕了。这就是"三之日于耜，四之日举趾"。"耜"是古代翻土的农具，有点像现在的洋铁锹，但是是木头做的，"于耜"就是清理农具。举趾者，抬起脚也。这和春耕是什么关系？那时候还没有牛耕，耕地就是拿耜去挖土，要挖得深就需要用脚踩，踩下去再撬一下，一踩就要把脚举起来，所以"举趾"就是开始干活耕田了。趾者，脚指头也。

开始春耕是农家的大事，所以在春耕第一天要举行比较隆重的仪式，全家都要参加，这就是"同我妇子，馌彼南亩，田畯至喜"。妇者，主妇也，妻子也；子者，子女也。"同我妇子"就是全家出动。"馌"读 yè，就是给田头的人送饭；彼者，那个也，那边也；"南亩"指农田。"馌彼南亩"就是送吃的到农田去。"田畯"是在田野里面供的一个田神，直到我童年的时候，乡间田野里还有很小的神龛，供的就是田神，就是这个"田畯"，他从三千年前一直活到我的童年。"田畯至喜"就是田神看到这些人来拜他，就很高兴，会保佑庄稼丰收。这三句诗是多么富有生活气息啊！它所写的这些情景，直到我的少年时代还能见到。

我们现在来读这些诗歌，觉得它们是不押韵的，但读古音就押韵了。不要以为"发"不能读 bō，"发"字左边加三点水，就是"泼水"

的"泼"，加提手旁就是"拨弄"的"拨"，发的古音就近 bò；后面的"亩"也要读 mǐ，都是押韵的。古代的这些诗歌，给我们留下了音韵的活化石，让我们明白三千年前陕西中部的读音。

第一章从初秋讲到第二年春天。春天到了，除了春耕，还有很多其他事要忙，第二章就接着往下讲：

七月流火，九月授衣。春日载阳，有鸣仓庚。女执懿筐，遵彼微行，爰求柔桑。春日迟迟，采蘩祁祁。女心伤悲，殆及公子同归。

前两句和第一章一样，是在反复地讲述同一情景，也是"兴"。接下来第二行开始，才接着讲：春天来了，天气已经暖和，黄鹂鸟在春阳中鸣叫，农村妇女挎着很深的筐子，沿着小路走向桑园，去采摘喂蚕子的桑叶。这些年轻女子，每人手里提了一个很深的筐，顺着小路走。这个"载"是"开始"的意思，"春日载阳"就是阳气已经恢复，变暖和了。"仓庚"就是杜甫诗句"两个黄鹂鸣翠柳"所说的黄鹂，叫声非常清脆，就像是"岗岗岗"地叫，所以得名"仓庚"。女者，农村妇女也；懿者，深也，所以一个人的德行修养很深，就称为懿德，"懿筐"是很深的筐，有点像我们四川农家用的背篼那样的一种筐子。遵者，顺着也，沿着也；微者，小也；行要读 háng。"遵彼微行"就是沿着小路走。"爰"是"于"和"焉"二字拼成的，我们已经讲过；求者，找也；"柔桑"就是嫩桑叶。这又是一幅多么生动的春日劳动画面啊："春日载阳，有鸣仓庚。女执懿筐，遵彼微行，爰求柔桑。"读着这样的诗，心里真是有一种说不出来的痛快！

后面两句也和养蚕有关："春日迟迟，采蘩祁祁。"什么叫"春日迟迟"？因为春天来了，白昼渐渐变长，就觉得时间走得慢了。"蘩"

是一种菊科植物，又叫"皤蒿"，有点像茼蒿菜，因为它的叶子背面是白的，所以叫"皤蒿"。皤者，白色也。朱熹曾经给这首诗作注，说"皤蒿所以生蚕也"，后来就有人认为蚕子除了吃桑叶还要吃白蒿，错了。皤蒿在养蚕上有两种用途：一是它有杀虫功效，煎水来洗涤那些养蚕的工具，如簸箕之类，洗了以后就不会生虫；二是垫在簸箕里面，给蚕子做垫絮，因为皤蒿很嫩、很软。"采蘩祁祁"是说那些采桑的、采蘩的年轻女子很多。祁者，众多也。

最后这两句"女心伤悲，殆及公子同归"，曾经有人解释说是奴隶主的少爷到乡下抢人，看到哪个女子漂亮就拉走，所以让"女心伤悲"，"公子"就是少爷，就是黄世仁。其实根本不是那回事。这里所说的伤悲，按我的理解，它和"哭嫁"的风俗有关。现在城市里没有"哭嫁"的风俗了，大家不了解。从前的女子，命运不能够自主，对出嫁是很恐惧的，就用《哭嫁歌》来表达她的担忧。后来渐渐成为一种风俗，女子出嫁前三天开始，每天都要哭，一边哭还要一边唱，大意就是：我要离开我的妈哟，离开我的爸哟，离开我的兄弟姊妹哟，还不晓得婆家那边今后对我好不好哟……这就叫"哭嫁"。村里面很多年轻女子聚会的时候，要在一起学着唱歌，其中就有《哭嫁歌》。采桑、采蘩的女子们也是这样。因为《哭嫁歌》听起来很悲惨，所以"女心伤悲，殆及公子同归"。这两句诗也就暗示了，每年春天的这个时候，就有城里面的公子哥到桑园来相亲，这些采桑女子也意识到这一点，既有担心，又有期待。殆者，等待也。

第三章也是从"七月流火"开始，然后再写后面的农事：

七月流火，八月萑苇。蚕月条桑，取彼斧斨。以伐远扬，猗彼女桑。七月鸣鵙，八月载绩。载玄载黄，我朱孔阳，为公子裳。

　　"萑苇"读 huán wěi，是芦苇一类的植物，"八月萑苇"就是八月的农活要砍芦苇。因为豳地那边没有竹子，要用晒干后的芦苇来编养蚕的簸箕。我一边读这首诗一边感叹：周公这个人真是了不起啊，他连每个月的农活是什么，都搞得一清二楚！你看他下面接着讲的又是农事："蚕月"就是农历三月，这个"条"通修理的"修"，"蚕月条桑"就是三月间要替桑树修枝，所以下面是"取彼斧斨"。"斧"和"斨"都是修枝的砍削工具，只是投楔处的孔不同：圆孔者为"斧"，方孔者为"斨"。远扬者，伸得太远和扬得太高的枝条也；猗者，牵引也。"女桑"则是非常专业的术语，特指那些长在很柔弱的枝条上的桑叶；"猗彼女桑"就是拉着那些很细很弱的枝条，采摘上面那些桑叶。

　　"鵙"读 jú，又名伯劳，是一种猛禽，叫声就是很低沉的"jú、jú、jú、jú"。我亲眼见过一只鵙把一只和它体形差不多大小的斑鸠叼起来，活活把斑鸠的头颈撕断。古人认为这种鸟的叫声有阴气，和秋天的阴气相连。"载"和前一章讲的意思一样。"绩"的本义是一道工序，就是把很多股细丝绞成较粗的线，这里用的是它的本义；"载绩"就是把蚕丝绞成线的工作完成了。绞成线以后还要染色，"载玄载黄"就是有的染黑（玄者，黑色也），有的染黄。"我朱孔阳，为公子裳"是用一个农家女的口气在说话：我们家染的丝，又红又亮，但是那是为人家富家公子做衣裳用的。孔者，很也，非常也；阳者，亮也，光鲜也。周公写得很客观，并没有粉饰现实，说什么"我们自己的劳动果实都是自己在享受"，那样写他就是说谎，是在给社会拍马屁了。

第四章从四月说起：

四月秀葽，五月鸣蜩。八月其获，十月陨蘀。一之日于貉，取彼狐狸，为公子裘。二之日其同，载缵武功，言私其豵，献豜于公。

前面四句简明扼要，极有表现力：四月间，种植的中药材开花了；五月里，知了四处鸣叫起来；八月里，庄稼秋收；十月里，落叶纷飞——这是多么生动的田园生活场景哦！秀者，植物吐穗开花也；"葽"是中药，炮制以后就是中药远志。那时候的农家不仅要种庄稼，还要种中药。"蜩"是蝉的古称，读zhāo，把"知了"读快一点，就是这个音。"获"是顶替一个在汉字简化时被"枪毙"掉的字，它的正体字是"穫"，表示种植的收获，而打猎的收获是"獲"，区别得一清二楚。现在就没有办法，只好混用为一个"获"。"陨蘀"是树叶纷纷掉落。陨者，落也；蘀者，树叶也。这些诗句写得多么好啊！周公不仅是个大政治家，而且对日常生活也是非常注意观察和把握的，否则他绝对写不出这样的诗句。

十一月，进入冬季，开始打猎了。古人对大自然是充满敬畏的，每一年开始打猎，也和春耕一样，是要举行仪式的，就是这个"于貉"，又叫"貉祭"。至今我们川西山里的农民冬闲打猎，开始都要举行这种仪式，只是把它说成了"黑一下"，"黑"就是"貉"的讹音。后面的"取彼狐狸"，是指狐和狸两种动物。"狸"指野猫，又叫"山猫"，是一种类似于豹子的猛兽，它的皮毛和狐皮一样珍贵，所以要卖给那些有钱人家去做皮衣，这就是"为公子裘"。

十二月更冷了，就把农夫组织起来，以打猎代练武，相当于我们现在的军训。"其同"就是集合起来；缵者，继承也，"载缵武功"是完成武功传习。怎么传习？以打猎代练武。豳国山里肯定也有很多野猪，野猪祸害庄稼特别厉害，所以不能让它们任意繁衍，冬季就把大家组织起来去猎杀野猪，一举两得。小野猪叫"豵"，读 zōng，归咱们自己；大野猪叫"豜"，读 jiān，要献给豳公。这就是"言私其豵，献豜于公"。言者，俺们之"俺"也，俺的古音就是 yān；"公"就指豳公。

第五章也写季节的变化，但它开始是从昆虫的生态来写的，后面转向农家的日常生活，非常之细腻生动：

五月斯螽动股，六月莎鸡振羽。七月在野，八月在宇，九月在户，十月蟋蟀入我床下。穹窒熏鼠，塞向墐户。嗟我妇子，曰为改岁，入此室处。

斯者，那个也。"螽"读 zhōng，又是个拼音而成的字，"蚱蜢"的连读，就是这个音，大家自然就知道"螽"是什么了。古人观察欠精，认为蚱蜢的叫声都是用后腿锯它的翅膀而发出来的，"动股"就是描绘它的这个动作。其实不是这样的。很多蚱蜢根本就不叫。莎鸡者，

草虫纺织娘也；振羽者，扇动翅膀而发声也。"莎"在这里读 suō，是一种秆呈三棱形的野草，根块入药就是香附子。前两句都是在说草间虫鸣。后面这四句是写蟋蟀。蟋蟀怕冷，七月在田野里叫，八月跑进我们的院子里来叫，九月就进我们房子里面来叫，十月就直接钻到我们床下去叫了。"野"是田野；"宇"是楼宇，指屋檐下面；"户"是房门。这是用一只蟋蟀鸣叫的位置，来写大自然气候的变化，没有细致的观察，怎么写得出来！

下面的"穹窒熏鼠，塞向墐户"，也是这样细致的描写。穹者，窀窿也，洞穴也；窒者，堵塞也。古人居处简陋，室内到处都有老鼠挖的洞穴，冬天一来就要透风，所以要用烟熏的办法来赶老鼠，然后把这些洞穴封死。"向"是居室背后向着北方的窗户，"塞向"就是堵住北窗；墐者，稀泥也；户者，门户也，"墐户"就是用稀泥巴糊住门扇上的缝隙。古时候没有暖气设备，这些都是北方居民冬季防寒的措施。显然周公也干过这些事（至少他目睹过），印象深刻，就用来描绘过冬的艰难。所以他在下面就感叹：我们的妻子儿女，到了这个时候，才进入经过这一番准备的房间，入室而居，等着过年改岁了。"嗟"是感叹词，"改岁"是过完一年要进入新的一年了。读到"入此室处"，我们才恍然大悟：原来先民在冬季到来之前，并不是全都住在家中的。为什么呢？看守庄稼。他们要轮换着值班，住在田野里，防止野猪、雀鸟来刨食种子、糟蹋庄稼，一直要等到现在这个时候，田野里已经没有庄稼了，才能一家大小团聚到家中来，享受家庭的温暖。这也就让我们知道了，这些先辈的生活是多么艰难。

这一章也有很多字要读古音。"股""羽""野""宇""户""下"

都是和"鼠""处"押韵的。

第六章写农家的食物：

六月食郁及薁，七月亨葵及菽。八月剥枣，十月获稻。为此春酒，以介眉寿。七月食瓜，八月断壶。九月叔苴。采荼薪樗，食我农夫。

"郁"是樱桃；"薁"是野葡萄，也叫"山葡萄"；亨的古音读pēng，它和享受的"享"在古时候是一个字、一个音，在这里就是"烹调"的"烹"，指加工食品；"葵"是冬寒菜；"菽"本义是豆子，但是七月豆子并没有成熟，怎么吃呢？仔细一想恍然大悟：豳地的农民真苦啊，粮食不够吃，他们只能把豆叶和冬寒菜混在一起当饭吃。因为阴历七月正是"夏荒"，就是小春作物都吃完了，而秋收的庄稼

葵

还没收下来，一年里一个青黄不接的时候，他们就只能拿这些东西当粮食。这两句都是在写周先民食物匮乏，要大量地用野果、野菜来充饥。

"剥枣"，历来都把"剥"解释成"扑"，说是扑打，因为枣子成熟以后就是用扑打的方式收下来的。但我认为不对，它就是本义，"剥枣"就是制作枣干，枣干是粮食代用品。至今还有陕甘农民都还有制作枣干来当粮食的。下面的"获稻"为什么是十月呢？这是因为他们的"稻"不是水稻，而是旱稻，而且是糯米（后面所说的"为此春酒"就可以印证），再加上豳地一带纬度高，所以他们收稻子的时间就比我们南方的收割期晚很多。"春酒"就是米酒，也就是我们四川人说的醪糟酒，因为那个时候没有蒸馏酒，蒸馏酒要元朝以后才从阿拉伯传入中国，所以那时候喝的全是米酒。什么叫"以介眉寿"呢？就是拿这个米酒敬给那些高寿的老人。"介"读 gài，就是给；"眉寿"是高寿之人，古人以为高寿的人，眉毛要变长，长出"毫"来，所以就造了这个词。"寿"要读 shào，也是押着韵的。

下面的"七月食瓜"，总算是享受正经的水果了，但这是指甜瓜，不是西瓜，西瓜要南北朝以后才传入中国。"八月断壶"的"壶"又是借字，就是葫芦，"断壶"也是一种农活，就是八月间要把葫芦瓜的藤子掐断，让它不再挂果，以便让已经挂果的葫芦瓜很快风干，今后好派用场，比如做水瓢、做容器等。

最后一行的"叔苴"，说的是捡拾大麻籽，也是当粮食吃；"荼"是一种野菜，北方又叫"苦菜"，遍地生长，可以食用。薪樗者，用臭椿来当柴烧也。"樗"读 chū，就是臭椿，和香椿同科，但因为是臭的，不能食用，只能当柴烧。"食"在这里作动词，读 sì，"食我农夫"就是"拿这些来喂饱我们的农民"。因为豳地的自然条件实在太差了，食物不够，只能大量食用野菜、野果；连烧的柴也不多，只能是臭椿。我们一开始就说，周公写这首《七月》是为了教育后代不要忘本，我们越读就越能体会到：周公对周民族先辈们创业的艰辛是印象非常深刻的，所以他要把这些记忆中的细节全部写出来，让周家的子弟不要忘本。

第七章写的是秋收及其后的忙碌：

九月筑场圃，十月纳禾稼。黍稷重穋，禾麻菽麦。嗟我农夫，我稼既同，上入执宫功。昼尔于茅，宵尔索绹。亟其乘屋，其始播百谷。

"圃"在豳地的读音近 bà，"场圃"就是我们说的院坝，因为十月要收庄稼了，到了九月就要筑院坝，把它捶平、弄光生，好晒收下来的粮食；纳者，收也；"禾稼"就是庄稼；"黍稷"是两种庄稼，我们在《王风·黍离》里面已经讲过了；"重"是其中成熟得较晚的品种；穋读 lù，是黍稷中后种先熟的品种。这两个都是农业专用术语，我们现在都没有分那么细了，但因为周朝是以农立国，所以周公把它们分得非常清楚，包括后面"禾麻菽麦"这些概念，他都是十分清楚的，简直像个农学家。

　　接着又是感叹。在第五章里，周公是"嗟我妇子"，这里是"嗟我农夫"。他感慨什么呢？农夫辛苦，要一年忙到晚：等到收完庄稼，

枣

粮食入仓了，又要到豳公府上去干活。既者，已经也；同者，集中也。我的庄稼秋收完毕，装进粮仓了，谓之"我稼既同"。第四章的"同"是农夫集中，这里是粮食集中。什么叫"粮食集中"？入仓了。上者，进城也，我们至今从乡下到成都都叫"上成都"嘛；入者，进入也；宫者，王宫也；功者，劳动做功也。研究中国古代社会史的人，不知注意到没有：这首诗里有缴劳役地租的铁证。豳公是领主，但他所收地租不是交钱交物，《七月》全诗里面没有一句提到把粮食拿去缴租，也没有说要交钱，这里就交代得很明白：农夫是用劳役代地租，这个是铁证。农民十月以后农事已毕，就到豳公家中去服劳役。"昼"是白天；尔者，你也，你们也。这是农夫在交代他的家人：白天你们去割茅草，晚上就搓绳挽套。于茅者，割茅草也；索者，绳索也；"绹"读 táo，绳套也；亟者，赶快也，紧急也。急急忙忙去干什么？盖屋，就是盖田野里用来守望庄稼的棚屋。因为春天一到就要播种了，播种以后农家又需要在庄稼地里值班了。前面他交代家人要赶紧做的这些事，都是为了盖屋。

《七月》的最后一章是写聚会欢庆，也很有意思。

二之日凿冰冲冲，三之日纳于凌阴。四之日其蚤，献羔祭韭。九月肃霜，十月涤场。朋酒斯飨，曰杀羔羊。跻彼公堂，称彼兕觥，万寿无疆！

前面说了，"二之日"是农历十二月，那么"三之日""四之日"就分别是正月、二月了。"凿冰冲冲"是去刨河冰，收集起来放进地窖，供防腐、防暑之用，这就是"纳于凌阴"。凌阴者，地下冰窖也。这不是一般人家消费得起的，要大富大贵之家才行，所以《大学》里面又把富贵人家叫"凿冰之家"。这也是农夫在缴纳劳役地租。

"涤场"不是"清洗场院"，而是指冬天草木凋零，田野一片空空荡荡。它和"肃霜"都是联绵词，后者指秋高气爽，天空明净。最后两行就是具体描写欢宴了：主人摆放了双倍的酒具，还喊厨下杀了羊羔，开始请客；大家进入豳公府邸，举起非常华贵的酒杯向豳公祝福。"朋酒"不是朋友一起喝酒，而是双倍的酒，古代饮酒是用大坛子放在宴席中间，那个大坛子就叫"樽"。现在是年终欢庆，要过年了，为表示隆重，主人就放了两个酒樽，双倍供应酒，奢侈一把，这就叫"朋酒"。"斯"还是个语助词；飨者，招待，犒劳也；跻者，从下到上也；公堂者，豳公的大客厅也；称者，举也；兕觥者，双角犀牛的牛角做的高级酒杯也。这就是豳公在府邸里宴请佃客，表示答谢之意的场景。农户每家来一个人，杀了嫩羊子，喝酒言欢，大家其乐融融，喝高兴了以后就举杯祝福豳公"万寿无疆"——就是这样一个场面。以前的东家和佃户之间，既有服劳役、收地租的关系，也有这样充满人情味的交往。

豳风·鸱鸮

鸱鸮鸱鸮，既取我子，无毁我室。

恩斯勤斯，鬻子之闵斯。

迨天之未阴雨，彻彼桑土，绸缪牖户。

今女下民，或敢侮予？

予手拮据，予所捋荼。

予所蓄租，予口卒瘏，曰予未有室家。

予羽谯谯，予尾翛翛。

予室翘翘，风雨所漂摇，予维音哓哓！

周朝的建立，可以说是中国历史上一件头等大事。首先是周朝提出的很多观念、制定的很多制度，从社会治理到个人生活各个方面，都对后世中国产生了极其深远的影响，无论利弊，直到今天还在影响着我们。第二是周朝对商朝的取代，发生得非常突然，短短几个月内，一个边远地区的诸侯，在力量还非常弱小，与中央政府的兵力根本无法相比的情况下，就把它推翻了。其间当然有很多重要的宣传思想工作起了作用，比如吕尚（就是姜太公）把天空飞过的大雁说成是上天派"空军"来声援他们；又比如周武王在牧野决战之时，成功地收买了殷商军队的一些将领，导致他们临阵倒戈；等等。但决定这场战争胜败的很重要的一点，还是殷纣王暴虐无道，人心丧尽。这就给我们留下了一个重要的启示：周民族为中华民族带来了"仁"的概念，虽然它和"殷人鬼"（就是殷商王朝的很多大事都要问卜于鬼神）的基本原则明显冲突，但它很能争取民心，给我们留下了"*得道多助，失道寡助*"的重要启示。当然，这场战争打得非常艰苦。建立周朝（西周）还不到五年，周武王就死了，很多基本的制度都还没有建立起来，所谓"天下未宁而武王崩"。周武王在遗嘱中明确让周公辅佐周成王，而周公自始至终尽心尽力，不仅忍辱负重、东征平叛，还做了很多制度性的文化建设，叫作"制礼作乐"。后来经过孔子和汉儒的宣讲、整理，周礼不仅在典章制度方面，而且从人伦理念、精神气质的层面，为中华民族的文明进步打下了很深的烙印。

　　周公名叫姬旦，是武王几十个兄弟中间的一个（也有传说是"*大姒嗣徽音，则百斯男*"，就是说文王有一百个儿子），当时才二十多岁，由于他在武王讨伐殷纣王的过程中发挥了很大的作用，武王对他非常信任，把他和吕尚视为左膀右臂，所以武王死的时候，在遗嘱中指定周公代理国政，就是辅佐周成王。这就引发了"三监之乱"，而且民间还传出许多诸如"公将不利于孺子"之类的流言。《鸱鸮》这首诗，就是周公在东征期间，知道管、蔡等人制造的流言在镐京城里传布，为了向周成王表明心迹，所写的一首寓言诗。当时周公不过二十多岁，可以说还是个青年诗人。他把管叔、蔡叔这些人比作鸱鸮，把周王朝比作一个鸟窝，他自己则是那个为了修复这个鸟巢而辛勤操劳、含垢忍辱的鸟妈妈。鸱鸮就是猫头鹰，是昼伏夜出的猛禽，叫声"哦呜——哦呜"的，凄厉恐怖。英语里面，猫头鹰这个单词"owl"的发音就是拟象其叫声。猫头鹰不仅叫声难听，而且还会夜袭鸟巢、攫食人家的雏鸟，所以被古人视为恶鸟，它在我们中国文学中的形象一直不好。

还要请大家注意：从我们中国的古人造字就可以看出，他们对猫头鹰的习性观察得很细致。这个"鸮"也可以写作"枭"。我们看这个字，下面是一棵树，上面是一只见头见身还看得见眼睛的鸟，但就是没有脚。为什么没有脚？它是个会意字：因为猫头鹰自己不筑巢，而是选大树的树洞做窝，它的脚爪在树洞里面！由此可知古人造字之妙。

下面我们就来欣赏这首《鸱鸮》。

诗的第一章，是说管叔和蔡叔已经蛊惑了周成王，还要毁坏我们周朝的天下，而我们的天下是来之不易的，我现在辅佐天子、治理天下，也是出于爱心、非常辛苦的。既者，已经也；取者，夺走也。成王年幼不懂事，听信了管叔、蔡叔的谣言，周公认为这等于是管叔和蔡叔把周成王的心和头脑都夺去了，所以说他们"既取我子"。无者，勿也，不要也；室者，居所也，这里是指周朝的江山社稷。恩者，恩爱也，感情深厚也；勤者，勤苦也；"斯"是虚词，只是表示说话的语气；"鬻"通"育"，就是养育；"闵"就是"怜悯"的"悯"，这里是"痛苦"的意思。"恩斯勤斯，鬻子之闵斯"是说对于辅佐未成年的天子，我是深怀感情、任劳任怨的，就像鸟妈妈养育幼雏一样，累得可怜。

第二章，周公继续深化这个比喻，既是表白，也是提醒：我眼看着天下要出乱子，要赶紧想方设法来修补，就像那个鸟妈妈在将雨之际，要去撕扯桑树皮来缠敷破败的鸟窝一样；而管叔、蔡叔这些下贱之人，还要趁机来造谣欺侮我。迨者，等待也；彻者，扯也，撕扯也；彼者，那个也；桑土者，桑树之皮也。桑树皮为什么叫"桑土"呢？不奇怪：农田的表层熟土才叫"田土"，下面就是烂泥或岩石层了，所以土者，地之皮也。所以桑树皮也可以比之为"桑土"。"绸缪"又是一个联绵词，和"缠绵"相通，我们在《唐风·绸缪》里已经讲过，这里是从缠裹引申出的修补之意，就是指修补那个眼看要被毁掉的"我室"。"牖"这个字现在写误了，那个"甫"应该是"用"字，做声符，它是指屋子背面的窗；"户"是房子前面的门。今者，现在也，当下也；"女"通"汝"；下者，贱也；民者，人也，并无今天的"人民"之意。"今女下民"就是"现在你们这些贱人"，这是周公在骂管叔和蔡叔。或者，可能也；予者，我也。"或敢侮予"就是"可能还要攻击我、欺侮我"。

第三章的"拮据"又是一个联绵词，"予手拮据"就是我的手都僵硬了，不能运转自如了，这里是指捉襟见肘、应付不过来的意思。

这句诗也是我们至今还在用的"拮据"这个词的出处。所者，尚也，还要也；捋者，采摘也；荼者，芦花也。芦花松软，可以保暖。"予所捋荼"和后面的"予所蓄租"，都是指鸟妈妈还要修补鸟窝。蓄者，续也；租者，且也。都是通假字。前一个字好理解，后一个字不常用，它的本义是用来垫鞋子的茅草：那个时候的鞋子不能保暖，天冷了就要用松软的草垫在里面。这两句诗是说鸟妈妈要去采摘芦花、茅草来垫鸟巢。"口"在这里指鸟嘴；这个"卒"通"瘁"；瘁者，病也。因为鸟妈妈采集这些材料都是用嘴衔来的，为了修补鸟窝，太过操劳，嘴巴都像累病了，这就是"予口卒瘁"。为什么这么劳累呢？"曰予未有室家。"——到头来，我们的家还没修好，落脚过夜的地方都没有啊！不这样操持修补，风雨来了怎么办呢？周公真是痛木了！曰者，说也，表白也。这里的"家"作动词用，居住之意。

最后一章，周公感叹自己的艰难处境，就像那个鸟妈妈一样，累得不成样子，身上的羽毛已经发干了，尾羽也乱七八糟的了，但是看着自己的鸟巢，还是觉得很危险，雨打风吹之际，担心它摇摇欲坠。它实在没有办法，只能痛苦悲惨地啼叫。"谯"通"焦"，"翛"通"萧"，前者指发干得像烤焦了一样，后者指破败之状。因为鸟儿的羽毛需要经常用嘴去梳理、润湿，才会有光泽，现在它累成这个样子，哪里还有工夫去梳理羽毛呢？所以就落得"予羽谯谯，予尾翛翛"。但它还是担心"予室翘翘，风雨所漂摇"。翘者高也，可引申为危险之状。它怎么办呢？只好一边操劳，一边发出哀切的警告，这就是"予维音哓哓"。维者，只有也；"哓哓"是象声词，是鸟儿惊恐担忧的叫声。在这首诗的最后一章里，周公把自己的痛苦和悲惨写得哀哀动人。

周公不仅是个优秀的诗人，而且他的人格也非常伟大。他不会因为这个局面不好维持，就干脆自己把周成王取代了。周公不是那样的人。他想的是要江山传之久远，要制定一个可以避免动乱的制度，所以他下定决心，无论多么艰难也要坚持下去。请大家记住：这个时候的周公只有二十多岁，一个青年政治家，就是这么伟大，也是如此真诚，所以才会有《鸱鸮》这样的好诗。

豳风·东山

我徂东山，慆慆不归。我来自东，零雨其蒙。

我东曰归，我心西悲。制彼裳衣，勿士行枚。
蜎蜎者蠋，烝在桑野。敦彼独宿，亦在车下。

　

我徂东山，慆慆不归。我来自东，零雨其蒙。
果裸之实，亦施于宇。伊威在室，蠨蛸在户。
町畽鹿场，熠耀宵行。不可畏也，伊可怀也。

我徂东山，慆慆不归。我来自东，零雨其蒙。
鹳鸣于垤，妇叹于室。洒扫穹窒，我征聿至。
有敦瓜苦，烝在栗薪。自我不见，于今三年。

我徂东山，慆慆不归。我来自东，零雨其蒙。
仓庚于飞，熠耀其羽。之子于归，皇驳其马。
亲结其缡，九十其仪。其新孔嘉，其旧如之何？

写闺阁之致，远归之情，遂为六朝唐人之祖。

——[清]王士禛《渔洋诗话》

这首诗虽然不是周公写的，但是也和周公有关系。

我们千万不要把周公想象成白胡子老大爷的模样，以为他只会一天到黑弓起背喀喀吭吭，说些哀哀切切的话。他一面提醒周成王，一面就带领军队去讨伐管叔、蔡叔和武庚的叛军，史称"周公东征"。这一仗整整打了三年，虽然成功地消灭了叛军，维持了周朝国家的稳定，但是也打得非常之艰苦。而且我们可以想象，这三年里面，随队出征的人就顾不上自己的家了。不但战场一带的田园农家会因兵燹之灾一片破败，那个远在西边、三年没有料理的家，会成什么样子，也是不能不担心的啊！《东山》这首诗，就是写一个跟着周公东征的军官，在得胜之后随队返乡，一路上的所见所思。

"东山"，并不是泛指"东边一座山"。读过《孟子》的都知道一句话，叫"登东山而小鲁，登太山而小天下"，它是鲁国的一座名山，也是管、蔡叛军的大本营。远征东山的军队，是从全国召集起来的，所以从东往西的回师路上，沿路就有人返乡回家，队伍就越走越少，剩下的军人也就越来越想家。对家乡的思念和担忧，也就越来越具体、殷切。这首诗把这样一种情怀，写得细致入微、感人至深，写得非常好。

这首诗分为四章，每一章的前面四句都是一样的，就是这位复员军人在反复感叹。他在感叹什么呢？"我徂东山，慆慆不归。我来自东，零雨其蒙。"徂者，去也；"慆慆"即"悠悠"之意，形容很长的时间；来者，回来也；零者，小也（所以"小吃"又叫"零食"），"零雨"就是小雨；蒙者，细雨霏霏之状也。原来他说的是：自从出征东山，经过了漫长的三年，现在我从东山往回走，一路上都是这样连绵的秋雨，雨雾迷蒙一片。这个军人反复咏叹这样的天气，说明他的心情很不好。不要以为这个军官思想意识不健康，不懂得周公东征是一场正义的战争，不是这样的。我们要知道，战争总是会带来很多破坏，总是会有许多令人伤感的事情，所以要体谅这个下级军官此时的心情，不需要责备他，说他没有振奋精神卖命歌颂正义战争。

他在为什么事难过呢？后面四章诗句，讲了不同的情况，我们一起来慢慢听他说。

第一章："我东曰归，我心西悲。制彼裳衣，勿士行枚。蜎蜎者蜀，烝在桑野。敦彼独宿，亦在车下。"——"我往东走，说是要回去了，但一想到西边我的老家，心里突然感到悲哀。"为什么悲哀呢？他打仗打伤心了，不想再当军人了。你看他说的第一件事，是回家以后赶快做一套衣服，古时候是"上曰衣，下曰裳"，"衣裳"就是一套衣服。他对这套衣服只有一个要求：那上面不要再有当兵的标志了。这个"士"通"事"，在这里作动词。"行枚"就是军人衣服上的标志；行者，行伍也；枚者，徽记也。那个时候当兵打仗，并没有专门的军装，低级军官和士兵，就是在平时穿的衣服上面画一个符号，就表示其是军人了。"勿士行枚"就是不要再往衣服上标明什么部队番号、军官等级，就让我回到普通老百姓的身份吧！然后说他这一路所见——桑园已经荒了，变成"桑野"了，上面爬满了野蚕虫："蜎蜎者蜀，烝在桑野。"蜎者，蜷也，虫子蜷曲之状也；蜀者，野蚕虫也，就是我们四川人喊的"猪儿虫"；"烝"是众多之意。这个军官自己呢，睡觉的时候只能独自一人缩成一堆，躲在战车下面："敦彼独宿，亦在车下"。"敦"就是"堆"，这里的意思也是相通的，它本来的读音就是 duī，后来人们都读成"敦（dūn）促"了。这个"亦"字，从古到今注释《诗经》的人都说是"也"，我觉得不对。请看它的古文字形：🏃。这是一个人腋窝下面各挂一点，是个名词，表示腋窝，"亦在车下"是名词作动词用，说他在战车下面睡，好像被车子夹着他的胳肢窝一样。为什么要这样睡？因为那下面才能躲避风雨，稍微暖和一点。我们要知道，他是军官，才能享受这种待遇，至于一般的士兵呢，那就只有受冻淋雨了。这就是那场正义的战争之后，参战军人复员回家时的情形，哪里像我们今天的复员军人，又是首长致辞，又是战友列队欢送，又是专车送归，没有那么风光的事。

第二章："果裸之实，亦施于宇。伊威在室，蟏蛸在户。町疃鹿场，熠耀宵行。不可畏也，伊可怀也。""果裸"读 guǒ luǒ，是一种植物，就是苽蒌，拣过中药的都晓得，它又叫"药瓜"，可以入药。施者，

苽蒌

悬挂也；宇者，屋宇也。这位军官看到一处房子，药瓜没有人收，藤子爬满了门墙，意味着这个房子已经荒凉无人了。他就走过去看，果然是真的没有人，地虱子爬满了房间，门户之上也挂满了细脚蜘蛛。"伊威"和"蟏蛸"就分别是这两种虫子。这样的景象，简直触目惊心，诗人用这样的诗句来描写房屋的荒凉，让人一读难忘。

为什么房屋里面没有人了？因为战争——要么被拉去当兵了，要么逃难去了。后面两句也是写这种荒凉——村庄成了野鹿出没的场所，一路上夜间都有朽木发出的鬼火："町畽鹿场，熠耀宵行。"这个"町畽"，历来无解，本人根据自己的探索，觉得它的读音应该是cūn zhuāng，就是我们今天说的"村庄"。首先这个"町"字是用"丁"作声符，而"丁"的古音就读 cēng，cēn 和 cūn 可以对转。《诗经·小雅》里面有一首《伐木》，起头一句就是："伐木丁丁"，如果你读dīng dīng，我就晓得你没有细读过《诗经》，因为砍树子又不是敲钉锤，怎么会是那个声音呢？它只能读 cēng cēng，是象声词，砍树的声音。这个读音还有一个辅证，就是日文中的汉字"町"，至今都还保留着村子的意思；而"童"作声符的发音是 zhuāng，从"撞""幢"等字的读音就能得知。熠耀者，闪闪发光也；宵行（读 háng）者，夜晚的路上也。这个"熠耀"不是灯光，而是"鬼火"，它也不是通常人们说的五氧化二磷发光，本人亲自观察过：凡是腐朽了的树木，一遇到夜晚下毛毛雨，上面就有一种发光的细菌，白天看不见，晚上就很明亮，风一吹就好像它在动一样。这些都是一路上的残破景象。这个下级军官作为战争的幸存者，回家心切，虽然这些景象很凄凉，甚至有些恐怖，但他顾不得那么多，他急着赶路回家，所以他说"不可畏也，伊可怀也"。畏者，惧怕也；"伊"在这里不是代词，而是因为的"因"；"怀"也不是怀念，而是作"回家"的"回"字讲。这一章所描写的这些战后景象，也在告诫我们：不要轻易去歌颂战争啊！

这个回家心切的军官不光是一介武夫，他还是个诗人。第三章里

鹳

面，他就在发挥自己的想象力，而且充满了日常生活的趣味，很有诗意，也很伤感："鹳鸣于垤，妇叹于室。洒扫穹窒，我征聿至。有敦瓜苦，烝在栗薪。自我不见，于今三年。"垤者，白蚁所筑之泥巢也；鹳者，鹳鸟也；妇者，主妇也，诗人的妻子也；室者，诗人家中厅堂也。头两句是他想象自己家中的情形：鹳鸟好像喜鹊报喜一样在泥巢上鸣叫，而家中的妻子知道他要回家了，高兴得惊叫起来，这个"叹"应该理解为"惊叹"。然后她"洒扫穹窒，我征聿至"，就忙前忙后地张罗起来，又是洒水打扫，又是赶紧去堵那些墙上的窟窿。"穹窒"就是堵窟窿，我们在《七月》里面已经讲过了；聿者，预也，将要也；至者，到也，回到家也。然后他又想象自己的家园，这个时候应该是板栗树上挂满了风干的葫芦瓜："有敦瓜苦，烝在栗薪。""敦"在这里要读 diāo，吊着的意思；"苦"要读平声，"瓜苦"就是可作洗涤工具的瓜瓢子，和我们四川人原来用的干丝瓜瓢一样；"烝"在第一章已经讲过，是众多的意思；栗薪者，板栗树也。这一切景象，自从他入伍东征以后，已经三年之久没有看见了，所以他最后发出感叹："自我不见，于今三年。"

很多解释《诗经》的人，都把第三章的描写，说成是这个军人回家以后看到的情形，不对，我们看最后这一章就会明白，他还在路上，除了前面说的那个每章重复的起句之外，还有证明："仓庚于飞，熠耀其羽。之子于归，皇驳其马。亲结其缡，九十其仪。其新孔嘉，其旧如之何？"我们前面已经讲过，"仓庚"就是黄鹂；"熠耀"和第二章中是一样的意思，就是闪光，但这里说的不是鬼火闪光，而是黄鹂的羽毛在阳光下发亮。"之子于归"，就是那个女人嫁过来了。"皇"字形容色彩时，表示黄白相间，也就是"驳"，驳者，杂也。"亲结其缡"是古时候的一种礼仪，就是结婚前夜，新娘子的母亲要亲手为出嫁的女儿拴上一个围腰，象征着要守好自己的贞操，忠实于自己的丈夫。"九十其仪"不是九十个仪式，而是形容结婚仪式上礼节之多。九者，十者，皆言其多也。大家也许会问：这个军人怎么突然想起原来的新婚仪式呢？最后两句诗就做了回答："其新孔嘉，其旧如之何？"——我们新婚的时候，一切都是那么美好，现在过去了这么久的时间，不知道情况又是如何呢？"其新"是那个新婚的时候；孔嘉者，很好也；其旧者，现在离新婚的情形已经很久了。懂得心理学的人都会明白，这是他在担心：他离家已经三年了，家中情形，有没有什么变化呢？这也是人之常情啊！他既然在这样担心，当然就是他还没有回到家中，前一章所描绘的一切，不过是他在回家路上的想象而已。

这首诗真是写得太好了！它从这个下级军官在回家路上的各个方面去刻画他的心情，包括所见、所感、所思、所忧，又真实又生动，可惜我们不知道他的名字，如果知道的话，中国诗歌协会真应该选他当主席哟！

什么是《小雅》，什么是《大雅》，历代的《诗经》注释者有很多种说法，但都很难自圆其说。最近百年以来，研究《诗经》的专家又提出了一个新观点：所谓"雅"，是西周初年的一个音乐术语。

我们知道，《诗经》原来都是入乐可歌的，诗三百篇就是三百首歌词，而这个"雅"，指的是三千年前的一种地方音乐，流行于今天的陕西、甘肃那一带的一种唱腔。它的每一句后面，都拖出了"呜——呜——呜"的声音，拖得很长。司马迁有个外孙叫杨恽，在他写的《报孙会宗书》这封信上就说："家本秦也，能为秦声……酒后耳热，仰天抚缶而呼呜呜。"这种"秦声"现在还残存在陕甘一带的地方戏中，我们听秦腔都还能听到，它就有大量这样的拖腔。而"雅"字最早的字义是指乌鸦，呜雅相连，所以古人就用"雅"来给这种唱腔命名。"雅"就是"呜呜之声"。命名之初，和"高雅"并无关系，后者反倒是《诗经》里面的《雅》滋生出来的。而《小雅》和《大雅》，其间并无大小高低之别。在周代，周天子和贵族举行宴会的时候，都有乐队在旁演奏，还要唱"乐歌"。当时掌管这些表演的乐师，就把《诗经》中《雅》这一部分的作品做了分类：将其中比较回避民间哀怨的诗歌命名为《大雅》，认为更适合在这种宴会上演出；将另一类较多涉及了人世间的悲欢离合、种种不平甚至是抗议的作品，归为《小雅》。这就有了所谓《小雅》和《大雅》

之分，但这并不意味着它们之间有高低大小的区别。其实倒是《小雅》部分的诗歌，其内涵的丰富性远远超过《大雅》。

和《国风》是"风人之诗"不同，属《雅》的这一部分诗歌是"诗人之诗"，就是个人创作，有很鲜明的个人色彩，反映的思想感情也更丰富，后人认为它们在艺术趣味上比《国风》高一些，这才有了"高雅"这种说法，雅致、文雅等，都是由此衍生而来。

小雅·鹿鸣

呦呦鹿鸣，食野之苹。
我有嘉宾，鼓瑟吹笙。
吹笙鼓簧，承筐是将。
人之好我，示我周行。

呦呦鹿鸣，食野之蒿。
我有嘉宾，德音孔昭。
视民不恌，君子是则是效，
我有旨酒，嘉宾式燕以敖。

呦呦鹿鸣，食野之芩。
我有嘉宾，鼓瑟鼓琴。
鼓瑟鼓琴，和乐且湛。
我有旨酒，以燕乐嘉宾之心。

始而欲得其欢，已而称颂之，
终乃有所求焉，细人必出于此。
——[清]王夫之《姜斋诗话》

《鹿鸣》是《小雅》部分的第一首诗，它表现的是周天子宴请大夫以上的高级官员的情形。因为鹿有一种习性，就是发现了食物之后，会发出"呦嗷——呦嗷"的叫声，呼唤同伴来一起享受。古人观察到了这个特点，就用在了这首描写宴请的诗里面，作为每一章开头的兴起之句。因为所谓请客，就是主人请客人来共享酒菜，性质相似。所以这首诗很适合用在宴请宾朋的场合，比如唐代进士发榜后，皇帝要宴请全部中榜的进士，就把那个宴会叫"鹿鸣宴"，就是从这首诗来的。20 世纪 40 年代，我们成都有一家最有名的包席馆子，店名"鹿鸣春"，命名也是从这首诗来的。这也能够看出我们成都的文化底蕴：哪怕是开个馆子，都很讲究文化渊源。

第一章"食野之苹"的这个"苹"，指生长在荒野里的藾蒿；后面的"鼓瑟吹笙"和"吹笙鼓簧"的"鼓"，都是动词，敲击演奏之意。后面四句的意思，就是说我请各位嘉宾来赴宴，用音乐伴奏，还要给大家发年薪，外加年终红包，这就是"我有嘉宾，鼓瑟吹笙。吹笙鼓簧，承筐是将"。承者，端起也；是将者，把这个东西送过去也，"将"读 qiāng。"承筐是将"就是让宫廷侍者捧着筐子送到各位达人面前。这个筐子里面装的是什么呢？过去的研究者都没有说清楚，我把《十三经注疏》的相关内容综合比较了一下，才恍然大悟：原来周天子之所以要举行这个宴会，意义在此！这就和我们现在年终搞个团拜会一样，发慰问品和年终奖，皆大欢喜。大家不要奇怪，《十三经注疏》上面说得很明确：筐里头放的是两个部分——一部分是这些部长级别长官的年薪；另一部分是红包，红包大小还有区别。而且周天子说得很委婉，这仅仅"是将"，就是我们现在

鹿

说的"经济补助"，意思是你本身是很有钱的，我这里只是给你锦上添花地补一点而已。最后的"人之好我，示我周行"，是以周天子的口吻表示谦虚：为什么我要给你们发这些补助？因为你们各位大臣爱护我、拥戴我，帮我出主意，好像给我指示大路一样。"人"在这里就是指各位大臣；"好"是动词，读去声；示者，指示也，指引也；"行"是名词，读 háng，就是道路，"周行"就是周代修的国道。

第二章的"食野之蒿"的"蒿"是指青蒿，鹿很爱吃。接下来的"我有嘉宾，德音孔昭。视民不恌，君子是则是效"是周天子在赞美他的大臣：各位尊贵的客人，都有非常美好的名声，老百姓都看到了你们的稳重踏实，你们是他们学习的榜样。德音者，美好的名声也；孔昭者，非常明显也；视者，示也，表现出来也；"恌"是轻佻，不恌者，稳重也；"则"就是标准、榜样；效者，效也，仿效学习也。

你可以说这是周天子在给他的大臣们刷糨糊，但即便是客套话，也可以让我们看到古代社会的一些真相，就是说在这种正式场合，天子要赞美大臣。后面的"我有旨酒，嘉宾式燕以敖"，是说我有非常好的酒，请大家来高兴一盘，各位不妨放松一下。旨者，美味也；式者，试也，不妨也；燕者，晏也，安定安乐也；敖者，放松也。为什么"燕"可以作快乐讲？这也是来自日常观察。从前住的平房，门通常是开着的，燕子会到堂前筑窝，人们经常能听到堂前燕子叽叽喳喳的欢叫，所以古人就用这个字来表示欢乐的情态。

第三章"食野之芩"的"芩"也是野生草本植物，也是鹿的佳肴。后面的"和乐且湛"，是快快乐乐喝个高兴的意思。"湛"的本音读zhàn，本义是深的意思，比如我们说某人技艺精湛，由"深"可引申为沉，在这里就是表示沉醉之意，读音也要变为chén。"以燕乐嘉宾之心"，就是周天子在进一步表白：我献出这些美酒，就是想让各位能好好享受、愉悦心情。

从这首诗里面可以看出，当时的君臣关系还是相对良好的，并不是主子和奴才、老爷和应声虫的关系，当天子的不仅需要谦虚，还要感谢大臣，不像后来。主要是秦始皇起了个坏头，大臣进来就要给皇帝跪下；元明清的皇帝又变本加厉，这才把大臣搞得像奴才一样，再也不是"君臣共治"的关系了。

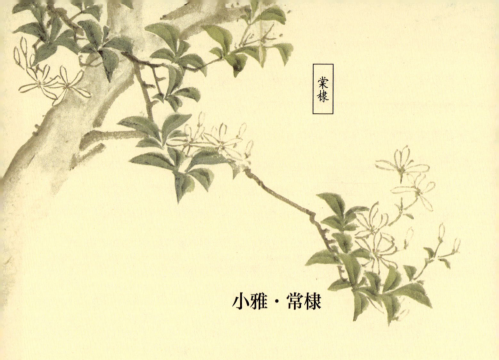

小雅·常棣

常棣之华，鄂不韡韡。
凡今之人，莫如兄弟。

死丧之威，兄弟孔怀。
原隰裒矣，兄弟求矣。

脊令在原，兄弟急难。
每有良朋，况也永叹。

兄弟阋于墙，外御其务。
每有良朋，烝也无戎。

丧乱既平，既安且宁。

虽有兄弟，不如友生。

傧尔笾豆，饮酒之饫。

兄弟既具，和乐且孺。

妻子好合，如鼓瑟琴。

兄弟既翕，和乐且湛。

宜尔室家，乐尔妻帑。

是究是图，亶其然乎？

　　这个"常"要读 táng，通"棠"。"常棣"就是海棠，民间又叫"棠梨"，古代又叫"甘棠"。从内容上看，这首诗的作者是一个老人，在叮嘱、教育他的儿子们；或者是家中阅历丰富、经事最多的老大哥，在给弟兄们反复讲道理，希望大家关系融洽、团结友爱、和睦相处。全诗可分八章，都是循循善诱。

　　第一章用甘棠花来比喻兄弟关系，说明这个诗人不仅观察得仔细，而且很有植物学知识。一朵花是由四部分组成的：花瓣、花蕊、花萼和花托。它们是相辅相成的。我们说一朵花开得好看，那就是四者都有功劳，是互相映衬的，或者说它们是一荣俱荣的。这就是"常棣之华，鄂不韡韡"。鄂者尊也，就是托着花瓣的淡绿色的萼片；这个"不"字，原来造字的时候就是指花托，不是我们现在使用的否定的意思，不是英文中的 no 或者 not，它是一个象形字，拟象于花托和花茎顶端相连的那一部分。我们还可以从"不"字参与的其他字义中得到印证。比如"杯"，就是这种容器和花托形状相似；又比如"胚"，和花托要孕育花的种子有关。"韡韡"通"烨烨"，就是康熙皇帝的名字"玄烨"中的"烨"，是有光辉的意思。花怎么会有光辉呢？那是因为花开得很漂亮，显得光鲜。东汉年间的《古诗十九首》里面，就有"伤彼蕙兰花，含英扬光辉"之句。将兄弟关系比作花朵、花萼和花托，贴切形象，后来就有很多人沿用，比如唐玄宗当了皇帝后，专门修了一座楼台来款待他的皇兄皇弟，就取名为"花萼相辉楼"。

第二章说兄弟之间感情至深："死丧之威，兄弟孔怀。原隰裒矣，兄弟求矣。""威"和"歪"意义相近，至今都还保留在我们四川话里面，我们说某人耍威风，就说他"歪得很"。死丧之事很无情，让人无奈，所以说它"威"。你死了以后，只有弟兄还非常怀念你，就是"兄弟孔怀"。无论你埋在哪里，弟兄都要来上坟祭奠，要为你捧土添坟。原者，荒原也；隰者，低湿之地也；裒读 póu，从字形上一看就能明白它的意思——在衣服中间，有两只手捧过来；求者，恳请也，甘愿也，设法以获也。

第三章用鸟儿落难后的情况，来说明兄弟情深："脊令在原，兄弟急难。每有良朋，况也永叹。""脊令"就是鹡鸰，一种生活在水边的鸟，我们四川人喊"点水雀儿"，它的叫声是"ji ling ji ling"的，这种汉字命名就叫"其名自呼"，就是说读音是从被命名物体所发出的声音而来。原者，山原也，无水之地也，"脊令在原"就是落难了，没吃没喝了，这时也只有它的兄弟会为它着急，会去救它，朋友再多，也只是空发叹息而已。急者，着急也，救急也；每者，多也；况者，空也；永者，长也。

第四章就是正面教育了："兄弟阋于墙，外御其务。每有良朋，烝也无戎。"兄弟之间，即使平时争吵，甚至内斗，一旦外敌打上门来，兄弟们就会团结起来一致对敌，朋友再多，关系再好，遇到这种事情，他们顶多也就是来帮你说说话，不会拿起武器来帮你打敌人的。只有亲弟兄才会帮你拼命。阋者，争吵也，引申为互斗。这个字外面不是门，正体字是"斗争"的"斗"，看一下你就懂了，简体字变成一个"门"，就完全不可解。墙者，院墙之内也；务者，侮也；无戎者，没有武装也。

第五章是感叹："丧乱既平，既安且宁。虽有兄弟，不如友生。"遇丧遇乱，都能见出兄弟情深，为什么平时反而不能友好相处，难道弟兄之间还不如朋友吗？生者，人也，"友生"就是友人。我相信写这首诗的人，一定有很多弟兄，对这些事都亲历过，感受很多，不然是写不出来的。

第六章是劝勉："傧尔笾豆，饮酒之饫。兄弟既具，和乐且孺。"弟兄之间，同餐共饮，是多么快乐的事情啰！傧者，摆出来也。"笾"和"豆"都是古时候的餐具，"笾"是竹编的盘子，盛放面饼、馒头之类；"豆"是一种高脚碗，装肉类食品。从唐代以后我们有了桌椅，所以就看不到这种高脚餐具了。尔者，你们也。"饫"读 yù，非正式私家宴会也。这个"具"就是"俱"，兄弟们都聚齐了，就是"兄弟既具"。孺者，和睦相爱也。

第七章和上面相同，但是更进一步，不仅是兄弟之间，包括兄弟的家人之间，也是如此："妻子好合，如鼓瑟琴。兄弟既翕，和乐且湛。"这里的妻子是指妻和子，包括了嫂子、弟妹、侄儿、侄女。这些内眷都请到一起，大家和和气气欢聚一堂，就像演奏琴和瑟一样，其乐融融，足以让人沉醉。"好"读去声，爱好也；合者，聚合也；翕者，协也，协调相容也；湛者，沉醉也，前面《鹿鸣》刚刚讲过了的。

最后一章，诗人告诫这些兄弟要搞好家庭团结，使家人快乐，这件事应该好好掂量，仔细用心："宜尔室家，乐尔妻帑。是究是图，亶其然乎？"宜者，理顺摆平、弄妥帖也；"帑"字通"孥"，就是子女；究者，考究、研究也，好好琢磨也；图者，图谋，在这里是用心思量的意思；"亶"字本义是诚然、信然、实在，在这里读dǎn，通"当"，作应当、相称讲。大家可能会问，"宜"字怎么会是弄妥帖、搞巴适的意思呢？请看它的甲骨文字形：⿳。家中有双倍的肉食储存，那还不巴适？意思一下就明白了。

小雅·采薇

采薇采薇，薇亦作止。

曰归曰归，岁亦莫止。

靡室靡家，猃狁之故。

不遑启居，猃狁之故。

采薇采薇，薇亦柔止。

曰归曰归，心亦忧止。

忧心烈烈，载饥载渴。

我戍未定，靡使归聘。

采薇采薇，薇亦刚止。

曰归曰归，岁亦阳止。

王事靡盬，不遑启处。

忧心孔疚，我行不来！

彼尔维何？维常之华。

彼路斯何？君子之车。

戎车既驾，四牡业业。

岂敢定居？一月三捷。

驾彼四牡，四牡骙骙。

君子所依，小人所腓。

四牡翼翼，象弭鱼服。

岂不日戒？猃狁孔棘。

昔我往矣，杨柳依依。

今我来思，雨雪霏霏。

行道迟迟，载渴载饥。

我心伤悲，莫知我哀！

　　以乐景写哀，以哀景写乐，一倍增其哀乐……司空表圣所谓"规以象外，得之园中"者也。

——［清］王夫之《姜斋诗话》

"薇"是一种植物，但它究竟是什么，以前很多人都搞错了，包括我自己，曾经以为它就是我们川西平原上的苕菜。后来我花了很多气力查证，还做了实地调查，才搞清楚。它学名叫"紫云英"，是一种野生牵藤植物，也可以秋收后在庄稼地里撒种，让它自然生长，来春翻耕深埋，作为绿色肥料；也可以割其比较嫩的部分来喂猪，所以它的嫩芽尖是可以食用的。江南一带很多，北方也有。"采薇"就是去摘紫云英的藤尖，类似于我们川西平原掐豌豆尖来食用。《采薇》这首诗是一个戍边军人的感伤，根据诗中的信息推测，他应该是一个战车驾驶员，被征召去北方守边。他的行伍生涯非常艰苦，口粮都不够吃，要采野菜来充饥，而上级事先说好的服役时间又一再延长，让他回家的愿望一再落空。

这首诗很长，我们分成六章来讲。

第一章是在采薇时的感叹："采薇采薇，薇亦作止。曰归曰归，岁亦莫止。""亦作"就是植物正在生长，正好去采摘。"止"是语助词，没有实际意义。这就说明时令已是冬天，他想到了上级或者说官方，说话不算数，征召他们时，明明说的是短期从军，冬天就轮换，可是现在眼看到了冬天，薇菜已经开始生长，却还是回不了家，所以他感叹"曰归曰归，岁亦莫止"。曰者，说也；归者，回家也；莫者，暮也，岁暮就是岁晚，岁月入冬，一年快要完了。我们要知道，这些戍边军士绝大多数不是职业军人，有的是市民，有的是农夫，本来在家乡各有自己的家庭和事业，现在在边疆征战，不仅顾不上家，而且居无定所。他不由得感叹，都怪北方来的敌人破坏了自己的生活，征战之中，简直居无定所："靡室靡家，猃狁之故。不遑启居，猃狁之故。"

靡者，没有也；室者，居处也；这个"家"是动词，就是居住的意思。川东一带的方言中，至今还保留着这个发音和词义，还会问"你这些年家（gū）在哪里去了？""猃狁"读 xiǎn yǔn，是周人对匈奴的贬称，加的两个反犬旁，表示骂人家是狗。中国有些人一贯爱搞这种名堂，直到鸦片战争之前，清朝的官员写"英吉利"这三个字都写成"㑌猁猁"，这和称匈奴为"猃狁"是一脉相承的，也是一种精神胜利法——不管打不打得赢你，先把你贬成狗再说。遑者，空闲也，"不遑启居"就是连坐一坐的时间都没有，更没有时间在什么地方住下了。"启"的本义是开门，用在这里又是假借，通"跽"，跽是跪坐，因为那时周人还没有凳子、椅子可坐，就是跪坐在自己的小腿上，这个动作就叫"跽"。居者，居住也；故者，原因也。

　　第二章已是腊月、正月的时候，薇菜长出了嫩尖，回家还是遥遥无期，禁不住越想越怄气："采薇采薇，薇亦柔止。曰归曰归，心亦忧止。"柔者，薇菜长高了，茎尖部分长出了柔嫩的须苗；忧者，忧愁也，就是我们今天口语里的"怄气"。不仅怄气，心里难受，还要忍饥受渴，而且在不断的行军转移中，连给家里寄封信都做不到，生活状况是"忧心烈烈，载饥载渴。我戍未定，靡使归聘"。"烈"在这里读 luò，就是我们说的火辣辣，心头怄气，气得毛焦火辣的。"载"还是要读 jì，"载饥载渴"就是又饿又渴。"戍"是远征，"我戍未定"就是不断地换防，三五天又撤到另外一个地方去了，完全停不下来。使者，军中邮差也；聘者，正式书信也。"靡使归聘"就是没有邮递员，找不到人给我们带信回家。

　　到了第三章，薇菜的嫩尖都老了，春天都来了，回家的事还是没有指望："采薇采薇，薇亦刚止。日归日归，岁亦阳止。"刚者，老硬也，薇菜都嚼不动了；"阳"在这里指春天。读到后面我们就能知道，他们是暮春三月出发的，现在是又一个春天，跨入第二年了，还在采那个嚼都嚼不烂的薇菜来充饥，而"王事靡盬，不遑启处"。"王事"就是公事，指跟狁狁作战。"盬"读 gǔ，固定的意思。今天一个任务，明天又一个任务，公家的事情没完没了，就叫"王事靡盬"；当兵的忙得没有时间休息，就是"不遑启处"。"处"在这里是动词，和"居"意思相近。在这样的情况下，他担心自己的这支队伍回不了家了，越想越气，都气病了，这就是"忧心孔疚，我行不来"。"疚"在这里要读 jì，通"疾病"的"疾"，也是借字；"孔"就是很，"孔疚"是很生病，这个句式的意思就像我们现在说的"很受伤"一样；"行"还是读 háng，"我行"就是我们这个队伍；"来"在这里表示"回去"的意思。

第四章里，这个士兵的思维突然跳跃，从路边的常棣花一下子跳到战车上去了，这就让我们推测他是个战车驾驶员："彼尔维何？维常之华。彼路斯何？君子之车。"——那个很漂亮的是什么？哦，是常棣开花了，好漂亮。那个很大的车是什么？哦，是我们指挥官的战车呀。"尔"要读古音 nǐ，就是现在说的"你们"；维何者，是什么也。"路"在这里也是借字，本字应该是"辂"，就是很大的战车；"君子"是指军官；这个"车"古音韵母发音接近 a，所以与"华"是押韵的。接下来他就从这辆车想到了拉车的四匹威风的公马，想到自己虽然居无定所，非常劳累，但总算是打了很多胜仗："戎车既驾，四牡业业。岂敢定居？一月三捷。""戎车"就是战车；"既驾"是说由他在驾驶；牡者，雄性牲畜也；业业者，高大雄壮之态也。也许会有人问：拉战车为什么没有母马呢？战车可万万不能有母马，母马上不了战场——你要是把母马弄上战场，万一那些雄马都跑来追它，两个家伙谈起恋爱来了，还怎么打仗呢？所以战马必须全是公马。

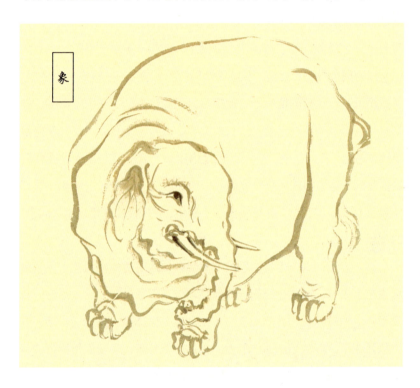

象

第五章继续描绘他经历的战斗生活：我驾着这四匹魁梧的战马，让战车载着军官冲锋在前，士兵们尾随在战车后面："驾彼四牡，四牡骙骙。君子所依，小人所腓。""骙骙"通"魁魁"，壮武之貌；"小人"指士兵；"腓"在这里是"庇护"之"庇"。这样的战争场面直到今天也是如此，都是步兵跟在坦克的后面行进。接下来，他又很骄傲地说自己打仗很用心，装备也不错，而且在对敌人的战斗中一刻也没有放松过："四牡翼翼，象弭鱼服。岂不日戒？猃狁孔棘。"翼翼者，小心翼翼也，注意力很集中的样子。"象弭"和"鱼服"都是他的装备，前者是中间搭箭杆处贴有象牙的弓，可以增加弓的强度；后者是鲨鱼皮做的箭壶，挎在腰间装箭矢的，鲨鱼皮很厚，使箭壶不易磨损。在那个年代，这些都要算是尖端装备了。"弭"在这里要读成 bèi，就是"弼"，两字发音古今对易。"服"要读 pèi，通"箙"，就是箭壶。日戒者，天天戒备也，没有一天是松活安生的。"孔棘"就是很急，因为猃狁的侵犯，形势紧急，所以就没有休息，只能是天天都要警戒了。

经历了这样的苦战，到了最后第六章，这位战车驾驶员终于走在了回家的路上，但是时间拖得太久，他已经高兴不起来，反而非常伤感了。他想起去年春天辞别家乡时，杨柳的飘舞是那样亲切，而现在已是第二年冬天，一路上大雪纷飞，泥泞难行，回家的路上还要忍饥受渴："昔我往矣，杨柳依依。今我来思，雨雪霏霏。行道迟迟，载渴载饥。"昔者，从前也，这里指去年春天；依依者，充满情意也；行道者，大路也，"行"仍是读 háng；迟迟者，道路漫长也，好像走了半天，那条路动都没动一样。"思"在这里是语气词，不是思考、思念之意；"雨"读 yù，是动词，"雨雪"就是下雪，不是某些人解释的什么雨夹雪。这几句诗告诉我们，他还没有回到家，还在路上。我们都很想知道他最终回家是什么情形，但他就用一个哀伤的感叹收尾了："我心伤悲，莫知我哀！"让读者和他一起，留在了这样一个大雪飘落，行走艰难，又饥又渴，又满怀伤悲的回家路上。

这是一个非常了不起的士兵，是值得后代永远纪念的一个无名诗人。可惜了，这位距离我们两千八百多年的无名诗人，我们至今不知道他姓甚名谁啊！

最后让我们一起把全诗再读一遍，要注意最后的"悲""哀"按古音也是押韵的，全诗音韵上也是非常美的。

小雅·湛露

湛湛露斯，匪阳不晞。
厌厌夜饮，不醉无归。

湛湛露斯，在彼丰草。
厌厌夜饮，在宗载考。

湛湛露斯，在彼杞棘。
显允君子，莫不令德。

其桐其椅，其实离离。
岂弟君子，莫不令仪。

昔诸侯朝正于王，王宴乐之，于是赋《湛露》，
则天子当阳，诸侯用命也。

——《左传·文公四年》

这首短诗，也是写周天子请客，但是这个请客和《鹿鸣》不同。不但不热闹，还把规矩弄得非常严，对不同的客人要做不同的提醒，一点都不轻松。"湛"在这里表示"浓"，草叶上铺满了露水，露珠又大又亮，就叫"湛露"。由于在这首诗中，是以周天子的口吻在讲露水，后来就把天子、皇帝、领导人的恩德比作雨露，说是老百姓可以过点好日子，都是沾了他们的"雨露之恩"。一直到"文革"时期，还有流行的革命歌曲让大家唱"雨露滋润禾苗壮"——这些观念就是从这首诗里来的。

第一章，用周天子的口吻在讲规矩：草上的露水，太阳不晒就不会干；今晚的宴会，没有喝醉就不准走。湛湛者，沾沾也，露水很浓之意；"斯"是虚词；"匪阳不晞"的"匪"，在《诗经》中大量使用，都是表示否定，就是我们今天的"非"。大家可能会怀疑，怎么这个"匪"就是否定词？那我们说的"土匪"的"匪"是什么意思？这是因为我们说"土匪"或者"匪徒"，用多了，觉得这个字面目可憎。其实是一个误会。正是因为用作否定义，"匪人"就是非人，非人就不是人，所以用它来说匪徒，说他们不是人，就这个意思。"晞"是晒干；"厌"有"安"的意思，"厌厌"就是"安安"，轻松自在之貌，所以叫"厌厌夜饮，不醉无归"。显然，这里请的客人不是《鹿鸣》中的大夫，请大夫第一不能在晚上，第二也不能醉得一塌糊涂，更不可能让他们"不醉无归"的。

关于"不醉无归"，有个很好笑的龙门阵。从前我们四川的作家李劼人先生开过两个馆子，后开的那家取名"不醉无归"，本来就是用的《诗经》典故，可笑的事是十几年前，有个记者写文章，说李劼人先生给馆子取名"不醉乌龟"，他还说是"太滑稽了"，可能他以为李劼人先生是说哪个不吃安逸哪个就是乌龟——不知道要笨到什么程度，才会有这个想法！这都是几十年传统文化断裂造成的恶果。

第二章，客人变成了同姓诸侯，因为它说得很清楚："湛湛露斯，在彼丰草。厌厌夜饮，在宗载考。"在宗者，同宗也，这些客人都在周天子家的宗谱之上。"载考"的"载"仍然通"既"，"考"就是完成，意思是说要放心地吃个安逸，吃个尽兴，不用有什么顾忌。因为这相当于在举行家宴，都是远房弟兄、侄儿、孙儿这些自己人，醉了也没有关系。

第三章就是招待异姓大臣了，露水沾湿的对象不再是草，而是树了，劝酒的话也变成敬酒的客套了："湛湛露斯，在彼杞棘。显允君子，莫不令德。"杞者，杞树也；棘者，酸枣树也；显者，很著名也；允者，有社会威望也。"莫不令德"就是没有哪个人不具备美好的品德。这个意思就是说：你们这些著名的先生，很有威望，德行都很高。这实际上等于先旁敲侧击一下，提醒他们不要喝醉了失格，潜台词是："等会儿各位可不要丢人哦，不要借酒装疯就去整人家女招待！"当然敲打得也很艺术。这跟我们哄小孩似的，说娃娃乖啊不要哭，哭了就不乖了，先给戴个高帽子，防患于未然。

最后一章，请的客人比较复杂："其桐其椅，其实离离。"这个"椅"和"桐"一样，也是一种树，要读 yī，俗名叫"水冬瓜"，不是"椅子"的"椅"。那个时候中国还没有椅子。周天子一开始就提到这两种树，有什么意思？是谐音：桐者，同也，指其中同姓同宗的客人；椅者，异也，我想大概是指那些侄儿辈、侄孙辈的诸侯，其中肯定有不同宗

桐

的了（比如姻亲封侯的）。实者，果实也，"离离"是一排一排挂起来的样子，是说果实很多。这是比喻，说不管同不同姓，都是我们周家王室的亲戚。后面的"岂弟君子，莫不令仪"也是一种提醒：大家要懂规矩、讲礼仪。"岂弟"就是"恺悌"，读 kǎi tì。恺者，乐也；悌者，谦恭也。莫不者，都有也；令仪者，美好的仪表也。这也是很艺术地先把话说在前面，免得他们醉得一塌糊涂，失礼丢脸。

　　周天子这些话，让我们看出吃这个饭简直没什么意思，中间有各种复杂又微妙的规矩，吃也吃不好，醉也醉不好，没有什么取头，还不如在我们自己家里吃。这个就是政治，吃饭的政治。

小雅·菁菁者莪

菁菁者莪，在彼中阿。
既见君子，乐且有仪。

菁菁者莪，在彼中沚。
既见君子，我心则喜。

菁菁者莪，在彼中陵。
既见君子，锡我百朋。

泛泛杨舟，载沉载浮。
既见君子，我心则休。

《菁菁者莪》，乐育才也。君子能
长育人才，则天下喜乐之矣。
　　　　　　　　——《毛诗序》

莪

这首诗写的是周王室国立学校的毕业典礼。

早在周朝时，周天子和各个诸侯国都要办"国学"，这不是我们现在所说的那些学习内容，而是指官办学堂。国学毕业是个大事，届时周天子要把王室国学的毕业生召集来赐宴。当然这个宴会也不是真喊他们去吃吃喝喝，天子面前，没有那么自由，主要也就是一次仪式。这首诗就是用毕业生的口气，表达这一特殊场合下的感恩之情。

莪是一种野蒿草，叫"罗蒿"，又叫"茵陈蒿"，民间叫"抱娘蒿"，它是在野地长成一团，抱在一起，第二年又在旧根周围发出新芽，所以叫"抱娘蒿"。菁菁者，长得很茂盛也；这个"阿"字读ē，山窝的意思，"中阿"就是"阿中"，山窝中间。华北平原秋冬寒冷，野生的花草竹树，只有在一座山的山窝里面，才能长得很茂盛，因为那里西北风吹不到。这个抱娘蒿也不例外。这里就已经有一个隐晦的比喻，说我们这些毕业生都是蒿草，只是我们有幸长在那个避风的温暖山窝里了，才长得这么茂盛。这就好像我们现在说学生们"生长在温暖的阳光下"一样，"菁菁者莪，在彼中阿"就是这个意思。这个话是说给周天子听的，因为他们现在正在受到周天子的接见："既见君子，乐且有仪。""君子"在这里是指周天子；"乐且有仪"既可以理解为我们很快乐，行为很得体，也可以说是周天子很快乐，他的仪态是我们的表率。这个"仪"要读古音é。"仪"的正体字是"儀"，就是拿"俄"作声符，上面是从"羊"。为什么"仪"字从"羊"？"羊"就是样子，样子就是我们说的仪表，所以"样"字都是木字旁加一个"羊"字。

第二章的"在彼中沚"仍是比喻。沚者，河心沙洲也，因为这里水分充足，野蒿也就长得很好。后面两句"既见君子，我心则喜"，当然是说这些学生自己了。他们喜从何来呢？不仅是兴奋于天子的亲自接见，恐怕更重要的是从此就有铁饭碗了，因为那个时候对这些国学毕业生都是包分配的，不会喊他们自己跑到人才市场去投简历。所以这个"喜"，这样的歌颂，实际上是有条件的，这种感恩心情是以得到实惠做基础的。

第三章又换了比喻，是"在彼中陵"。陵者，山也，"中陵"即陵中，山窝也好，山中也好，河心沙洲也好，都是比喻国学堂的。说周天子给我们提供了良好的学习环境，我们就像那个草一样，借着这个环境很好地成长。后面的"锡我百朋"，是周天子要给这些毕业生发奖金。锡者，赐也，不是"金银铜铁锡"的"锡"，因为那个时候还没有金属锡这个概念。"朋"是古代使用的货币，海贝的壳。五枚海贝算一朋，如果一个贝算一块钱，"百朋"就有五百块钱奖金。这下我们更明白他们喜从何来了：不仅每个人都有了铁饭碗，额外还有一笔毕业奖金，这个待遇确实不错。

最后这一章很有味道："泛泛杨舟，载沉载浮。既见君子，我心则休。"泛泛者，船在水波中漂荡也；杨舟者，杨木制造的船儿也。杨树并不是造船的理想木材，但北方的树木不像南方的品种那么多，也就只好将就。这样一来船的质量就参差不齐，有的能浮在水上，有的就要沉到水中，所以会"载沉载浮"。这又是一个比喻：这些国学生中，并不是每个人都成了才，总有些人学业中途而废，或者因为其他原因没能毕业，所以我们这些能参加毕业典礼的人是幸运儿。这一庆幸，心里就美滋滋的，所以"我心则休"。休者，美也。

小雅·鸿雁

鸿雁于飞，肃肃其羽。
之子于征，劬劳于野。
爰及矜人，哀此鳏寡。

鸿雁于飞，集于中泽。
之子于垣，百堵皆作。
虽则劬劳，其究安宅。

鸿雁于飞，哀鸣嗷嗷。
维此哲人，谓我劬劳。
维彼愚人，谓我宣骄。

流民以鸿雁哀鸣自比而作此歌也。
——[宋]朱熹《诗集传》

"鸿雁"究竟是什么？有人说鸿是天鹅，雁是大雁。不对。我专门查过：按动物学的分类，"雁"是雁属，是个大类，"鸿"是其中一种体形比较大的大雁，还有一种比较小的叫野鹅。天鹅、大雁和野鹅体形都比较大，古人分不清楚，就统称"鸿雁"。

请大家注意这个"雁"字。它的异体字写作"鴈"，《诗经》原来的写法就是这样。里面原来是一只鸟，鸟的旁边立起一个人，说明它们的特点是飞行时排成"人"字。造字者又担心你读不出音，所以加一个声符"厂"。这个字不是工厂的"厂"，要读 hǎn，是个象形字，本义是指山崖。

这首诗是写周天子派遣官员到基层赈灾，救济流民。流民这个概念，我们四川人感受不深。而在以前的河南，一发生灾害，特别是遇到饥荒，就有大量农民外出逃难。所谓流民，就是流亡他乡之民。周代经常发生战争和灾荒，所以有大量的流民。

全诗分为三章，所述之事不同，而"鸿雁"的形象在每一章开头反复出现。第一章里是"肃肃其羽"，就是振动着翅膀嗖嗖地飞。"肃肃"是象声词。第二章里是"集于中泽"，就是落脚在那些低湿之处。集者，栖止也。第三章里是"哀鸣嗷嗷"，就是发出悲哀的叫声。这些都和流民们苦难的生活联系在一起，给我们留下很深的印象，后来说"哀鸿遍野"，出典就在这首诗。

第一章的后面四句，是周天子在叮嘱前往赈灾的官员：你们到基层去救济灾荒，拯救百姓，要忙碌在野外的救灾一线，非常辛苦；你们要关怀那些灾民，要救助那些孤苦的人："之子于征，劬劳于野。爰及矜人，哀此鳏寡。""之子"在这里是"那些人"的意思，指的是周天子派出去的这些官员；于征者，出发也；劬劳者，工作辛苦也；于野者，在野外也。周天子说：你们不是坐在大楼里遥控指挥，而是直接去救灾一线，和那些流亡的老百姓一样，要在野外生活，工作非常辛苦。这是周天子对这些救灾官员表示体恤。后面两句则是交代工作任务。"爰"是顺便，"及"是照顾，"哀"就是同情。"矜"的古音读 guān，就是"鳏夫"的"鳏"。无夫曰寡，无妻曰鳏，少而无父曰孤，老而无子曰独。这是要求这些官员，不但要拯救流亡他乡的饥民，而且要照顾那些鳏夫寡妇，想办法帮他们成家。可见当时这些官员的救灾工作，是很具体的。这一段也让我们知道一个真相：不要以为过去的官僚就不做事，救灾官员是要到第一线的，很可能住宿都是在野外搭个棚子凑合，是"劬劳于野"的。

第二章的后面四句，说明了这些工作的具体内容："之子于垣，百堵皆作。虽则劬劳，其究安宅。"垣者，墙也，"于垣"就是官员们在那里发动群众筑墙。筑墙做什么？修房子。修给什么人住？当然就是流亡的老百姓。"于"就是做事，官员现场监督着修，所以叫"之子于垣"。每一座房屋四面都要有围墙，救灾房要修很多，所以叫"百堵皆作"。百者，多也。"堵"是墙的单位，筑土墙要用特殊工具，叫墙板，每一板围起来的长度是旧制五尺，相当于现在的一米七，筑五板就算一堵。百堵者，概言筑墙之多也。虽然这样忙起来很辛苦，但毕竟让灾民有地方住了，所以说"其究安宅"。究者，终究也。这一段也让我们知道：在周代，中央政府派出的救灾官员，必须这样亲力亲为，不能坐车转一圈就完了。如果古代的统治者全都不顾百姓死活，周朝的天下哪里能维持八百年！

最后一章很值得回味。诗人换了一个角度，站在灾民的角度说话。"鸿雁于飞，哀鸣嗷嗷"，是说灾民很苦，虽然有官员来帮他们修房子，管他们吃，但肯定还有很多困难，有困难就要向上反映，于是他们就忍不住"哀鸣"。这样一来，官员就分成了两派。一种是"维此哲人，谓我劬劳"，是指有些官员很体谅百姓，认为灾民"哀鸣"是因为生活实在太苦了，这样的官员是聪明的，所以是"哲人"。还有些官员看法不同，说老百姓闹闹嚷嚷就是不安定因素，不能再行骄纵，这样的官员就很蠢，所以是"维彼愚人，谓我宣骄"。这样的情况，我们现在都还经常能看到，官员里面是有这种分野的。

小雅·庭燎

夜如何其？夜未央，庭燎之光。

君子至止，鸾声将将。

夜如何其？夜未艾，庭燎晰晰。

君子至止，鸾声哕哕。

夜如何其？夜乡晨，庭燎有辉。

君子至止，言观其旂。

"庭燎有辉"，乡晨之景，莫妙于此。晨色渐明，赤光杂烟而叆叇，但以"有辉"二字写之。唐人《除夕》诗"殿庭银烛上熏天"之句，写除夜之景，与此仿佛，而简至不逮远矣。"花迎剑佩"四字，差为晓色朦胧传神；而又云"星初落"，则痕迹露尽。益叹《三百篇》之不可及也！

——［清］王夫之《姜斋诗话》

"庭燎"是什么东西？我们现在很多人不知道了。你们看凉山彝族的火把节，他们打的那个火把，就是"燎"。"庭燎"就是宫殿院子里面的火把，是用桦树皮卷着各种植物纤维，卷成一个筒立起来，把油倒进去，然后点燃照明。古代没有电灯、油灯，也没有各种蜡烛，但天子早朝要天亮以前就去，只能用这种东西来照明。现在有些周朝题材的影视剧，大概编剧们都不读书，里面那些照明的东西，没有一个符合历史的真实。

这首小诗写的是周宣王的事情。周朝的前期，武王、成王、康王的时代都不错，但后来就出了一个不争气的天子，叫周厉王，他不仅实行暴政，不得人心，而且还不准老百姓提意见发牢骚，听见了就要治罪，搞得老百姓话都不敢说，只好"道路以目"，就是相互间只敢用目光交流，结果把天下搞得一团糟，所以他后来被国人赶走了，国人让他的儿子来继位，就是周宣王。周宣王吸取了教训，工作非常努力。这首诗就是写他早朝的认真，实际上是从这个角度在歌颂他。

每一章的开头，都是两个人在一问一答。一个问："夜晚到什么时候了？"一个答："夜晚还没结束，那是庭燎的光亮。"发问者是周宣王。周宣王很认真，天还没亮就起来了，早朝的时间还没到，他就在那里坐好了等着，等一会儿他就问时间。回答他的是专司报时的人，叫"鸡人"，他的打扮很特别，头上还要戴鸡冠，身上穿的衣服也是模仿公鸡的样子，去报时的时候还要吼一声——周朝皇宫里面就是这样报时的。这个"其"要读 jī，是虚词；央者，尽也，"未央"就是还没有完。天还是黑的，宫中隐隐约约的光亮，是庭燎照出来的，所以鸡人的回答是"夜未央，庭燎之光"。但是这个时候已经有人来了："君子至止"。至者，到也；止者，站立也。君子是哪些人？来朝见周天子的大夫和诸侯们。他们不仅已经来了，而且已经在殿上站好了。这样周宣王就觉得自己也该动身了，就叫宫人开始备车，于是乎"鸾声将将"。鸾者，鸾车也，那是周天子的专车，车身上装饰有一只凤凰；将将者，锵锵也，鸾车上装饰的铃铛的声音。

第二章还是周宣王发问，鸡人作答："夜如何其？夜未艾，庭燎晣晣。""艾"读 yì，完结之意。"晣晣"是宫殿上火把的火光减弱了，因为天色微明了。这个时候大臣和诸侯们当然还在殿上等待，而周宣王已经驱车而行了："君子至止，鸾声哕哕。"这个"哕哕"还是鸾车行驶中车铃铛发出的响声。一切还在进行中。

第三章，周宣王坐在车中还不放心，担心自己迟到了，又问时间如何，鸡人的回答是天开始亮了，庭燎也只有一点余辉了："夜如何其？夜乡晨，庭燎有辉。""乡"读 xiàng，通"向"，"乡晨"就是黑夜正在向早晨过渡，还没有完全天亮。辉读 yùn，指庭燎在天光映衬中的余晖。这个时候周宣王的鸾车已经快到殿前，大臣们都能看得见仪仗队的旗子了，这就是"君子至止，言观其旂"。言者，俺也，就是"我"；"旂"就是旗帜。这是殿前一个站班的高干在向大家宣布：我看见旗帜了。

这首诗的妙处在于，虽然写的是早朝，但只写了早朝的一个序曲，场面非常形象，结构也很巧妙，有一种暗示的动态。从开始的一问一答，到备车、驾车，隐隐望见鸾车前面的仪仗队，一段一段走得近了，主角却始终没有正式出来，只是着力铺垫那种庄严肃穆的气氛。读完这首诗，会让你觉得周宣王是一个非常勤勉的天子，天还没亮就先把衣服穿好，等待上朝。这样敬业认真的天子真是不好找，难怪他能成就周王朝的"宣王中兴"。

小雅·沔水

mián
沔彼流水，朝宗于海。
yù   sǔn
鴥彼飞隼，载飞载止。
嗟我兄弟，邦人诸友。
莫肯念乱，谁无父母？

shāng
沔彼流水，其流汤汤。
鴥彼飞隼，载飞载扬。
háng
念彼不迹，载起载行。
心之忧矣，不可弭忘。

鴥彼飞隼，率彼中陵。
民之讹言，宁莫之惩。
我友敬矣，谗言其兴。

其哀心感者，其声噍以杀。

——《乐记》

晨风

"宣王中兴"非常短暂，西周社会很快又出现了动荡不安的苗头，但很多人浑然不觉。这首《沔水》的作者，显然是一个很有社会责任感的诗人，他预感大乱将至，就向人们发出警告。

　　沔水是一条河的名字，所以它的字形就是"从水，丏声"。大家要注意，这个字不是"乞丐"的"丐"。这是一个会意字，本义是"不见"。

　　请看这个"丏"字的古文字形：𠃑。一个人钻到箱子里面，头进去了，脚还在外面，这就是"不见"。它的发音也是"不见"二字的拼音（"不"的古音与"莫"的古音声母近），读快了就是 miǎn。这个文字学渊源也告诉我们，为什么古人把小麦磨的粉叫"面粉"，因为面粉颗粒很细，我们看不清楚面粉颗粒的形状，所以就叫它"面"，正体字的"面"就是"从麦，丏声"。实行简化字以后，"面条"之"面"和"脸面"之"面"成了同一个字，毫无道理，造成很多混乱。这个虽然是题外话，但我们应该要晓得，如果我们不纠正，后人考证时会觉得很奇怪：20 世纪的中国人不知怎么回事，居然要吃人的脸，岂不怪哉！但"沔"在这首诗里不是说沔水那条河，而是一个借字，表示"满"。"沔水"就是满满的一河水。这是什么意思呢？发了大水，即将泛滥成灾了！诗人是用河水泛滥来比喻社会出现了大乱的迹象。为什么这样说呢？我们慢慢来读。

　　这首诗一开始就发出警报，说洪水泛滥了："沔彼流水，朝宗于海。"那些满当当的河水，都在朝着一个方向奔流。"朝宗"，是个比喻，原意是诸侯拜见周天子的仪式，这个仪式在春季举行的叫"朝"，夏季举行的叫"宗"。而诸侯朝拜周天子，是从四面八方朝一个方向走。诗人在比喻什么？社会一派乱象，在向着灾难发展。后面的"鴥彼飞隼，载飞载止"，是说那些捕食小鸟的猛禽在天上横行，想飞就飞，想停就停，随心所欲。"鴥"读 yù，鸟飞之快也；飞隼者，飞翔的猛禽也。隼虽然有多种，但都要捕食小鸟，就像社会上那些欺负弱势群体、残民以逞的恶人，个个都像要飞起吃人一样。他们在任意横行，为所欲为，这还不是乱象吗？在这种情况下，诗人就感叹说：我们国家这么多人，包括我那些兄弟朋友，都不愿正视乱象，不去思考怎么防范、怎么应对，难道你们不替自己的父母担心吗？这就是："嗟我兄弟，邦人诸友。莫肯念乱，谁无父母？"嗟者，叹息也；念者，思考也；邦人者，同一邦家之人也；乱者，动乱也，社会动荡也。诗人对此非常痛心，觉得很多人都是昏虫，不知大乱之将至，也不替老父老母担心。这是第一章。

这里要请大家注意音韵，"海"的古音韵母近 ǐ，这个读音维持了很多年，一直到曹操写的《观沧海》都是如此："东临碣石，以观沧海。水何澹澹，山岛竦峙……日月之行，若出其中。星汉灿烂，若出其里。""海"字如果读 hǎi，就不押韵了。这里的"止""友""母"都是押韵的。

第二章，诗人对那些恶人的跋扈和妄为忧心忡忡，不知道该怎么办。前面四句，还是用洪水猛禽的行状来做比喻："沔彼流水，其流汤汤。鴥彼飞隼，载飞载扬。""汤汤"要读 shāng shāng，形容洪水泛滥；扬者，飞升也，指恶人们趾高气扬。后面四句，则是再次强调那些恶人已经随心所欲，不讲任何规矩了，而诗人的担忧压在心头好难受，除又除不去，忘又忘不掉，所以他说："念彼不迹，载起载行。心之忧矣，不可弭忘。"彼者，那些"飞隼"也，社会之恶人也；迹者，轨迹也，"不迹"就是行为不轨，做事随心所欲，不讲规矩；"行"要读 háng，"不行"就是不走正路、不讲规矩；弭者，消除也。西周末年，周天子权威下降，诸侯们越来越不听号令，互相混战，屠杀百姓。这些行为，就是不守规矩，就是"不迹"。

第三章只有六句，说恶人得势，谣言四起，弄得好人非常紧张："鴥彼飞隼，率彼中陵。民之讹言，宁莫之惩。我友敬矣，谗言其兴。"率者，任性也；彼者，那个也，指后面那个"中陵"。陵者，大山也，"中陵"就是陵中，又是古代语言习惯的倒装句。"率彼中陵"就是说飞隼们在山陵之中任性胡来，指为非作歹的恶人都能大富大贵，逍遥法外。这种情况下，世道当然要乱，假话和攻击好人的话就到处流行，也没人去制止、惩处，有关部门全都不作为，听之任之，弄得我的那些朋友非常紧张、不得安生。这就是最后四句诗的意思。讹言者，假话也；宁莫者，居然也；这个"敬"要读平声，不是尊敬的意思，而通"儆"，警觉、紧张之意；谗言者，诽谤挑拨之言也；兴者，到处冒出来也。

整个这首诗，是一个很有社会责任感的诗人在向动荡不安的社会发出预警信号。可能他有诗人的敏感，能从各种征兆上看出深层次的问题，而其他人没有他这种敏锐，还没意识到问题的严重性，所以他要用这种比喻的方式来做出提醒，发出警告。

小雅·祈父

祈父！予王之爪牙。
胡转予于恤？靡所止居！

祈父！予王之爪士。
胡转予于恤？靡所厎止！

祈父！亶不聪。
胡转予于恤？有母之尸饔。

三呼而责之，末始露情。

——[清] 姚际恒《诗经通论》

这首诗虽然很短，但它写了一件惊人的大事情，就是边疆上打了大败仗，败兵跑回国都来，找到最高长官，要求给他们落实政策。"祈父"是周朝的士兵对大司马的尊称。"祈"通"圻"，就是国家的边境；"父"读 fǔ，通"甫"，男子的美称。把大司马叫"祈父"，相当于我们今天把那些元帅称"朱老总""彭老总"一样，既是尊重，还有亲切感，但并不是正式称呼。显然，这个跑去上诉的人和大司马关系还是比较近的，我们一看就明白：他是直接叫住最高首长在说话，连诉苦带质问，一连提了三个问题。

一开始他是亮明身份：予者，我也；"王之爪牙""王之爪士"都是指国王的近卫部队。在前两章中，他的质问非常有力：大司马，为什么把我弄到这么愁苦的境地——连住处都没有了，四处申诉还没人理睬，这要到什么时候才有个完？胡者，为何也；转予者，支配我、差遣我也；恤者，愁苦也。靡者，没有也；止居者，落脚之处也；"底止"是"到底，到头，有个结束"的意思。"牙"与"居"押韵。

这样说着说着，这个中央警卫团的卫士又动气，又伤心，说话就很冲了：大司马，你当真是耳朵聋了吗？我说这些你都听不到，这么久都不给我落实政策，搞得我连收入都没得，无法赡养我的老母亲，无法让她安度晚年，她都只好跑出去给人家当厨娘。这就是第三章的意思。"亶"在这里可以作"当真"来理解。聪者，听觉灵敏也，不聪就是聋。"亶不聪"就是"你当真聋了！"。这个兵哥哥脾气还有点儿大，不晓得大司马把他抓起来没有。大概没有，那样的话我们多半就看不到这首诗了。"之"在这里是动词，相当于英语的 go to。这个"尸"不是指尸体，其本义是祭祀先人时那个扮演逝者的人，这里是掌管、负责之意；"饔"是熟食或早饭；"尸饔"就是做饭。最后这句就是说：我家里头还有老妈，我没有钱奉养她老人家，她只好去帮人煮饭。

这首诗极其简练，并没有什么场面的描写，直接通过请愿士兵的申诉话语，反映了一场群体性事件，让我们看到当时社会的动荡和不安定，给我们留下了无限的想象空间，真是"以少少胜多多"。不要以为古时候老百姓都怕当官的，遇到事只有向当官的"跪求"。不是的。他被弄得困苦不堪的时候，一样要发怨气，士兵也可以质问官员。何况这个兵哥哥又是王室禁卫军，是见过世面的，觉得自己被搞成这个样子毫无道理，所以是理直气壮地质问。这样的语气很有个性，成为这首小诗的鲜明特色。

小雅·白驹

皎皎白驹，食我场苗。　　皎皎白驹，贲然来思。
絷之维之，以永今朝。　　尔公尔侯，逸豫无期。
所谓伊人，于焉逍遥。　　慎尔优游，勉尔遁思。

皎皎白驹，食我场藿。　　皎皎白驹，在彼空谷。
絷之维之，以永今夕。　　生刍一束，其人如玉。
所谓伊人，于焉嘉客。　　毋金玉尔音，而有遐心。

彼朋友之离别，犹求思乎白驹。

——[三国·魏]曹植《释思赋》

其好贤之心可谓切，而留贤之意可谓殷，奈士各有志，难以相强。

——[清]方玉润《诗经原始》

马

"驹"的本义是小马，但经常用来泛指所有的马。这首诗就通过一个马夫对一匹白马说的话，让我们看到在那个时候，有些官员一天到黑耍得忘乎其形，不成体统了。

马夫这种职业，现在已经没有了，因为现在不兴骑马，都坐汽车了。开车就要有停车场，停车场上也得有专人看管。这个马夫就相当于现在的停车场保安。当然啰，因为马不能饿肚子，所以他还要负责喂马。这首诗就是他一边喂马，一边在和马说话。那个时代，要级别非常高的官员才可能坐马车，所以这个马夫是在为一帮达官贵人看马、喂马。大概他性格开朗、思想活跃，又很会说话，所以他的这一番话，不仅幽默诙谐，而且暗含讥讽。

"皎皎白驹，食我场苗"，这是在对马儿说话：漂漂亮亮的白马哟，你就安心地吃我牧场上的草吧。皎皎者，白得发光也；"食"是动词，读去声；场苗者，牧场之草也。后面的"絷之维之，以永今朝"，是说我要把你拴好、捆好，度过这个延长了的白昼。"絷"和"维"都是拴好；"永"在这里作动词，延长之意。为什么要拴？怕马儿乱跑。什么叫延长白天？那个马儿的主人贪耍，耍了一整天，还没有走的意思，马夫就劝白马安心，说"就当是今天延长了吧"。他还补充说，你那个主人在那边耍得安逸得很："所谓伊人，于焉逍遥。"伊人者，那个人也，指白马的主人；于焉者，在那里也。马夫的意思是：马儿你不要怪我，不是我要拴着你不放，是你的主人家耍得不想回去啊！

没想到，这个白马的主人耍了一整天，还要耍通宵。马夫也就下不了班，还要喂马，所以他只好继续劝告马儿安心。只是草料换成了豆苗叶子，延长白天变成了搞个通宵："皎皎白驹，食我场藿。絷之维之，以永今夕。"场藿者，牧场所种豆科植物的嫩叶也，所有豆科植物的叶尖，包括我们经常吃的豌豆尖，都可以叫"藿"；夕者，夜晚也。这个马夫看到这些达官贵人耍得忘乎其形，对马儿说的话也就暗含讥讽了："所谓伊人，于焉嘉客。"——你的主人在那边做高级宾客呢。嘉客者，高级客人也。

第二章虽然语带讽刺，但还是很含蓄的。到了第三章，这个马夫已经是在借题发挥了。诗句说的是马，但我们都看得出来是在说白马的主人："皎皎白驹，贲然来思。尔公尔侯，逸豫无期。慎尔优游，勉尔遁思。"贲然者，很有生气、活蹦乱跳也；"来"是指跑过来；"思"还是语气词；尔者，你也；"公"和"侯"都是贵族；"逸豫"又是联绵词，安逸快活之谓；无期者，没有期限、没有时间观念也；慎者，小心谨慎也；"优游"就是好生耍；"勉"通"免"，不要之谓也；遁者，逃遁、逃走也。从字面上看，他是告诉白马：你过来听我说，你那些主人耍得昏天黑地、忘乎其形了，回家的时间遥遥无期了。你也就安心耍你的，但是耍归耍，还是要谨慎一点，要有规矩，不要跑丢了。弦外之音我们都读得懂：他提醒马儿的这些话，就是在批评那帮耍哥子，只晓得耍，工作都不干了。

但他毕竟只是一个马夫，意见归意见，对那些人他是没办法的。诗的最后一章，这些贵客又跑到山里面去了，大概是去打猎吧，这个马夫也就只好跟着到山谷里去看马，和白马的对话也变得更加尖锐了："皎皎白驹，在彼空谷。生刍一束，其人如玉。毋金玉尔音，而有遐心。"——漂亮的白马哟，你就在这山谷里安心吃这新鲜草料吧，耐心等你那些很高贵的主人好了，他们虽然名声好，但心都耍野了。空谷者，山中空旷的小平原也；"生刍"是新鲜饲料；如玉者，看上去很美好高贵也；"毋金玉尔音"是名声很好；"遐"是远方，"遐心"就是耍野不知控制、不着边际之心。这些话，同样是"言在此而意在彼"：那些人很有地位，看上去金玉其表，名声也好听得很，其实连起码的自我约束能力都没有。我们一读就懂：这位马夫不能直接批评官员，他只能这样给小白马打招呼，皮里阳秋。

小雅·黄鸟

黄鸟黄鸟，无集于谷，无啄我粟。

此邦之人，不我肯谷。

言旋言归，复我邦族。

黄鸟黄鸟，无集于桑，无啄我粱。

此邦之人，不可与明。

言旋言归，复我诸兄。

黄鸟黄鸟，无集于栩，无啄我黍。

此邦之人，不可与处。

言旋言归，复我诸父。

痛恨本国的硕鼠逃走了出来，逃到外国来又遇着有一样的黄鸟。
天地间那里有乐土呢？倦于追求的人，他又想逃回他本国去了。

——郭沫若《中国古代社会研究》

一位离乡背井的流民，在他乡佃耕为生，但外乡人欺生，连田野里的黄鸟，都似乎特别跟他为难，专门来吃他的庄稼。他思乡心切，却又无处倾诉，只好在田边地头一个人劳动的时候，对着黄鸟借题发挥，说一番心里话。

这个黄鸟，有的注释说是黄莺，就是黄鹂，这个不对，因为这个农民抱怨说黄鸟成群地祸害他的庄稼。但是黄鹂鸟不会如此，它们不会成群结队地飞。所以我估计，这个黄鸟是广东人说的禾花雀，又叫"芦花黄雀"。它们一来就是一大群，成千上万地来，哪片庄稼都受不了它们的糟蹋。广东人聪明，在那个季节里，餐馆就大量供应禾花雀，一举两得。

第一章，这位农夫看到黄鸟们集中在他庄稼地旁边的构树上，担心它们要啄食他种的小米："无集于谷，无啄我粟。""谷"是借字，通"穀"，指构树；集者，集中也，雀鸟之麇集也；粟者，小米也。黄鸟的侵扰，让这位农夫联想到他现在寄居地的那些人，对他很不友善："此邦之人，不我肯谷。"邦者，邦国也，这里是指居住的地方；"谷"的本义是粮食作物，引申为友善。"不我肯谷"是"不肯谷我"的倒装，就是不肯对我好。这样的心情使他更想回家了："言旋言归，复我邦族。"他很想转身离去，回到家乡亲友中间。"旋"和"归"都是归去，前一个动词表示转身的动作，暗含着离开此地的决心。两个"言"不是指语言或者动词"说"，都是"俺"。复者，回到也，"邦族"就是家乡亲人。

第二章和第三章，表达的基本上是同一个意思，只是黄鸟麇集的树子、啄食的庄稼在改变，这位农夫思念的亲人也在变换。"桑"是桑树，"栩"是青冈树，"粱"是高粱，"黍"是小米。"诸兄"是我的众位兄弟，但是"诸父"可不是很多父亲。这是周朝时候对男性长者的通称，包括叔叔伯伯。《史记·屈原列传》里，屈原流放的时候遇到一位"渔父"，就是指一位可敬的打鱼老人。

　　和第一章一样，在这两章里面，这位受人欺负的外来农民，并没有具体地诉苦，也没有愤愤不平地抱怨，只是说此邦之人不可信任、很难交往，就是"不可与明""不可与处"。明者，盟也，引申为信任；处者，同处也，交往也。这些苦楚，诗里面都只是点到为止。但他对黄鸟三番五次地恳请、抱怨，虽然表达得很委婉，但已经从侧面反映了那种孤立无援、备受欺凌的痛苦，让我们完全能想见他的现实处境之艰难。虽然诗的主角是下层劳动人民，但诗人也让他的表达含蓄隐忍，一点也没有"丑化劳动人民"的意思。所谓"《国风》好色而不淫，《小雅》怨诽而不乱"，就是指这种语言风格。所以我们不要轻率下结论，说什么古代的文化人"极端瞧不起劳动人民"，不能那么一概而论的。

小雅·我行其野

我行其野，蔽芾其樗。
（fèi chū）

昏姻之故，言就尔居。

尔不我畜，复我邦家。

我行其野，言采其蓫。
（zhú）

昏姻之故，言就尔宿。

尔不我畜，言归斯复。

我行其野，言采其葍。
（bèi）

不思旧姻，求尔新特。

成不以富，亦祗以异。
（zhī）

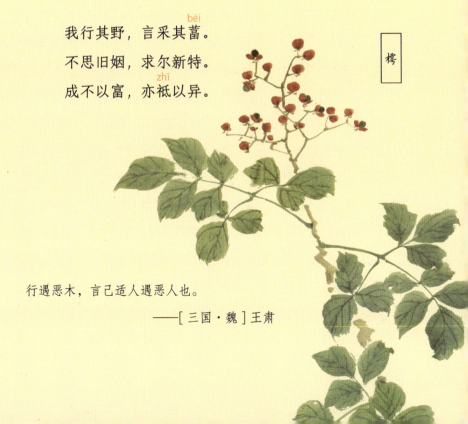

行遇恶木，言己适人遇恶人也。

——［三国·魏］王肃

这首诗是以一个被丈夫遗弃的女子的口气，感叹她的不幸。她无可奈何地走在回娘家的路上，路途又远，她的心情又不好，目之所及，满眼凄凉；手之所触，也总是勾起伤心事。她就这样边走边说，哀怨不已，所以叫《我行其野》。野者，荒野也。

第一章的"蔽芾其樗"，既是她回家路上发生的事，也是一个勾起伤心事的触媒。蔽者，遮蔽也。"芾"有两个读音，这里要读fèi，是一个象形字，表示一棵树枝叶茂密，浓荫下垂。樗树就是臭椿，我们在《豳风·七月》里也讲过了。这位妇女抱怨说，自己真是眼力不好，找地方遮阴，却找到一棵发臭的樗树。这当然也是一个比喻，是说自己遇人不淑，不会选丈夫。后面的"昏姻之故，言就尔居"，就是由此引发的感慨：我是因为婚姻的缘故，才到你家里去的。"昏"在这里就是"婚"；故者，缘故也；就者，靠近、进入也；"尔居"是"你的家"。"言"还是第一人称代词，我们前面多次讲过，这首诗后面还有四个"言"，都是同一个意思。现在你不养我了，我就只好回我娘家去，这就是"尔不我畜，复我邦家"。畜者，养畜也，古时候为人妻者经济不独立，只能靠丈夫家养。"不我畜"就是那个男人不拿钱回家，可能是另有新欢，就不对妻子尽经济义务了。复者，回到也；邦者，地方也，"邦家"就是她娘家所在的地方。

第二章，这个妇女可能是想去摘点野菜来下干粮，没想到又采着有臭味的野菜。"言采其蓫"的"蓫"，是一种野菜，北方叫羊蹄菜，也是气味很难闻的。这就又让她想到了婚姻的不幸，于是重复着上一章的感叹："昏姻之故，言就尔宿。尔不我畜，言归斯复。"宿者，居住之意；归者，归家也；"斯复"是"就这样回去"之意。这几句和上一章的意思基本一样，还是一咏三叹。

第三章也是由荒野上一种气味不好的野菜起兴，只是这位妇女的怨愤更深了。"言采其葍"的"葍"，古音近 bèi，又叫"面根藤"，也是所谓恶菜也，就是气味难闻的菜。"不思旧姻，求尔新特"，是指责她的前夫不把她的娘家放在眼里，另求新欢。"新特"就是新配偶。为什么她会这么想呢？因为"婚姻"二字，古今理解大不相同。我们现在认为婚姻就是相好的两个男女的结合。而古代侧重于两个家庭的结合，男方的家庭叫婚家，女方的家庭叫姻家，所以婚姻的性质要比今天严肃得多。做丈夫的休掉妻子，也意味着对姻家家庭的轻视和伤害。想到这些事，这位妇女认为她这个前夫德行不好，不讲操守，就是换了新的妻子，也不会幸福，一定会适得其反，这就是"成不以富，亦祗以异"。富者，福也，"成不以富"就是成了新婚也不会幸福。祗者，只也；异者，相反也。

这首诗虽然很短，但它表达的这种被抛弃的妇女有苦无处说、有冤无处申的痛苦，是很真实的。那个时代妇女没有地位，也得不到法律的保护，面对这种不幸，就只有通过这样的语言来抒发哀怨。

小雅·斯干

秩秩斯干，幽幽南山。

如竹苞矣，如松茂矣。

兄及弟矣，式相好矣，无相犹矣。

似续妣祖，筑室百堵，西南其户。

爰居爰处，爰笑爰语。

约之阁阁，椓之橐橐。

风雨攸除，鸟鼠攸去。

君子攸芋。

如跂斯翼，如矢斯棘，

如鸟斯革，如翚斯飞，

君子攸跻。

殖殖其庭，有觉其楹。

哙哙其正，哕哕其冥。

君子攸宁。

下莞上簟，乃安斯寝。

乃寝乃兴，乃占我梦。

吉梦维何？
维熊维罴，维虺维蛇。

大人占之：

维熊维罴，男子之祥；

维虺维蛇，女子之祥。

乃生男子，载寝之床。

载衣之裳，载弄之璋。

其泣喤喤，朱芾斯皇，室家君王。

乃生女子，载寝之地。

载衣之裼，载弄之瓦。

无非无仪，唯酒食是议，无父母诒罹。

古丽生动，孟坚（班固）《两都赋》所祖。

——程俊英 蒋见元《诗经注析》

这是《诗经》里很有名的一首诗，基本上所有的选家都要选它。鲁迅先生在他的《从百草园到三味书屋》一文里，回忆他小时候读私塾，写得生动有趣，其中也提到了这首诗，还引了最前面两句①。

① 《从百草园到三味书屋》中并未提及《斯干》，应为《社戏》中所提到的"但在我是乐土：因为我在这里不但得到优待，又可以免念'秩秩斯干幽幽南山'了"。

"宣王中兴"之后，周宣王的几十个儿子都想挨着他住，他也和普天下的父亲一样，希望儿子们能够团结，家庭稳定，就修了一处深宅大院，把儿子们拴在一起。修好以后，这些儿子各分了一套院子，一大家子住在一起，其乐融融。周宣王心中非常快活，就搞了一个典礼，喊一个诗人来歌颂这件事情。这个御用诗人揣摩到周宣王的心思，从房子修得如何漂亮，到王子们生活其中多么和睦吉祥，专挑好话说，这就是这首诗的来历和特色。

这首诗很长，要分为八章来讲。

秩秩斯干，幽幽南山。如竹苞矣，如松茂矣。兄及弟矣，式相好矣，无相犹矣。

诗的第一章先从这座宅院的地理环境说起，说它背后的山涧清花亮色，面对的南山林木蓊郁。很快笔头一转，就赞美诸位王子长得如

松

何伸展，就像春天竹林里发苞的新笋挺拔向上，又像秋天换了新叶的松树神采丰茂；而且他们之间还坦诚相待，赌咒发誓地说要团结一心，互不欺骗。"秩"是一个借字，通"泚"，水很清亮之谓泚。"干"就是"间"，房间的量词，"一间房""两间房"的"间"，我们四川人不是到现在都还是读 gān 吗？就是古音。南山者，这座大院坐北朝南所面对的山也。"幽幽"的本义是光线不好，但这里可理解为南山上的林木茂盛。"式"也是借字，通"誓"，"式相好"就是发誓要互相好生相待。无者，不要也；犹者，假也，欺诈也。"尤"字的本义是黄鼬，就是黄鼠狼。请看"尤"字的金文：ϡ。它就是黄鼠狼的象形，后面还拖着一根长尾巴。后来为了强调它是兽类，才加上一个反犬偏旁，写成"犹"。黄鼠狼长得像耗子的本家，结果它专门吃耗子，所以人们认为它很会搞诈骗，很假。"无相犹矣"就是不要互相欺诈。诗人是御用诗人，知道周宣王的心思，所以这样写来讨周宣王的欢心，至于周宣王这些儿子是不是真的不搞诈骗，他其实根本就不知道。

这里还要注意一个读音问题："弟"要读 diào；"犹"要读 yào，古语 you、yao 同音。这样按照古音来读，后面五句的韵是押得很好的。

似续妣祖，筑室百堵，西南其户。爰居爰处，爰笑爰语。

诗人没有忘记他要朝贺的主题，讨好了王子王孙之后，第二章就赶紧写房子，说它承接了祖先的血脉，修得气势宏大，能容纳一大家子，大家住在一起其乐融融，一片欢声笑语，非常热闹。似者，嗣也；"似续"就是延续。女性祖先叫"妣"，男性祖先叫"祖"。请大家注意：这里把女的祖先放在前面，是周民族那时脱离母系社会还不远的痕迹。"百堵"形容这个建筑的规模，我们在讲《鸿雁》时就讲过"百堵皆作"。"西南其户"是西南方开窗、开门。"爱"字的本义是水中救人，但这里只是借音，就是"于焉"的拼读。居者，住也；"处"在这里是动词，念上声。"爱居爱处，爱笑爱语"就是形容那些弟兄们相处得好，互相之间有说有笑。

约之阁阁，椓之橐橐。风雨攸除，鸟鼠攸去。君子攸芋。

第三章，诗人又来赞美这些深宫大院的修建。先是说它质量很好："约之阁阁，椓之橐橐。""约"是把绳子拉紧，因为古代筑墙的时候要收紧墙板，拉得越紧，土墙就筑得越牢实；"阁阁"即"嘎嘎"，拉紧绳子时发出的声音；"椓"是筑墙时夯击的动作，因为夯石不断下坠，好像鸡在啄米，所以叫"椓"；"橐橐"也是象声词，是打夯筑土的声音。这两句诗通过对修筑现场的描写，称赞房子修得很认真，不是"豆腐渣"工程。这样高质量的工程，风雨难侵，雀鸟和老鼠都无法打洞，只有离去，王子们可以安安心心地住进去。攸者，皆也，全都也；"君子"指周宣王众多的儿子；"芋"是借字，通"宇"，本义是楼宇，这里作动词用，就是居住。

如跂斯翼，如矢斯棘，如鸟斯革，如翚斯飞，君子攸跻。

第四章，诗人极尽比喻之能事，说房子修得很高，好像踮起脚在向远方瞭望；又说房屋转角处四棱四线，笔直分明，就像箭头上的棱线一样；还说房子造型很漂亮，有动感，就像鸟儿展翅欲飞；而且院内房上五彩缤纷，就像到处都有锦鸡在飞一样。王子们就在这样又气派又漂亮的建筑里面，一起登堂入室。跂者，企也，踮起脚后跟远望之意；"翼"是借字，通"冀"，希冀之意。"矢"是箭镞；"棘"表示棱角；"革"也是借字，通"翱"，"翮"的异体字，指鸟的翅膀，用来比喻房顶的飞檐翘角，这是古建筑中常有的造型。"翚"读huī，就是锦鸡；"斯"是语气词。这四个"如"都是比喻，"好像"的意思。"君子"当然还是说周宣王的儿子们；"攸跻"就是一起登上高处，也可理解为在庭院里一起登堂入室。

殖殖其庭，有觉其楹。哙哙其正，哕哕其冥。君子攸宁。

上面说了这个建筑给人的总体感觉，后面开始说庭院里面的情况。殖者，直也；"殖殖其庭"就是说它的庭院平整宽广。这个"觉"是说那些堂屋前的廊柱高大轩敞。楹者，堂屋前之廊柱也。"哙"是借字，通"快"，表示各处庭院和大厅风格明快，使人畅快。这么大一个院子，当然不是只有厅堂，所以诗人夸了厅堂又说那些偏房、厢房和巷道之类的地方，说这个宅院的采光处理得很好，就连这些幽深的地方也很明亮，就是"哕哕其冥"。"哕"读huì，也是光亮的意思；"冥"字有深奥之意，这里指那些僻静的地方。连这样的地方都是光亮明快的，周宣王的那些儿子们住在里面，当然就很舒服，所以最后一句就说"君子攸宁"。宁者，安宁也。

下莞上簟，乃安斯寝。乃寝乃兴，乃占我梦。吉梦维何？维熊维罴，维虺维蛇。大人占之：维熊维罴，男子之祥；维虺维蛇，女子之祥。

接下来，诗人就开始想象，当然也是祝福。说王室成员们住进来以后都很享受，地上都有蒲垫，床上铺着竹席，夜夜都能睡好觉、做好梦。是什么样的梦呢？男子梦见的是熊罴那样"孔武有力"的猛兽，女眷就梦见小蛇和蜥蜴那样柔弱的爬虫。"蛇"字读yí，才是押韵的。

"莞"是蒲草一类的植物，这里指用蒲草编成的垫子；"簟"就是竹席；占者，占卜也，预测也；吉者，吉利也，吉祥也；"罴"是熊的一种，又叫棕熊或马熊，体形强壮硕大；"虺"是蜥蜴的古称。梦见这些不同体态的东西是什么意思？赶紧找总管卜筮官的太卜来占卜。看来这个太卜跟御用诗人一样会拍马屁，马上就说梦见熊罴就是要生小公子，梦见蛇虺就是要生小公主。"大人占之"这个"大人"是"太卜"二字的误抄。祥者，祥瑞也，吉祥的预兆也。

乃生男子，载寝之床。载衣之裳，载弄之璋。其泣喤喤，朱芾斯皇，室家君王。

乃生女子，载寝之地。载衣之裼，载弄之瓦。无非无仪，唯酒食是议，无父母诒罹。

最后两章，诗人的马屁就拍到那些还没出生的娃娃身上去了，当然也是说给周宣王听的。他说生下的男婴就让他安睡在床上，给他裹上圆筒形的襁褓，他的玩具都是圭璋，象征着长大后要执笏当官；而且他的哭声也很嘹亮，长大以后肯定是穿赤芾的诸侯。寝者，安睡也；这个"衣"是动词，穿衣服的意思，要读去声；"裳"本义是下半身的衣服，在这里是指圆筒形的襁褓；"璋"是一种形状似圭的玉器；"喤"是象声词，表示哭声响亮；"朱芾"就是朱红色的腰前佩巾，是大夫和诸侯这些高贵人士的身份象征，就像我们现在的成功人士都要拴爱马仕皮带一样。生的女婴待遇就要差点了，没资格睡床铺，而是睡在地上。给她围的襁褓也是方形的，叫作"裼"，读 tì。她耍的玩具也是陶制的纺锤，叫作"瓦"，注意这个字古时读的韵如 ɑi，不应该是 wǎ。不过后来大家都读讹了，就说成了"弄璋""弄瓦（wǎ）"。

绿竹

这首诗就是这两个比喻的出处。从这里也可以看出来，西周后期已经有男尊女卑的社会习俗了。后面几句诗虽然也是捧场的话，但是可以看出男女的不平等，说生下的女子很乖，不会顶嘴说是非，不会抛头露面惹人讥笑，还能专心做好酿酒烹食一类的家务事，把父母的生活料理好。无非者，不顶嘴说"不"也；无仪者，不抛头露面也。"唯酒食是议"，是只考虑家务之事。"诒"的本义是传给、赠予，这里可理解为"带来"；罹者，遭受不幸或灾祸也，可以引申为麻烦。"无父母诒罹"就是不给父母增添麻烦。对生下来的女娃娃的祝福，仅仅就是不给父母带来麻烦。女同志听了可能要不高兴了，但是没有办法，这就是西周时候的社会习俗。

小雅·无羊

谁谓尔无羊？三百维群。

谁谓尔无牛？九十其犉。

尔羊来思，其角濈濈。

尔牛来思，其耳湿湿。

或降于阿，或饮于池，或寝或讹。

尔牧来思，何蓑何笠，或负其餱。

三十维物，尔牲则具。

尔牧来思，以薪以蒸，以雌以雄。

尔羊来思，矜矜兢兢，不骞不崩，

麾之以肱，毕来既升。

牧人乃梦，众维鱼矣，

旐维旟矣，大人占之。

众维鱼矣，实维丰年。

旐维旟矣，室家溱溱。

国之大事，在祀与戎。

——《左传·成公十三年》

夫牧养虽非大政，而牺牲于是乎出，宾客于是乎享，君庖于是乎充，亦为国者之先务。其体物入微处，有画手所不能到。

——[清]方玉润《诗经原始》

现在流行的《诗经》版本，是汉代的毛苌、毛亨两人所传，所以又叫"毛诗"。毛氏叔侄在每篇之首，都写了几句简短的序言，解释诗文的主题，后被称为"毛诗小序"，对应的还有一篇"毛诗大序"，比较长，还提出了很多关于诗歌创作的理论。对这首《无羊》，"小序"的说法是"宣王考牧"，就是周宣王在考察牧场、考察畜牧业。这个说法当然是对的，但是太过笼统。周朝国家那么大，周天子显然

不可能去考察整个国家的畜牧业。等我们读完这首诗就会明白：这次"考牧"，只是针对一处皇家宫廷的直属牧场，而且并不是周天子本人去的，他是委派了一位诗人去。为什么要选这个直属牧场来考察呢？这首诗的第一章就告诉我们，原来这位诗人的一番考察，避免了一件冤假错案。

谁谓尔无羊？三百维群。谁谓尔无牛？九十其犉。尔羊来思，其角濈濈。尔牛来思，其耳湿湿。

第一章一开始，就交代了这次考察的原因。谓者，说也；尔者，你也，这里是指这个牧场的管理官员。"三百维群"是说每三百只羊子归为一群，当然就不止一群，起码有近千只羊子，才用得着这样分群管理。可见这个牧场是相当大的。"九十其犉"是说有九十头大黄牛。"犉"读 chún，指七尺以上的大黄牛。这几句诗的意思就是：谁说你没有羊？这三百只一群的羊群都有那么多。谁说牛都死完了？不算那些小牛，大的牛都有九十多头。为什么他要用这样的问句来开头呢？这就给了我们一个暗示：他是带着疑问来的。这样我们就可以进入这首诗的创作背景：这位周王室宫廷直属畜牧场的场长，被人诬告了，说他牧场里的牛羊都快死完了，或者跑完了，周宣王这才让诗人到实地去看一看。诗人一到现场，发现是这样一种情形，很为这位场长抱不平，所以他按捺不住地说了这几句话。

不仅牛羊的数量很多，而且诗人实地观察后得出的结论是，这些牛羊都长得很好。为什么这么说？接下来的诗句就在回答："尔羊来思，其角濈濈。尔牛来思，其耳湿湿。"这是一幅很生动的画面：那些牛羊黄昏从山上下来，非常安详地相聚而卧。羊儿们亲密地头挨着头，羊角显得非常密集；大黄牛们专心地反刍食物，非常舒服地摇着耳朵。这里的两个"来"都是"归来"之意，两个"思"都是语气词。濈濈者，戢戢也，羊角密集之状也。"戢"字从戈，咠声，本义是把武器收缴集中，引申义就泛指各种东西集中拢来。"湿"是借字，湿湿者，习习也，牛耳朵扇动之状也。"习"字的本义是雏鹰学习飞翔。请看甲骨文的习字：。下面不是"日"，是鸟窝侧视图的象形，上面是小鸟的一对翅膀正在那里扇动。还在学习飞翔的雏鹰，在鹰巢里面就经常这样扇翅膀，它是在跟老鹰妈妈学习怎么飞。这个就叫"学习"。《礼记·月令》就有记载，说秋季的某一个月里，老鹰开始学习，"学习"这两个字第一次组合到一起，就是在这里出现的。这两句描写，都反映出诗人观察得很细致，也很内行：羊是天生最合群的

牛

动物（所以我们古人造"群"字都从羊），它们有一个习性，一到休息的时候就围成一团，头都向着里面，因此所有羊的角就聚拢来了。而牛吃饱了以后要反刍，就是把它胃里面的食物弄到嘴巴里，重新嚼一遍，在反刍的时候，它的两个耳朵会不停地扇，就像小鸟翅膀一样，所以说"其耳习习"。这四句诗都是在描写牛羊被喂得很好，不仅写得细致具体，而且一看就是深入了现场的。不像今天那些搞调研走过场的人，车都不下，鞋子都不沾土，就跑回去写调查报告了。

或降于阿，或饮于池，或寝或讹。尔牧来思，何蓑何笠，或负其糇。三十维物，尔牲则具。

第二章，诗人写牛羊下山，那些牧童、羊倌也就随之归来："或降于阿，或饮于池，或寝或讹。"这三句是写牛羊下山的情态：牛羊下山了，在山脚底下的山湾湾处停下来喝水，然后有的直接就睡了，有的还在那里跑动、游戏。降者，下也；阿者，山湾处也，读 ē；这个"池"古音与"沱"同韵，本义是很多水，所以一汪水就叫"沱"，一条河中水很深的地方也叫"沱"，这里是指牛羊饮水的水坑；"寝"是睡觉；"讹"是还在动。我相信周宣王看到这里，绝对相信这个诗人是做了深入调查的，因为要写得这么细致，一定需要亲临牧场才行，坐在书房里是肯定写不出来的。后面三句写的是放牧牛羊之人，就是牧场里面那些牧童、羊倌，他们也跟着牛羊群回来了："尔牧来思，何蓑何笠，或负其糇。"牧者，牧人也；何者，荷也，"何蓑何笠"就是背着蓑衣和斗笠，这是两种古老的防晒防雨用品，是放牧人必须随身携带的东西。蓑衣是棕丝编的雨衣，斗笠是用竹篾和棕叶等不透水的材料编成的帽子，既可以遮阳，又可以防雨。这两样东西现在城市里已经看不见了，有些偏僻的农村里现在都还有。除了蓑衣和斗笠之外，这些放牧的人还要带干粮，因为有时候放牧要跑得很远，当天就回不去，要在外面住宿；即使走得不远，也需要早出晚归，中午还要吃饭，只能吃干粮。"糇"就是干粮，必须要带。这些诗句更加证明了这一切都是诗人亲眼所见。最后两句是在赞美他看到的这些牛："三十维物，尔牲则具。"物者，品种也，"物"这个字最初就是指纯毛色的牛，所以它会有牛字旁，因为毛色有很多种，所以有多种"物"。我们现在说挑选什么东西，都还在用"物色"，就是它的引申义。"三十维物"，这是说纯毛色的牛有三十个品种，由此可以想象牧场的牛之多。牲者，牺牲也，宰杀了用于祭祀仪式的牲畜；具者，俱也，"具备"就是"什么都有"的意思。周天子一年四季有各种祭祀活动。祭奠鬼神和祭奠天地祖宗，要奉上不同的牺牲。不仅都要用纯毛色的牛，而且什么仪式该用什么颜色的牛，那是有严格规定的。所以诗人在这里特别强调"尔牲则具"，就是说这个牧场养的牛品种齐全，要啥有啥。这也证明这个牧场是宫廷直属的，养的牛都是要派正式用场的。

大家还要注意这中间的读音：这个"来"的古音与"笠"字押韵，"糇"的古音与"具"的古音押韵，如果按现在的发音，我们就可能认为它们是不押韵的，其实不然。

尔牧来思，以薪以蒸，以雌以雄。尔羊来思，矜矜兢兢，不骞不崩，麾之以肱，毕来既升。

第三章继续说牧归的场面。前三句先说放牧之人。以者，带着也；薪者，薪柴也；蒸者，柴草也。大家不要以为，牧人放牧的时候就只是悠悠闲闲地在那里守着牛羊，还可以看着蓝天白云唱歌，才不是这个样子呢！他们还要砍柴，还要割草，下山的时候还要背起挑起回来，辛苦得很。不仅如此，他们还要打猎，有猎物才能改善伙食。第三句"以雌以雄"就是说的这个，说他们猎获的动物有公的也有母的，这是概括地说猎物还比较丰富。后面三句又回到牛羊上来："尔羊来思，矜矜兢兢，不骞不崩。""矜"又是借字，通"坚"；坚坚者，群羊膘肥体壮也。"兢"在这里读 jing；兢兢者，羊群下山的状态也。这里写得很生动：羊群下山不是慢拖拖地走，而是挤得很紧，排成非常紧密的队伍，成群结队，好像在争先恐后地跑一样，说明羊身体好，就叫"不崩"。骞者，损失也；崩者，垮也，有病也。所以"矜矜兢兢，不骞不崩"，前一句是现象，后一句是结论。这一章最后两句，是说牧羊人的管理很有章法，羊都很听指挥："麾之以肱，毕来既升。"——牧羊人站在比较高的坡上，一挥手那些羊就都回来了。麾者，挥也；肱者，手臂也；毕者，全部也；升者，登也，这里指牛羊入圈归栏。

我们可以推想，既然是周天子派去考察的，考察结束后，应该要写个报告。这首诗就等于是诗人写的报告，既是他亲眼所见的实际情况，也是在赞美这个牧场场长日常工作做得好，管理有方，牛羊兴旺。这就驳斥了那些诬告的人，避免了造成冤假错案。

本来，写到这里也就够了，但是这位诗人还想讨周宣王的欢心，就发挥想象，又编了一个梦来做结尾——我猜他很可能就是写《斯干》的那个宫廷诗人。因为上一次在诗的结尾编了一个梦，周宣王非常高兴，大概还给了特别的赏赐，所以他这回想故伎重演，就开始乱编了：

牧人乃梦，众维鱼矣，旐维旟矣，大人占之。众维鱼矣，实维丰年。旐维旟矣，室家溱溱。

第一句是说这些牛仔和羊倌，晚上又做了一个梦，梦见那些蝗虫全部都变成鱼了。众者，蝝也，就是蝗虫。因为蝗虫一来就是千千万地来，这个虫就叫"众"。"众维鱼矣"就是蝗虫全都变成鱼了。这个肯定是吉祥之兆，因为蝗虫要吃庄稼，而鱼是吉祥之物，到现在我们都在用"年年有鱼"来讨口彩，希望"年年有余"。第二行是说龟蛇变成了玄鸟。然后又请太卜来卜算。"旐"音 zhào，是上面画着一只乌龟和一条蛇的旗帜，是插在牧场北边边界的；"旟"音 yú，也是旗帜，上面画的是一只鸟，是插在南边边界的。龟蛇图案叫"玄武"，表示北方；鸟的图案叫"朱雀"，表示南方。它们和"青龙""白虎"一起组成四方。因为那个时候推崇坐北朝南，所以就有"左青龙，右白虎，前朱雀，后玄武"之说。这里是说梦见玄武旗变成了朱雀旗，而南方向阳，北方向阴，这个梦就意味着阴变成了阳。所以"大人占之"的结论就是"实维丰年""室家溱溱"。说这个梦预示着年景丰收，而且周天子的王室家族会大量生儿育女。"大人"也是"太卜"之误。"室家"是周天子皇室家族；溱溱者，臻臻也，臻臻向上，子孙繁衍、人丁兴旺之意。总之梦的寓意很好。

那么，周天子会不会又奖赏他呢？我看不会了。周宣王又不是傻瓜，不可能拿给你哄了一回又哄二回嘛。

小雅·谷风

习习谷风，维风及雨。

将恐将惧，维予与女。

将安将乐，女转弃予。

习习谷风，维风及颓。

将恐将惧，置予于怀。

将安将乐，弃予如遗。

习习谷风，维山崔嵬。

无草不死，无木不萎。

忘我大德，思我小怨。

诗共三章，虽只一意，而有层层递进之妙。

——程俊英 蒋见元《诗经注析》

按《毛诗序》的解释，这首《谷风》说的是"天下俗薄，朋友道绝"，就是社会风气不好了，不重感情了，朋友也不像朋友，不重道义了。我觉得这个解释是很准确的。因为这首诗的每一段都是在感伤，说朋友关系竟然是随着外部形势的变化而变味的。

"谷风"两个字，从汉儒到清代研究《诗经》的学者，一直没有解释清楚。一种说法是把"谷"理解成"稻谷"那个"谷"，说是粮食，把"谷风"解释为"长养之风"，说是因为稻谷可以"使人长养"，以此来比喻春天的风。这个明显不对，因为周朝的时候表示粮食的"谷"不是这个"谷"字；一直到《说文解字》，都说"谷"是"**泉出通川为谷**"。还有一种说法是"东风"，这个还有点道理，因为东风是指春天的大风，不是那种和煦的春风，而是欧阳修所说"**雨横风狂三月暮**"那样的春风，但也不够妥帖，因为这里说的是"习习之风"，不是春天的"浩浩之风"。根据本人的研究，我认为它应该是指"从东方阳谷吹过来的狂风"。因为古时候的中国人就认为，东方有一棵叫"扶桑"的大树，太阳就是从那里升上来的，树下面的深谷就是太阳的家，就是"阳谷"。而这首诗里面的"谷风"，又是预示着风雨将至，又是招来更大的灾害性龙卷风，明显是气象学上说的"阵性大风"，其风向混乱，撕扯力度大，破坏性极强。这首诗里用它来比喻灾难将至，比较贴切。

　　全诗一开始，诗人就感叹他的朋友只能同患难，不能共安乐：灾难临头的时候，我们一起担惊受怕，那时候我们感情相通，互相理解；没想到风声一过，日子要变太平了，你转身就把我抛弃了。这就是"**习习谷风，维风及雨。将恐将惧，维予与女。将安将乐，女转弃予**"所要表达的。习习者，鸟扇翅膀也，古人认为大风的起因是大鹏鸟在高空扇翅膀。"维风及雨"，是说这个习习谷风带着风雨而至。这当然是个比喻，就是有风声传得很紧，两个朋友遇到了共同的麻烦，不晓得是不是一起惹了什么事，担心要成同案犯，所以紧接着就是"将恐将惧，维予与女"。这里的"将"与"既"的用法相近。予者，我也；

女者，汝也。我们已经多次看到这种用法了。"将安将乐"就是已经平安无事了；转者，转过身去也，来得很快之意也；弃者，抛弃也。

诗人的这个朋友，第一次就暴露了不重友情的德行，第二次又是这样："习习谷风，维风及颓。将恐将惧，置予于怀。"就是说第二次遇到了麻烦，你又想起我了。这个"颓"指初夏的龙卷风，是诗人在比喻第二场灾难，因为夏天是第二个季节。其实"置"是"寘"，寘读 zhì，安置、放置之意；怀者，胸怀也，心中也。"置予于怀"就是把我放在你心上了，想起我了。结果呢，麻烦刚刚过去，那个朋友故态复萌，马上抛弃我，又把我忘得干干净净。这就是"将安将乐，弃予如遗"。遗者，遗忘也。

第三章，诗人看透了这种世道，心灰意冷，笔下的场景也进入了秋季，写大风一来，草木全部凋零，只剩下光秃秃的山石泥土："习习谷风，维山崔嵬。无草不死，无木不萎。"崔嵬者，挺立之无植被之山峰也。再想想那个所谓的朋友呢，他根本记不得我的好处，光是计较我们之间那些小小的恩怨，就是"忘我大德，思我小怨"。大德者，深恩厚德也；小怨者，朋友之间的小小过节也。好比我骂过你两句什么话，哪次对你不够恭敬之类，你就只记住这些，实际上就是找借口，翻脸不认人了。这样反过来再看"维山崔嵬"，或许诗人还有另一层意思：世风不古，那些没有操守的人就像秋风中的草木一样，死了，萎了，没有生命了；只有真正的君子，像我这样的人，才能迎风而立。这位诗人需要这样自我安慰一下，我们也是可以理解的。

小雅·蓼莪

蓼蓼者莪，匪莪伊蒿。

哀哀父母，生我劬劳。

蓼蓼者莪，匪莪伊蔚。

哀哀父母，生我劳瘁。

瓶之罄矣，维罍之耻。

鲜民之生，不如死之久矣。

无父何怙？无母何恃？

出则衔恤，入则靡至。

父兮生我，母兮鞠我。

拊我畜我，长我育我，

顾我复我，出入腹我。

欲报之德，昊天罔极！

南山烈烈，飘风发发。

民莫不谷，我独何害。

南山律律，飘风弗弗。

民莫不谷，我独不卒。

勾人眼泪全在此无数"我"字。

——［清］姚际恒《诗经通论》

　　这首诗的主题是"孝子思亲"，就是一个孤儿在思念他死去的父母。这首诗写得非常感人。在我的童年时代，家家户户办丧事，都要专门请人朗诵这首诗，来追悼死者。当时还有一种专门职业，叫"歌生"，一般是十几岁的年轻娃娃，他们在追悼会上哀音切切地读这首诗，听得人要掉眼泪。

　　"蓼"字本音是 liǎo，一种草本水生植物，它的花叫"蓼子花"，经常被写入诗中。但在这首诗里，它是作形容词，读音也变了，读 lù。莪是一种类似青蒿的野生植物，可以入药，民间叫"莪蒿"，湖广一带又把它叫"抱娘蒿"，我们在《菁菁者莪》里面已经讲过。

　　前面两章，都是这个孝子在怀念父母，感念他们养育自己很辛苦，而自己没有出息。"蓼蓼者莪"，是说植株高大，远远看去好像既可以食用又可以入药的莪蒿，但走近一看，才知道"匪莪伊蒿""匪莪伊蔚"——那不是莪，而是野蒿和蔚草，而这两种野草都是既不能吃

二五八

也没有其他用处。这是这个孤儿在自责，说自己少年时代想得很美好，以为长大了可以好生孝顺父母。结果自己不成材，到头来既没有当官，也没有先富起来，平头百姓一个。父母累出病了，自己也拿不出钱来为他们医治，眼看着他们带病操劳，劳累一生。想起这些，只有哀痛复哀痛，所以他说"哀哀父母，生我劬劳""哀哀父母，生我劳瘁"。哀之又哀，谓之"哀哀"；劬劳者，劳苦也；劳瘁者，带病操劳也。这两段的音节极其哀伤，十几岁的歌生读起来，童声哀切，催人泪下。

第三章仍是比喻，也是很深沉的自责，说自己不成材，不仅自己丢人现眼，还给父母带来耻辱，一个人穷成这个样子，活着还有什么意思，还不如早点去死："瓶之罄矣，维罍之耻。鲜民之生，不如死之久矣。""瓶"在这里是指酒瓶；罄者，尽也，这里指酒倒空了。"罍"读 léi，是装酒的坛子，古人宴会饮酒时，酒席中间要摆一大坛酒，再用小瓶分到各个席位上。这种坛子上面通常画着雷云纹，所以叫"罍"。耻者，耻辱也。如果瓶子里面都没有酒来待客了，那就说明酒坛子里没有酒了，所以说空酒瓶子是给酒坛子丢了脸。这是说自己贫穷得这个样子，给父母丢了脸。这就是良心自责，恰好和现在有些人的思路相反，他们是自己没出息就怪父母，嫌父母没为他们安排好的出路，真是岂有此理！鲜者，少也，"鲜民"就是小民，什么都没有的一个穷老百姓；"不如死之久矣"是说"我早就该死了"——这个孤儿自责到如此地步，他一定还有很多哀痛没有说出来，不然不会如此伤心。我们完全可以推想：是不是他无钱为父母投医保？或者父母治病的时候用不起进口药？总之他一定是觉得父母之亡和他的贫穷有关，当然也暗含着对世道不公的谴责。话语质朴而情感强烈，隐忍在心而哀怨无尽。所谓"《国风》好色而不淫，《小雅》怨诽而不乱"者，这就是"怨"，这就是"诽"。

第四章还是写他的哀伤，说自己父母双亡，无依无靠，走到哪里都满含忧伤，回到家里也找不到家的感觉："无父何怙？无母何恃？出则衔恤，入则靡至。""怙"和"恃"意思都一样的，都是我们现在说的依靠；出者，出行也；衔者，包含在心也；恤者，忧伤也；入者，回家也；靡者，没有也。"入则靡至"就是回到家中也不像到家了。为什么？父母不在了，到处空荡荡的，哪里能有家的感觉呢？这两句诗，把孝子的伤痛写得入木三分。这种感情古今相通。杜甫的"三吏三别"中有一首《无家别》，一个退伍士兵打了仗回来，结果家中一个人都没有了，全都死光了，就剩他一个人回来，这还像什么家？他就伤心之至，说"人生无家别，何以为烝黎"——人活在世上，连个可以道别的家都没有，这老百姓还怎么当啊！

第五章写得更好。它一连用了九个动词，来写父母的辛劳：生我，鞠我，拊我，畜我，长我，育我，顾我，复我，腹我。"父兮生我"是说父亲给了我生命；"母兮鞠我"，从汉代至今，研究《诗经》的专家都解释为"母亲养育我"，不准确，因为后面还有"畜我""育我"，就是养育的意思，所以"鞠"字一定另有含义。我从文字学上找到了答案："鞠"字右边的"匊"既是声符，也参与了字义，请看它的篆文：匊。这是个象形文字：一只手抓了一把米。这是什么意思？古代说的米是小米，怎么样才能把小米抓得牢？手要使劲捏紧，所以你们看那个手指都是收缩拢起来的，这个动作就叫"匊"。从它滋生的各个字都有这一层意思：我们说的"鞠躬"，躬是身体，鞠就是站起来身体弯下去。古人踢足球叫"蹴鞠"，蹴是动词，而"鞠"代表球，那是用皮子缝拢收圆而成的。还有我们常见的菊花，花瓣也是包起来的。有了这些旁证，我们就知道"母兮鞠我"是什么意思了：母亲怀胎，如手掬物，裹护着我的身体。"拊"是轻轻拍打，那是母亲哄孩子睡觉时必有的动作；"畜"是畜养，指当妈的要抱着孩子哺乳；顾者，看护也，照料也，父母亲随时要照看着孩子，提醒他不要去危险的地方，提醒他该吃了、该睡了，这就叫"顾我"；复者，一来一往也，每当孩子有了要求，比如要吃这个吃那个，要玩什么东西，父母都会响应他，这个就叫"复我"；腹我者，把我挂念在心也，无论娃娃走到外面，还是回到家中，父母都会挂念在心，这就叫"出入腹我"。这是何其绝妙的诗啊——词汇的丰富和准确，正反映了思念的真切，反映了这个儿子对父母之爱体会至深！我们今天还有多少人会这样写？有多少人这样去体会过父母之爱啊？说来说去就是一个"爱"字。大家不要忘了，同志友爱、对事物热爱、男女之爱，都是这个"爱"。这些感情和父母之爱是一样的吗？语言毫无个性，是因为对生活没有独特体验，是因为对父母感情不深了。

思念这么痛切，这个孤儿就觉得父母之恩是无论如何也无法回报的。这种心情让他痛苦至极，发出呼天抢地的哀号："欲报之德，昊天罔极！"这里的"之"是代词，就是"这个"；"欲报之德"就是我想要报父母的这种恩德。但是父母已经去世，无法做到了，所以他说"昊天罔极"。昊者，大也；罔者，不公正也，不应该也；"极"的本义是最高点，极点；"罔极"就是不公到了极点。顺便提醒大家一句：现在那些古装电视剧里，好多皇帝都在"登基"，这是什么意思？登到基础上面去？都弄错了！应该是"登极"。

这个孝子为什么会这么遗憾、这么痛苦？因为家庭贫穷，父母亲死在家里，他都没能回去送终。为了谋生计，他还在外面，不是当兵就是在服劳役，总之是身不由己的处境。而且走到了南山，就是终南山，秦岭北部最高的山。他又不能自由行动，就只能对着高山和大风，悲痛发问：人家都能养活双亲，为什么我就不行？为什么我就不能为父母养老送终？这就是最后两章的内容，它让我们回到了这首诗的诞生现场："南山烈烈，飘风发发。民莫不谷，我独何害。南山律律，飘风弗弗。民莫不谷，我独不卒。"烈烈者，列列也，指终南山很多的山峰列队耸立；飘者，飙也，"飘风"就是大风、飓风；"发发"是风声的象声词。民者，他人也，别人也；"谷"作动词是养活之意；害者，受害也，灾害也，这里是这个孤儿的心理感觉，他觉得不能为双亲养老送终的遗憾，对他来说完全像一场灾难。"律"是借字，通"嵂"，嵂嵂者，山势之险峻也；"弗弗"也是大风的象声词。卒者，完也，结束也，"不卒"就是不能够终养父母。面对终南山一排排险峻的山峰，面对着呼呼作响的无尽山风，这个孝子满怀怅恨，怨痛无已。全诗就这样结束了。

当然，这首诗的一些观念，和我们现代生活已经有距离了。随着时代的变化，不可能要求今天的人，都像这个孝子，像他所希望的那样去对待父母。你只要对老人尽赡养义务，在外头按时把钱寄回去，能经常打个电话问个安，就已经算很不错，很多要求就做不到了，但是对这首诗所表达的感情，我们要去领会，要去理解它所表达的深刻的人性。

小雅·大东

有饛簋飧，有捄棘匕。
周道如砥，其直如矢。
君子所履，小人所视。
睠言顾之，潸焉出涕。

小东大东，杼柚其空。
纠纠葛屦，可以履霜。
佻佻公子，行彼周行。
既往既来，使我心疚。

有冽氿泉，无浸获薪。
契契寤叹，哀我惮人。
薪是获薪，尚可载也。
哀我惮人，亦可息也。

东人之子，职劳不来。
西人之子，粲粲衣服。
舟人之子，熊罴是裘。
私人之子，百僚是试。

或以其酒，不以其浆。
鞙鞙佩璲，不以其长。
维天有汉，监亦有光。
跂彼织女，终日七襄。

虽则七襄，不成报章。
睆彼牵牛，不以服箱。
东有启明，西有长庚。
有捄天毕，载施之行。

维南有箕，不可以簸扬。
维北有斗，不可以挹酒浆。
维南有箕，载翕其舌。
维北有斗，西柄之揭。

后世李白歌行，杜甫长篇，
悉脱胎于此，均足以卓立千古。
——[清]方玉润《诗经原始》

这首《大东》，在《诗经》中的地位非常重要，它写的是西周末年的民间疾苦和对周幽王暴政的抗议。

西周的首都镐京在陕西。当时把潼关以东都称之为"东"，距离远的叫"大东"，距离近的叫"小东"。这种分法，类似于我们今天以欧洲为原点，把亚洲分成近东、中东和远东。山东那边就属"大东"，大东往西，河南东部那一带，就叫"小东"。在西周末年，今天的山东济南西边一带，有个叫谭国的小国，要给周天子进贡丝织品，派了一个大夫押运，他们要从山东向西进入河南，再横穿河南进入陕西，最后到达镐京，可以说是千里迢迢。谭国说起来是一个"国"，其实就是个小县城，非常穷，而且只有一样特产，就是蚕丝和丝织品。当时的周天子是周幽王，"烽火戏诸侯"的主角。他不只是个糊涂虫，还压榨东方各国。这个谭大夫要押运很多车丝织品去进贡，深深感到愤怒、不平，就写了这首抗议的诗。

这首诗很长，可以分作七章来讲。

第一章开头就说有满满一大碗饭，有那种把子很长的舀饭的枣木瓢儿。"饛"读 méng，是形容词，食物盛满器皿的样子，就是我们现在说的"冒"。"簋"读 guǐ，是一种有两个耳朵的大碗，用来装菜装饭的。"飧"读 sūn，本义是下午的饭，这里就代表饭食。从前华北平原的人，一般一天只吃两顿，从远古一直到民国时期，都是这样，所以他们的饭食只有两个名字，早上那一顿叫"饔"，黄昏这一顿就叫"飧"。"飧"字左边有个"夕"字，"夕"就是天都快要黑了，这是个会意字。"捄"有两个读音，jiù 和 qiú，这里是后一音，作形容词，形容把子非常长。什么东西的把子？"棘匕"，就是酸枣木削成的饭瓢。"棘"是酸枣树，"匕"是勺子。一上来就说这些，似乎有点莫名其妙，但你仔细一想就明白了：押运丝织品的车子已经在路上走了，车是要人来拉的，就是服劳役的谭国的老百姓。那个时候，周幽王不会设驿站来接待这些进贡的人。他们长途搬运，要自带伙食。这些谭国的役夫沿路步行，非常辛苦，饥肠辘辘的人就要想到吃食，所谓"饥者歌其食"也。

前面两句是诗的"起兴"，接下来马上就说到了实质性的问题："周道如砥，其直如矢。君子所履，小人所视。"这是双关语，"周道"可以有两种理解：一是周朝修的国道，二是周朝初年实行的那些政策。"砥"读zhǐ，磨刀石，磨刀石的表面是非常光洁平滑的；"矢"就是箭，也表示射出去的箭。所以这前面两句诗，好像在说道路又平又直，实际上是说周朝的政策本来是非常好的，执行起来非常顺畅。后面两句诗就是一种呼应："君子所履，小人所视。"君子者，当官之人也；履者，履历也，经历过也；"小人"在这里是指老百姓；视者，看见也。谭大夫的意思是说：西周当年的好政策，我们这批当官的亲自执行过，老百姓也亲自看见过，可以做证明；当初周天子的赋税政策不偏不倚，非常公平，是善待诸侯国和老百姓的。

第一章的最后两句，既是对那种政策的怀念，也是对周幽王当道表达的不满和悲愤。眷者，回头看也；"言"是虚词；"潸"读shān，意思和"散"差不多，泪流纷纷谓之潸然；"涕"本义是鼻涕，但是眼泪也可以叫"涕"。"潸焉出涕"就是涕泣交织。谭大夫想起了以前国家有好政策的黄金时代，忍不住就哭起来了。这就是说现在周幽王是个昏君，强加的进贡任务不堪忍受，让我们吃尽苦头，让人伤心。

前面怀念了好时代，第二章就控诉当下的不公平。前两句是说小东以及大东地区的各国，当然包括谭国在内，被搜刮一空："**小东大东，杼柚其空。**"就是说我们织的丝织品全都拿去进贡了，织布机的卷轴上面，梭子上面，无不被搜罗一空。杼者，机杼也，就是织布机的梭子；"柚"在这里不读 yòu，读 zhóu，通"轴"，就是织布机上的卷轴，用来卷收织好的布的。后面的诗句，就在诉说路上的情形："**纠纠葛屦，可以履霜。**"是说已经是秋天了，地面有霜，我是能吃苦的，穿着葛鞋虽然不能御寒，照样在打了霜的地上走。"纠纠"是绳索缠结缭绕之状；葛者，葛藤也；屦者，麻鞋也。谭国无非就是一个县那么大，这个大夫最多就是一个科长而已；谭国又很穷，科长自己都穿葛鞋，可见谭国已经被搞得很穷了。谭大夫倒是吃得苦，但他还看见谭国那些公子，一个个都很瘦弱，身材就像竹竿一样，也和他一样受苦受累，还要在运输队伍两头照看，跑来跑去，他于心不安，非常内疚："**佻佻公子，行彼周行。既往既来，使我心疚。**""佻佻"是形容身材高挑瘦弱；行者，行走也，在"周行"上奔波也；"既往既来"就是反复往来。搬运队伍里为什么会有"公子"呢？因为车子太多，需要编组管理，谭大夫一个人照顾不过来，只好发动谭国国君下边那些儿子、侄儿，全部都喊来押运。这一走就是一千多公里，不要说那些老百姓，就连这一群谭国的贵族少年，都一样地吃苦。这里的"来"读音和"疚"的古音同韵，所以用古音来读这两句诗，也是押韵的。

队伍走到黄昏，需要停下来打柴煮饭。那时候没有煤，更没有煤气罐。不砍柴就没有办法做饭吃，所以柴是很重要的。这个事并不简单，还有许多麻烦，谭大夫又有病在身，又吃了很多苦头。这就是第三章："有冽氿泉，无浸获薪。契契寤叹，哀我惮人。薪是获薪，尚可载也。哀我惮人，亦可息也。"冽者，寒冷也。"氿泉"是什么呢？泉水分两种：一种是流淌而出的，叫"源泉"；还有一种是岩石侧面涌出来的，就叫"氿泉"。"氿"读 guǐ。地面有霜，就是深秋了，泉水当然就是冰冷的，所以说"有冽氿泉"。"无浸获薪"是说不要把我们砍的柴打湿了。这个"获"是动词，就是说我们去收获的。"获薪"就是已经砍好的柴。"契"在这里要读 kè，据我的考证，这个字就是"咳嗽"的"咳"；寤者，忤也，气不顺就叫"逆气"，逆气就是寤；叹者，喘气也。"契契寤叹"就是不停咳嗽，又大口大口地喘气。"哀我惮人"就是可怜我们这些有气喘病的人，"惮"就是哮喘。谭大夫可能有肺气肿或者哮喘病，这类病人一干重活就会一直喘气。这诗写得好啊：谭大夫看到柴要被泉水打湿了，赶紧指挥大家去搬。他是个好人，肯定也亲自参与，结果搬了下来就开始咳嗽喘气，一边坐在那里喘，一边就自顾自怜地哀叹——写得好形象啊！后面四句就是谭大夫哀叹的内容："薪是获薪，尚可载也。哀我惮人，亦可息也。"——那些柴反正是砍来烧的，打湿一点也不要紧，装在车上拉起走，明天还可以烧。可怜我这样的哮喘病人，累成这个样子，也该休息一下了吧！

　　休息下来，他就好受吗？不是的。他从眼前的劳累，想到了现在的政策不公，在心里开始数落，这就是第四章的内容。首先是待遇不公："东人之子，职劳不来。西人之子，粲粲衣服。"我们东边这些小国的子弟，这样卖苦力，还没有报酬；那些西边的贵胄子孙，一个个穿得光鲜华丽。"子"在这里指子弟;"职劳"就是当差劳动,就是他们这种长途搬运;来者,赉也,奖赏的意思,"不来"就是没有报酬。谭大夫在这里控诉了周幽王不体恤下人:这么重的工作,要喊我们义务劳动,不给钱,不管饭,一切自己解决。"西人之子"指西边的那些贵族的子弟;"粲"的本义是白得发亮的上等白米,引申为光鲜美好。不但东、西两边的子弟处境不公平,中央政府给东边的小国配的劳役也是瞎指挥。就好像要船夫的子弟去上山打猎,还要打熊罴那样庞大的猛兽,简直是乱来!这就叫"舟人之子,熊罴是裘"。而西边那些贵族,连跑腿的仆人的子弟,个个都在当官,基层官员的

熊

职位都被他们占完了，这就是"私人之子，百僚是试"。私人者，私家人也，就是当官的底下那些为他跑腿的人。以前这个界限是很分明的，当官的是公家人，官员自己喊来当下手的就叫"私家人"。谭大夫觉得这种不公太过分了，越想越怄，越说越气：有的人上面给他包酒食，对待另外一些人，连口水都不给喝；你们尽奖励那些毫无所长、一点功劳都没有的人，这就是"或以其酒，不以其浆。鞙鞙佩璲，不以其长"。什么叫"浆"？比如熬点茶、熬点姜开水，这些可以解渴的，都叫"浆"。"鞙"通"琄"，"鞙鞙"是美玉之貌；"佩璲"是佩在胸前的玉制奖牌，就像我们今天的奖章。这当然还是在控诉周幽王的政策，对东、西两边太不公平了。

谭大夫想着这些事情，想来想去不安得很，睡不着觉。正是深秋时节，天上星星最多，银河也历历在目，他看着种种天象，想到这个世上种种不平，继续控诉抗议，这就是全诗最后三章的内容：

首先他说："维天有汉，监亦有光。"汉者，天汉也，就是银河；监者，鉴也，就是镜子。请看这个"鉴"字的甲骨文：𝌍。下面是一个装着水的器皿，上面是一个人瞪大眼睛在看。古人没有镜子，就用盆子装水当镜子，这就是"鉴"字的由来。谭大夫抱怨说银河还不如镜子，有光无影，没得用处。他为什么这么说呢？因为他下面紧接着就在"问天责天，实怨周室"。就是借用天象继续他对周幽王的控诉。

首先他说织女星："跂彼织女，终日七襄。虽则七襄，不成报章。"织女星在天河的西岸，由三颗星组成，被古人想象成一个女子端坐，两脚分开踏着织布机，就是"跂"；什么叫"七襄"？襄是古代的计时单位，就是一个时辰，它是从天文学来的。中国古代天象学把黄道分为十二宫，每一宫是两小时，从晨到暮是七个时辰，从暮至旦是五个时辰，织女"终日七襄"是谭大夫的想象：织女整个白天都在织布。但是"不成报章"，就是没有织出任何图案来。报者，回环往来也；章者，图案也。结论很明确：织女星徒有其名，什么都没织出来。

再看银河东岸的牵牛星，看上去那么明亮，但是没看到它在拉什么车："皖彼牵牛，不以服箱。""皖"读 huǎn，明亮之貌；"服"在这里作动词，服劳役拉车也；"箱"通"厢"，就是车厢。言外之意就是：牛本来应该是拉车的嘛，你不拉车，叫个什么牛呢？

然后又说到启明星、长庚星和毕宿星座："东有启明，西有长庚。有捄天毕，载施之行。"东启明、西长庚其实是同一颗星，就是金星，但是它黄昏时在西边出现，黎明前在东边出现，被古人误以为是两颗星。毕宿七星的分布好像是一个有长柄的捕鸟网，所以说是"有捄天毕"。什么叫"载施之行"呢？我们前面已经知道，"行"作名词的时候是指道路，这里指天上的黄道带，是日月运行的轨道；施者，设施也，安放也。你那个捕鸟的网子安放在日月运行的轨道上，起个什么作用？网月亮还是网太阳呢？谭大夫的意思很明白：什么东启明啦，西长庚啦，都和毕宿七座一样，全都是徒有其名而已。

最后说到南方天空的箕宿和斗宿。"维南有箕，不可以簸扬。维北有斗，不可以挹酒浆。"箕宿的得名，是因为它的四颗星构成一个簸箕的形状；斗宿则是因为它的六颗星构成一个带柄的舀酒瓢，这种舀酒瓢就叫"斗"。这个什么箕啊斗啊，也是派不上用场的，一个"不可以簸扬"，一个"不可以挹酒浆"。挹者，舀也。

不仅如此，你们两个还一个"载翕其舌"，一个"西柄之揭"。

翕者，吸也。箕有舌当然是谭大夫的想象，觉得它就像那种口子往外伸成一个圆弧的撮箕一样，好像是长伸着舌头，不晓得要来吸食什么东西。揭者，举也。这也是谭大夫的想象，说北斗的斗柄朝西，好像要让西边那些人来抓住它，朝我们东边伸过来，不晓得要来舀什么。结合这个"西"字，我们就能明白，谭大夫还是在说周幽王偏心乱整，总是让西边来搜刮他们东方。

全诗就在这样一阵"责天问天"的控诉中结束了。

这个谭大夫不简单，他不仅体恤下情，和大家同甘共苦，还懂天文学，而且有勇气来写诗控诉。孔夫子说诗"可以兴，可以观，可以群，可以怨"，这个就叫"怨"。怨就是发牢骚，就是要允许人利用诗歌来发泄他的不满，包括抗议。这也是古代诗歌的一个重要功能。不要小看古代的统治者，他们不仅没有去抓这些"对现实不满"的人，还派人把这些诗歌收集拢来，还要"采诗夜诵"，就是通过这些诗去了解社会舆论，作为施政的参考。这是很有见识的，也是一种上下交流的管道。他知道，归根结底，听到这样的意见，对他是有好处的。

小雅·苕之华

苕之华，芸其黄矣。
心之忧矣，维其伤矣！

苕之华，其叶青青。
知我如此，不如无生！

牂羊坟首，三星在罶。
人可以食，鲜可以饱！

苕华芸黄尚未写得十分深痛，至"牂羊坟首，三星在罶"，真极
写深痛矣，不忍卒读矣。

——[清]王照圆《诗说》

这个"苕"读 tiáo，就是凌霄花，因为"花"字是很晚才有的，在它出现以前，"华"就是"花"。凌霄花是一种攀援藤本植物，是爬到别的树上去开花，一开就是丛丛簇簇的，显得生机盎然。这首诗的作者生活在周幽王时代，当时世道很乱，社会普遍贫穷，他的内心很痛苦，这首诗是用的对比手法，以植物之茂盛，反衬人生之绝望。前两章都是说凌霄花开得很好。"芸其黄矣"是花朵非常多，艳黄一片十分醒目。芸者，纭也，繁盛之貌，所以一般老百姓又被称为"芸芸众生"。"其叶青青"是说叶子也长得很好，勃郁青翠。但诗人看到这种情形，心里面却充满了忧愁，是"心之忧矣，维其伤矣"。甚至觉得与其这样痛苦地活着，还不如变成那个无知无识的凌霄花。这就是"知我如此，不如无生"所要表达的。无生者，没有此生也。因为在周幽王的统治下，老百姓连饭都吃不饱。可能这位诗人有小孩饿得哭，所以他才会有这样的慨叹，就如《隰有苌楚》的作者一样，这反映出作者对社会、对人生的绝望心情。

第三章这个"牂羊坟首"，历来各家的解释都讲不通，我认为它应该是"牂羊羒首"，"牂"读 zāng，指母羊；"坟"是"羒"的借字，羒是公羊。正常情况下，应该是公羊的头很大，母羊的头很小。现在看见母羊长了个公羊的头，太反常了。下一句"三星在罶"，需要结合天象学知识去理解："三星"就是天蝎座中间那三颗星，在中国古天象学中属苍龙七宿中的心宿，说它是"前先马，中帝座，后太子"，所以这位诗人用它来象征周朝王室，说它已经为时不久了。为什么这样说？因为从天窗往上看，三星不消半个时辰就要移动过去，就看不见了。"罶"字的本义是捕鱼的笼子，但用在这里应该是借字，通"溜"，就是窑洞的天窗。住窑洞的人，要在窑洞上方打一个孔，其作用类似房屋的气窗，这个孔就叫"溜"。"牂羊羵首"是白天看到，比喻世道荒谬至极；"三星在罶"是夜晚望见，表明他已经意识到周家天下为时不会长久了。这首诗的作者显然也是一个士大夫，所以他对世道衰微非常敏感，看到了很多反常的、令人忧心的怪现象，就用了这两个典型化的比喻。最后两句"人可以食，鲜可以饱"，是说老百姓即便还有一点食物，但也只是一点点吊命粮，没有人能够吃饱。

从汉儒到近代，很多人都觉得这首诗不好理解，但我这样换个角度，一下就通讲了。

小雅·四月

四月维夏，六月徂暑。
先祖匪人，胡宁忍予？

秋日凄凄，百卉具腓。
乱离瘼矣，爰其适归？

冬日烈烈，飘风发发。
民莫不谷，我独何害！

山有嘉卉，侯栗侯梅。
废为残贼，莫知其尤。

相彼泉水，载清载浊。
我日构祸，曷云能谷！

滔滔江汉，南国之纪。
尽瘁以仕，宁莫我有！

匪鹑匪鸢，翰飞戾天。
匪鳣匪鲔，潜逃于渊。

山有蕨薇，隰有杞桋。
君子作歌，维以告哀。

> 诗述及夏、秋、冬三个时序，又有江汉、
> 南国之语，可见其行役之久，历地之广。
>
> ——程俊英 蒋见元《诗经注析》

栗

这也是一首不知名的士大夫留下的作品。如果他留下名字的话，他的伟大绝对不亚于屈原。

西周末年，天下大乱，劳动人民固然过得非常苦，士大夫也不轻松，而且，因为他们比较敏感，对世道的不公平会感到更深的痛苦。这首诗就表现了这样的痛苦，也可以说表现了一种抗议。它写的是这位大夫被派去出差，但他没有说出差具体要做什么事情，因此我们就可以猜想，或许是因为周幽王不喜欢他，打发他远走江汉。周王朝的首都在镐京，今天的西安附近，离江汉一带何其遥远。一般士大夫出差，应该有驿车，特别是他这种级别很高的官，结果他没有，全程都是自己走的。我们怎么知道是他自己走的呢？因为他在这首诗中留下了路上的时间和情景。

这位大夫在阴历四月的初夏就已经出发了，但他在路上走了很久，到了六月都还在路上，所以全诗一开始就是"四月维夏，六月徂暑"。"徂"读 cú，徂者，往也，"徂暑"就是"暑徂"，暑气慢慢就走远了，暑往寒来了。这是那时的行文习惯。后面的"先祖匪人"是说他的爷爷不是一般人。"祖"在这里是指祖父，就是诗人的爷爷。因为他爷爷已经过世了，所以称"先祖"。古代诗歌中的"人"字，往往指的是等闲之人，一般的普通人。"先祖匪人"就是强调他的爷爷是朝廷里面做大官的，也就是对周朝有很大贡献的。周家王朝应该对他好一点才对，但是现在不是这样。"你周幽王把我打发到那么远的地方去，你怎么忍得起心这样对我？"这就是"胡宁忍予"。胡宁者，居然也，竟然也，怎么这样也。全诗一开始就是在发牢骚，估计他在朝廷里面也是牢骚满腹，所以会惹得周幽王不高兴，周幽王要让他走得越远越好。

到了第二章，夏天已经过完，秋天来了，结果他还在路上，看到草木凋零，不免感觉凄惶："秋日凄凄，百卉具腓。"卉者，草之总称也；具者，俱也，全部也；"腓"在这里要读 wēi，它是借字，通"萎"。怎么走了这么久？他在路上病倒了。这位大臣乱世遭逐，幽愤成疾，病倒在半路上，还不知哪里是自己的归宿："乱离瘼矣，爰其适归？"乱离者，离乱也，就是我们说的"身逢乱世"。"离"的本义不是离开的意思，而是来到、遇到，请看甲骨文的"离"：。这是个会意字，表示一只鸟儿落到网里面，就是"遭遇"之意。所以司马迁在《史记·屈原列传》里面说："离骚者，犹离忧也。""离忧"就是遭遇到忧愁。瘼者，病也，我们现在说有"毛病"了，就是"瘼病"的音讹。"爰"就是"于焉"，前面讲过的，"于焉"就是"在哪里"；适者，去往也；归者，归宿也，可引申为落脚处。"爰其适归"就是不知道去哪里落脚。这位诗人一个人上路，既没有驿车，不免长途跋涉之苦，又没有官方招待所接待他，一路上的住宿都要自己去打主意，所以他要发出这样的感叹。

进入第三章，他的病终于好了，诗人又上路奔走。季节已是冬天，寒风凛冽，人家都可以在家中避寒取暖，只有他还需要顶着寒风赶路，简直遭罪："冬日烈烈，飘风发发。民莫不谷，我独何害！"烈烈者，凛冽也，就是冬天来了寒气逼人；"飘风"就是暴风，大风；"发发"，和《蓼莪》里面的"发发"一样。前一句说身上的感觉，后一句写这时的听觉，总之是一片寒荒之感。民者，人也，就是"他人"之意。"谷"的本义是粮食，作动词就是"养"的意思，因为吃了粮食才能养活人；作为形容词就是"美好"。"民莫不谷"就是说人家都过得很好，不需要严寒上路。害者，灾害也，苦难也。"我独何害"，就是质问：为什么单单我会这样遭罪？一个人在路上走了这么久，又是病又是冷，倒霉透顶了！"害"在这里和"发"押韵。

第四章是这位诗人由途中所见引起的联想："山有嘉卉，侯栗侯梅。废为残贼，莫知其尤。"嘉卉者，美好的植物也。"侯栗侯梅"的"侯"是虚词，不具有实际意义，意思相当于"有"：有栗，板栗；有梅，杨梅。这些都是美好的植物，本来是可以吃的，却不知道是什么人把它们全都毁了。残贼者，毁坏也。这是比喻，意思是说他在朝廷里，本来是正正派派的官，工作也做得很好，结果遇到昏君，容不下他这样的好官，所以他说"莫知其尤"——我不晓得我有什么错。尤者，罪过也。我们说"以儆效尤"，就是警告不要仿效罪犯的意思。这里的"尤"也与"梅"押韵。

第五章，他走到一眼泉水旁边，又发感慨：泉水有浊的时候，总还有清的时候，哪里像我这样天天遭遇灾祸，还不如泉水："相彼泉水，载清载浊。我日构祸，曷云能谷！""相"作动词，读去声，就是注意观察之意。我们前面也讲过的，很多人读成阴平的 xiāng，读错音是因为不懂词义。"相彼泉水"，就是走到那里端详那泉水。"载"还是读 jì，"载清载浊"就是泉水一会儿清一会儿浊。日者，每日也，天天如此也；"构"通"媾"，就是遭遇；曷者，谁也；云者，说也；"谷"之意同前，美好之意。"曷云能谷"就是在问：谁说我能好起来？可能朝廷里曾经有官员劝他："你现在虽然苦，以后还会好起来的，不要多想了。"他说："我天天都遭遇这么多的苦难，怎么还能好起来！”由此可以看出他冤怨交集的心情，牢骚是很大的。

第六章，他走到了江汉流域，看到了滔滔滚滚的长江和汉水，想起自己已经走了这么远，又是带病上路，遭罪无穷，说起来还是在为周家王朝工作，但是什么都得不到：“滔滔江汉，南国之纪。尽瘁以仕，宁莫我有！”南国者，江汉流域那些小国也。“纪”的本义是拉渔网的绳子，“纲纪”一词就是从渔网的结构来的：渔网上周围的一圈粗绳叫“纲”，用来拉网的绳子就叫“纪”。“南国之纪”是说长江和汉水，把南方那些大大小小的国家穿了起来。瘁者，病也；“仕”的本义是做官，在这里可以引申为做事、出差。“宁”是竟然，“莫”是否定词。“宁莫我有”就是竟然什么都没得到，带病工作，再怎么努力到头来都是一场空。

看到江汉，他有牢骚；看到鸟飞鱼儿游，他更有想法：它们都可以自由自在的，或在高天飞翔，或在深水里畅游，只有我无法可想，我做不成鱼和鸟。这就是第七章的意思：“匪鹑匪鸢，翰飞戾天。匪鳣匪鲔，潜逃于渊。”“匪”在这里不是否定语，而是“那个”“那些”之意。“鹑”在古代是指一种猛禽，不是鹌鹑；“鸢”就是老鹰。“翰”的本义是羽毛，但用在这里特指翅膀，用作副词，形容飞得很高；“戾天”是贴着天了。“鳣”读 zhān，就是鳇鱼；“鲔”读 wěi，是鲟鱼，这两种鱼都是游在河里面最深的地方。“渊”就是水深之处。诗人是说：变成一只鸟就可以飞得很高，离开这个现实；变成一条鱼就可以潜得很深，也能逃避。弦外之音就是我还不如一只鸟、一条鱼，没有办法逃避现实的命运。

最后一章里，这位诗人表白了自己矛盾的处境和心情：他想离开官场，躲进深山，但实际上又不可能。作为一个正派君子，他只能写下这样的诗歌，以此诉苦抒愤：*"山有蕨薇，隰有杞桋。君子作歌，维以告哀。"* "蕨"和"薇"都是可以吃的野菜，如果躲进深山，可以吃这些东西。隰者，沼泽湿地也；"杞"指枸杞，"桋"是青冈树结的子，又叫"橡子实"，这两种东西也是可以吃的野生果实。哀者，悲痛也，愁苦也，这里要读古音 yī，读成 āi 就不押韵了。

这首诗也体现了"怨而不怒"的特点。它含蓄地表达了这位士大夫的不满和怨愤，但是并不是发出怒吼，去喊什么"打倒周幽王"的口号。那就不是诗了。

《小雅》中有不少这样的诗歌，使我们知道古人跟我们一样，都有各自的痛苦，都要倾诉，这才是中国诗歌的主流传统。离开了这种来自生活的真实情绪，只是寻求辞藻、平仄、音韵，那不是中国诗歌的主流。这也是中华民族文学传统中一件很光荣的事情，留下了这么多批评社会、批评政府，甚至是批评天子的诗。有了这些诗，我们才知道古代社会是什么样子。

枸杞

小雅·北山

陟彼北山，言采其杞。
偕偕士子，朝夕从事。
王事靡盬，忧我父母。
<small>gǔ</small> <small>mǐ</small>

溥天之下，莫非王土；
<small>pǔ</small>
率土之滨，莫非王臣。
大夫不均，我从事独贤。

四牡彭彭，王事傍傍。
嘉我未老，鲜我方将。
旅力方刚，经营四方。

或燕燕居息，或尽瘁事国；
<small>háng</small>
或息偃在床，或不已于行。

或不知叫号，或惨惨劬劳；
<small>yǎng zhǎng</small>
或栖迟偃仰，或王事鞅掌。

或湛乐饮酒，或惨惨畏咎；
<small>dān lè</small>
或出入风议，或靡事不为。

天有十日，人有十等，下所以事上，上所以共神也。故王臣公，公臣大夫，大夫臣士，士臣皂，皂臣舆，舆臣隶，隶臣僚，僚臣仆，仆臣台。

——《左传·昭公七年》

在《四月》里面，我们已经看到一个高级官员的牢骚，知道了周幽王讨厌正派官员，假借安排出差，把好人放逐到远方。这首《北山》，写的是一个低级别小官的牢骚。他认为他的上级也很不公平，拿莫名其妙的差事来折磨好人。这个任务确实很奇怪：明明他是一个年轻力壮的公务员，上级却安排他上山去摘枸杞，他当然想不通，一边劳动，一边回想官场里的种种情况，就写下了这首《北山》。

全诗六章，前三章每章六句，后三章每章四句。

第一章写他爬上北山，和一批同事去采枸杞。居然还要加夜班，想来是因为任务定额还很重，不轻松。陟者，由低走到高处也，"陟彼北山"，就是"爬上那座北山"；"言"还是自称，就是"俺"。偕偕者，身强体壮也。士子本是当时有知识有地位的人，这里说的就是这样一批小公务员，在那里一起采摘枸杞。"朝夕从事"，就是从早晨一直忙到夜晚。何以如此？"王事靡盬"。"王事"就是公事；"盬"读 gǔ，本义是不坚固，松垮垮的，"靡"是否定词，"靡盬"就是不轻松，有硬性任务。采枸杞怎么定任务呢？所以我就猜测是有定额，非完成不可，不完成就交不了差。"忧我父母"是使动语法，"使我父母忧"之意。都到夜晚了，这个小公务员还没有回家，他的父母亲肯定会在家中担心他的。请注意这个"母"还是要读古音 mǐ，否则又会影响诗歌的音韵美。

这位诗人虽然是小公务员，但他是懂政策的，觉得这样对待他们，太不公平。第二章就是他在那里一边劳动，一边发牢骚："溥天之下，莫非王土；率土之滨，莫非王臣。大夫不均，我从事独贤。"这几句的意思是说，普天之下都是周王朝的土地，土地上的人都是周王朝的臣工。既然如此，我们的上司安排我们来干这种活，大概是我特别能干吧！这当然是发牢骚的自嘲自讽。溥者，广大也，普遍也；注意这个"下"仍要读古音，与"土"押韵。率者，由也，从也；滨者，水边也，可引申为边缘。大夫者，大官也，这里是说他的上司；均者，平也，不均就是不公平。从事者，干这件事也；独贤的"贤"是"能干"之意。这些牢骚话使我们知道，上级用工作安排来收拾下级，古已有之。这批小公务员就是被他们那位"不均"的大夫穿了小鞋，赶到山上去摘枸杞。之所以把任务定额下得特别重，要让他们连夜连晚地加班，也就得到解释了。

就这样边摘枸杞，边想心事，这位小公务员的思想突然开了小差，脱离了现场。大概他还是很爱国的，觉得自己年轻力壮，应该为国家做些大事，比如驾车打仗、安定边疆之类。他的思想就跑到一边去了。这就是第三章："四牡彭彭，王事傍傍。嘉我未老，鲜我方将。旅力方刚，经营四方。""牡"是公马，这里还是指战马，战马全部是公马，我们在《采薇》里面已经讲过。彭彭者，嘭嘭也，战车前进的象声词。"王事傍傍"的"傍"，很多研究者都认为它是个借字，但历来有多种解释，我认为比较通讲的还是《毛传》所说的"傍傍然不得已"——"王事"就是国王的差事，也就是公事。公事哪里就是采摘枸杞呢？总是很多很杂的，我们可做的事还有很多。嘉者，喜也；鲜者，欣也，也是喜悦的意思；将者，强也。这前面四句就是说，一想到边疆上战车驰骋，值得做的事还很多，我就很高兴自己并没有老，也很得意于自己的身强力壮。为什么得意？还可以出去做大事情，比如保卫祖国，驾战车打仗："旅力方刚，经营四方。"这里的"旅"

是借字，它应该是"膂"，就是脊椎。古人认为人发力跟后背这根脊梁骨有极大关系。"膂"和"吕"在古代是一个字，都是脊椎。正体字"吕"是个会意字：上下相连的骨头，中间是起连接作用的软组织。被简化以后，中间那一撇被省去了，就等于是把脊椎骨砍断了。节约那一个笔画，结果让一个活生生的汉字变得莫名其妙了。脊椎骨里面的肉叫"里脊肉"，本来应该是"膂脊肉"，因为它们经常参与人体活动，所以那个地方的肉特别嫩。"旅力方刚"，就是我正是年轻力壮的时候，我应该志在四方，为国家出力，应该去经营这样的公事。"经营"的本义不是去做生意。南北为经，"经"是经线，也可以指南北向的道路；"营"是周围那一圈。出差打仗要走南闯北，就叫"经"；围着某个地方转战打圈，就叫"营"。这一段是诗人的愿景。

　　愿景很壮观，但现实很悲惨，所以，当这位诗人回到现场，突然就觉得那些都是空想，身边的几乎所有事情，都让他感到失望。在这首诗的后面三章，他一连用了十二个"或"，做了六组反差鲜明的对比，既是一大段感叹，也是在控诉官场的不公平。第一组对比是"或燕燕居息，或尽瘁事国"。就是有的人过得轻松轻松，整天在家中休息；有的人却要抱病劳累，为国家服务。"燕燕"是"安安"之意，就是逸乐舒适。第二组："或息偃在床，或不已于行。"就是说有的人舒舒服服躺在床上，有的人却在工作队伍里忙得没完没了。息偃者，休息也，安居仰卧也；不已者，没有终了也；这个"行"要读 háng，就是我们说的队伍。当兵出差都叫"行"。第三组："或不知叫号，或惨惨劬劳。"不知者，不听也；叫者，叫唤也，呼叫也；号者，号令也。这是说那些有特殊背景的人，可以不听工作安排，当然也不会挨处分，而没有背景的人就累得要死，累得很惨。"劬劳"也是一个单义复词，"劬"就是劳。第四组："或栖迟偃仰，或王事鞅掌。""栖迟"应读 qī chí，就是安乐，日子过得舒服。这又是一个叠韵联绵词。"偃仰"是躺着不动，也是单义复词。"鞅掌"读 yāng zhǎng，是叠韵联绵词，本义就是很烦乱，但在不同语境下有多重意思，在这里是说公事烦杂，累得不得了。这样工作还没有做完，另一样工作又给你丢过来了，这种状况就叫"鞅掌"。第五组对比是："或湛乐饮酒，或惨惨畏咎。""湛"在这里读 dān，通"酖"或"耽"，沉醉之意，"湛乐饮酒"就是沉醉在娱乐里面，都要耍傻了，还有酒喝。畏者，怕也，担心也；咎者，过错也，错误也。"惨惨畏咎"就是怕犯错误，怕挨处分。一天到晚尾巴都夹紧了，生怕上边的责骂，你说他惨不惨？最后一组对比是："或出入风议，或靡事不为。"这里的"出入"是指在衙门里面进进出出。"风议"就是讲空话，因为风是无形的、不具体的、落不到实处的，这就相当于我们今天批评的空话、假话、套话。"靡事不为"就是没有什么事不去做，也就是样样都要干。两种公务员的工作状况，对比何等强烈。

诗人说到这里就戛然而止，大概他也是气得不想多说了，就把这样一些强烈的对比罗列在那里，等待大家来评个公道。

小雅·无将大车

无将大车，祇自尘兮。
无思百忧，祇自疧兮。

无将大车，维尘冥冥。
无思百忧，不出于颎。

无将大车，维尘雍兮。
无思百忧，祇自重兮。

此贤者伤乱世，忧思百出，既而欲暂已，虑其甚病，无聊之至也。
——［清］姚际恒《诗经通论》

这个"将"是动词，牵引、拉动的意思。"无将大车"就是不要去拉大车。这也是一句牢骚话，不是写车夫拉车的事情。从汉代以来，各家研究者的看法都一样：这是中央政府一个大夫级的官员写的。他提拔了一些干部，后来这些人几乎全都犯了错误，让他受了很多连累，他就写了这首诗来发牢骚，也是记取教训。全诗三章，都是用拉大车蒙灰尘来做比喻：

第一章的"祇"有两个读音，一个读 qí，比如说"天地神祇"；

这里读 zhǐ，是"正，恰，只"的意思。"祇自尘兮"就是说拉大车的结果，只会使自己蒙满灰尘。大车是用人力拉的，当时没有沥青路、柏油路，更没有混凝土硬化路面，路上都是黄土，所以会有这种情况。这是个比喻：不了解的人不要去提拔，徒然惹些是非。后面的"无思百忧，祇自疧兮"就是在接着发牢骚，说最好不要去想那些是是非非，那样只会使自己发昏。无思者，不要去想也。"百忧"就是各种忧愁，这里指自己提干失误惹来的是非。"疧"读 qí，但是在这里应该是个错字，因为不押韵。早有研究《诗经》的先辈推断，这个字应该是病旁里面一个"人民"的"民"字，读 mén，通"瞢"，昏暗之意，"疧"是传抄中的错写。"自疧"就是把自己弄糊涂了。连起来的意思是说：提拔那些人以后，让自己惹下很多闲话和是非，就像去拉大车，把自己搞得灰头土脸；这些是是非非太多了，只好不去想它们，想起来只会把自己弄糊涂。

第二章是说灰尘扬起来造成的后果："无将大车，维尘冥冥。无思百忧，不出于颎。"是劝自己要丢得开，要是老去想那些"百忧"之事，那样只会自陷于昏愦，总也明白不过来。冥者，幽冥也，昏暗也。"颎"读 jiǒng，"炯"字的古写，就是光明的意思，可引申为明白、清醒。它是"从火，冋声"，不过这个声符也参与了字义。"冋"的本义是窗户，可引申为光明，现在把它当成困窘，完全搞错了。

第三章还是以自我开导之语在发牢骚："无将大车，维尘雍兮。无思百忧，祇自重兮。"是说有些事想也是徒然，只会越想心情越沉重，干脆不去想这些烦恼之事，心情还可能轻松一些。雍者，壅也，就是灰尘把你壅起来了。

看来这位大夫本来是比较正派的，只是当初提拔干部有些失察。现在闲言碎语突然多起来了，都说他提拔那些人是严重的失误，他也觉得没提拔对，又觉得说这些话的人是在找缝下蛆，是在攻击他，但是又没法去辩解清楚，只好归结为自己当初不该去管这些事。"无将大车"就是他在这种心态之下，得出的一个消极的结论。

小雅·信南山

信彼南山，维禹甸之。
畇畇原隰，曾孙田之。
我疆我理，南东其亩。

上天同云。雨雪雰雰，益之以霡霂。

既优既渥，既沾既足，生我百谷。

疆埸翼翼，黍稷彧彧。
曾孙之穑，以为酒食。
畀我尸宾，寿考万年。

韭、瓜

中田有庐，疆埸有瓜。

是剥是菹，献之皇祖。

曾孙寿考，受天之祜。

祭以清酒，从以骍牡，享于祖考。

执其鸾刀，以启其毛，取其血膋。

是烝是享，苾苾芬芬。

祀事孔明，先祖是皇。

报以介福，万寿无疆！

是纪祀事诗，却乃远从田事说来。

——［明］孙鑛《批评诗经》

　　我们今天要讲的《信南山》，是《小雅》里面很有名的一首诗。和我们前面读到的那些诗歌相比，它的风格比较独特。周朝初年，每一年收了庄稼以后，都要举行祭祀活动，感谢上天赐给收成，祈祷来年风调雨顺。在祭祀活动上就要唱歌。这首《信南山》，就是在这样的祭祀活动上唱的歌词，因为这是非常正式的重要祭祀活动，周天子都要参加，所以它的风格就比较庄重。虽然仍属个人创作，实际上应该是王室定制的御用制作。

　　这里的"南山"，是指终南山，但那个时代的终南山并不是指现在西安南边的那一座山，而是指整个秦岭山脉。秦岭山脉在陕南，是周民族重要的发祥地。从周文王的父亲周王季开始，到周成王时代，关中平原已经经过了周民族四代人的开发，所以对周民族来说，南山有其他山脉无法比拟的重要性。《信南山》的"信"字，并不是"信用"的"信"，而是同音假借，代"伸"。"信"和"伸"的古音相通。"伸南山"是什么意思呢？伸者，延长也，"伸南山"就是"南山伸"。这仍是倒装句式，就是说秦岭山脉延伸得很长，连绵不绝。顺便说一下："伸"和"申"原本是同一个字，单人旁是后加的。"申"的意思也是延长。它的篆文和甲骨文都是这样写的：ꝥ。两边各有一只手，拉着一根弯了的绳子的两端，所以这个字的意思非常明白，看图识字就能懂它的意义，就是延长。

中国人在说一件事情的时候，总习惯要追溯到根源。第一章这六句就是这样的追溯：连绵不绝的秦岭山脉，是大禹治水以后出现的陆地——"信彼南山，维禹甸之"。"甸"的本义是平原，在这里名词作动词，说是通过夏禹治水，它才变成了一片平原。这块平原平整湿润，到周成王这一代，把它变成了良田熟土："畇畇原隰，曾孙田之。"畇畇者，均匀也；田原何谓均匀？就是平坦整齐，没有凹凸不平、七拱八翘的奇怪地貌。隰者，沼泽也，就是比平原略低一点的湿地。这里平整而又水源充沛，所以适合农耕文明的发展。"曾孙"是谁？这是在周成王时代，经过第一代太王（就是古公亶父，周王季的父亲），第三代文王，第四代武王，到周成王这一代就是玄孙辈了。"田"在这里也是名词作动词用，是说把这片平原开发为田地，是周太王的曾孙周成王完成的。读到这里我们马上就能明白，这是一首歌颂农业丰收，感谢上天的诗。当然也要提及起了关键作用的领袖人物，所以它先说了大禹，接着就重点突出周成王，但也说明他是曾孙辈，这样就把文王、武王的功劳都包括进去了。

写这个歌词用的是农夫的口气，就像我们今天很多歌里的主人公都是"我们"一样，那个时代也要把劳动人民放在前面，所以它接着就说"我疆我理，南东其亩"，就是说我们来划定疆界，我们来治理田亩，向南边、向东边拓展了我们的土地。疆者，疆界也，它是进入农耕时代才凸显出来的概念，因为和畜牧时代不同，各家各户耕种的边界一定要划得很清楚，不然就容易发生争执。国与国之间也是同一个道理。"疆"的古字就是"畕"，就是在田与田之间划出的界线，通过文字学也能确认这个字是与农耕密切有关的。"我理"是什么意思？"理"字本义是古代的工人治玉，玉工治玉时要把它切开，按照内部结构纹理去雕刻，所以"理"字本身有进一步研究的意思，引申为"理者，治理也"。把疆界划了以后，并不能马上种庄稼，还要看属于你的这块田地适合种什么，因为有的土壤瘠薄，有的土壤肥沃，地势也有高有低，需要因地制宜，种不同的东西，这就叫"理"。"南东其亩"是说我们又向外发展，向南边和东边拓展了我们的田地。为什么是南东而不是西北呢？道理非常简单：一个村庄有了这么一大片地，首先就要解决道路问题，道路一般说来都是纵横的，南北向或者东西向。我们已经知道，华北平原的居室一般都是坐北朝南，聚居地的选择也是这样，所以村庄多是选在山麓南侧，这样它通向田野的道路就是向南延伸，所以在那两边开拓田亩；关中平原也是如此。"南东"都用作动词。这个"亩"应按古音读 mǐ，作动词，是开拓田亩之意。

综合起来，这两句诗的意思就是：土地有了，一边规划治理，一边划好地界，同时不断向南、向东开拓发展。

第一章说了这块土地的由来，第二章就说上天的眷顾。因为从前的农业是要靠天吃饭的，祭祀的歌词当然要说天时很好："上天同云。雨雪雰雰，益之以霡霂。既优既渥，既沾既足，生我百谷。"

"上天"就是高天。"同云"是什么呢？因为关中平原气候干燥，云比较少，空气能见度又高，蓝天上的云通常都是一片一片的，彼此分得很清楚，"同云"就是云层灰蒙蒙地连成了一片。关中进入冬季的时候，凡是出现这种天气，就意味着要下大雪，所以接着就是"雨雪雰雰"。"雨"在这里是动词，要读 yù，指下雪，不是雨夹雪的意思，我们在《采薇》里面也遇到过的。北方的农民都知道，这种大雪既可以大大减少来年的病虫害，而且也为庄稼的生长提供了充足的水分，这就是"瑞雪兆丰年"的来历。

大雪以后，很快就是来年春季，春雨又来了，"益之以霡霂"就是说上天不仅冬降瑞雪，春天又添加了细雨。"益"就是添加，而不是现在的"好处"的意思。所以跟"益"意义相对立的是"损"，损是减少，益是增加。请看"益"字的篆文：益。这是一个会意字，它下面是一只高脚碗，上面是横着的水波纹。为什么一只碗里面装水就是添加的意思？汉代以来很多文字学专家都不明白，本人有亲身体会。我原来有胃病，每天中午吃面，吃完了还要再喝一碗汤。本来不喝这碗汤我也饱了，但是再添一碗汤就更舒服，所以这一碗汤就有添加的意思。北方的农民最懂这一点，他们是以面食为主，吃饱了以后还要吃一碗糊糊汤，就起这个作用。这就是"益"字的由来。上天为我们添加的是什么？"益之以霡霂"。"霡霂"读 mài mù。霡霂者，小雨也。我们经常说的"毛毛雨"，就是"霡霂雨"。后来因为我们弄不清楚"霡霂"这两个字，按照读音就写成"毛毛"，毛毛雨下的不是毛，而是蒙蒙细雨，就是"霡霂"。所以，《诗经》中有些看似极深奥的东西，其实是非常浅显的日常用语，只是我们平时没有意识到而已。

那时的北方，农业生产只能靠降水，不像我们四川这里有自流灌溉。大雪之后又是春雨，庄稼得到了充足的水分，这对于当地的农业来说宝贵得很，非常值得庆幸了。接下来几句，就是怀着喜悦之心告谢上天：这样丰沛的水太好了，已经足够了，我们的庄稼一定会茁壮生长。这就是"既优既渥，既沾既足，生我百谷"所要表达的。"优"就是非常好，"渥"是湿润，"沾"是雨水足够了，"百谷"是泛指各种禾本科植物庄稼。我们说"沾光"的"沾"实际上就是这个"沾"，只不过最初沾的意义是专指水分的。

接下来的两章，庄稼成长了，丰收了，然后农人们就开始感谢周成王，包括他的那些臣工。

头两句是工作汇报：我们农人的德行都很好。我们庄稼的长势喜人："疆埸翼翼，黍稷或或。""疆""埸"同义，都是指田界、疆界。"疆埸翼翼"反映了古代农村一种美好的风俗，就是所有的农夫在耕种自家田土的时候，到了边界上都要留一些空地，以免把犁头犁到人家那边去了，这就叫"让界"，是一种美德。一个农耕社会要维持下去，需要适度礼让，不能斤斤计较。如果个个农夫都贪杂心狠，恨不得把田土边界逼向对方，谨防天天都要打架。所以，"疆埸翼翼"是说我们在春耕的时候都很小心，注意让界，以此来表示农人都是很懂礼的。这虽然是一个很小的细节，却真实地反映了当时人与人的关系。注意这个"场"字读 yì，不是"场"，从前的人不小心把它读成"场"字了，讹传为"疆场"。后面的"翼翼"也应该要读 yì yì。我们在《豳风·七月》里已经知道，周朝时候庄稼已经有很多种了，但是黍和稷是当时农民的主粮，所以这里就用"黍稷彧彧"来代表庄稼长得茂盛，也就预示了粮食丰收。"彧""郁"都读 yù，意思也几乎相同，"彧"就是庄稼长得好。

接下来诗人就代表农民们表白：我们努力工作、粮食丰收以后，我们不忘周成王的英明领导。家家都给他留有专门的好庄稼，收割后要送到首都去，供他老人家酿酒、做糕点；还要送一些给参与天子祭祀仪式的神职人员和来宾，让他们认真祷告上天，祈求上天为我们的周成王祝福，祝他长寿。这就是"曾孙之穑，以为酒食。畀我尸宾，寿考万年"。"曾孙"就是周成王。什么叫"穑"呢？农活统称为"稼穑"，稼者，把庄稼种下去也；穑者，把庄稼收回来也。穑就是收回来，不拿出去。所以我们现在说有些人是小气鬼，还是骂"啬家子"，就是说他只知道往自己腰包里收。所以这里的"曾孙之穑"就是收来进贡给周成王。畀者，给予也。"尸"与尸体无关，而是祭祀活动中的一个角色，由他去装扮祖先，因为那时候的人还不会画像，以此代之。这里是用"尸"泛指祭祀的神职人员。"宾"指天子的宾客。祭祀活动之际，周天子一定要请客，那些宾客和神职人员一起，参与祭祀。这些人也是要有犒赏的，就像我们现在要给人家包个红包、送点什么"车马费"之类，他们心头才舒服，祭祀祈福的时候才会诚心诚意为周成王祝福，祝他长寿。这些歌词都是御用诗人代表农人向周天子表忠心，说明农民热爱英明领袖，并不是真的家家户户都要拿这么多东西送上去，这就像现在我们唱颂歌，说什么"赶着最肥的牛羊，装满最好的苹果，送到北京城"，是一样的。这是第三章。

第四章，诗人的考虑更细了。盛大祭祀需要多种贡品，所以农人们除了进贡"酒食"之外，还要制作瓜干菜肴送上去，用来丰富祭品："中田有庐，疆场有瓜。是剥是菹，献之皇祖。"中田者，田中也，也是倒装的语言习惯。"庐"是搭在田间地头的窝棚。北方农民的庄稼地，不像川西平原这样就在家门四周，有的还远在几里地之外，因此绝大部分农民都要在田里面搭一个棚，平时用来休息、躲雨，庄稼长出来后，还要在那里轮流值守，防止野猪和其他动物来啃食庄稼，所以必须"中田有庐"。瓜成熟之后，还要经过很多加工，削皮去籽，腌渍晾干，才能远送留存，才好拿去作备选的祭品。这就是"是剥是菹，献之皇祖"。剥者，剥皮也；菹者，腌渍也。北方不像南方的蔬菜那么多，秋冬以后基本上就没有新鲜菜了，所以收的瓜也要这么保存下来，到没有菜的时候当菜吃。人要吃，祖先鬼神也要吃，所以祭品里面还得有这些东西，也要"献之皇祖"。

为祖先考虑得这么周到，还是为了求祖先保佑后人，当然主要是保佑周成王，所以要祈祷："曾孙寿考，受天之祜。"因为周成王那个时候还很年轻，他要死了，又没有儿子来接班，该怎么办呢？所以诗里几次提到了周成王的"寿考"，这是有原因的。"祜"读 hù，就是保护。

第五章以后，正式进入祭祀现场了："祭以清酒，从以骍牡，享于祖考。执其鸾刀，以启其毛，取其血膋。"这里涉及很多古代社会知识。第一，"祭以清酒"并不是用酒，而是用一碗水代替的。因为远古时代，早在人类发明酿酒之前，就已经有祭祀活动了，那个时候祭礼就是一碗水。后来发明了酒，仍然不用酒去祭天老爷和祖先，因为中国人讲究传统，还是沿袭用一碗水祭祀。第二，"从以骍牡"是说祭酒之后接着就要杀牛。从者，跟也，接也；"骍"读 xīng，偏黑色的赤色，古人认为这种毛色的牛才是最好的牛；"牡"即公牛，应读古音 mǒu。古人认为凡是敬鬼神的都要用雄性，这个习俗延续至今，直到现在，快要过年了的时候，好多人都会去乡下买一只鸡公，回来杀了拿来进贡祖先。享者，敬也，把这个东西拿来供神就叫"享"。"鸾刀"是一种刀柄上有铃铛的刀，杀牛的时候，把刀一摇就会当当地响。在古人的想象中，鬼神一听到我们在摇这个铃铛，就知道要杀牛来祭祀了。意思就是祖先请听着，我们已经拿着刀要杀牛了。启者，打开也。打开毛是什么意思？那是一个仪式：先把公牛身上的一块毛皮割下来，摆在神龛上供着。古人敬鬼神，相信鬼神就在那里，所以要让他们知道祭祀用的是什么毛色的公牛，先剔出一块毛皮来送给鬼神看，以示验证，这就是"以启其毛"。后面的"取其血膋"也是同一个意思。"血"是血液；"膋"读 liáo，就是脂肪。享受祭祀的祖先听到鸾刀响了，也看到了盘子上带毛的牛皮了，都还不足以表示祭祀者的诚意，还需要端上一碗牛血，摆上一块牛的脂肪，以示牛确实被宰杀了，这样才能让鬼神确信，我们没有耍滑头，并不是把那"骍牡"拿来走一下过场就牵起走了。在我们今天看来，这些祭祀中间的礼仪都过于烦琐，但是在古人思维里就认为这是很神圣的，不可省略。

小雅·信南山

最后一章，既是祭祀活动的场面描写，又是一个皆大欢喜的活动总结："**是烝是享，苾苾芬芬。祀事孔明，先祖是皇。报以介福，万寿无疆！**"是者，于是也；烝者，举行祭奠也。周公制礼作乐的时候，规定这样的祭祀活动是一年四次，春、夏、秋、冬各一次，春曰礿（读 yuè）祭，夏曰禘（读 dì）祭，秋曰尝祭，冬曰烝祭。享者，祭祀的对象享受祭品也。"苾"读 bì，芳香之谓也。"苾苾芬芬"就是香气四溢，祖先鬼神都能闻到。祀事者，祭祀活动也；孔明者，非常漂亮也。"祀事孔明"就是这个活动搞得很成功，相当于我们现在说的开了一个胜利的大会。"先祖"就是祖先。"皇"的本义是很伟大的人物，金文是这样写的：🔱。底下一个"大"，就是一个人站在那里；底下那一横代表地平线，人站在那里，头上是太阳在放光芒，显示他是伟大的人物。但这里"皇"是借音，作动词，通"彷徨"的"徨"，"来到"之意。"先祖是皇"就是说祖先鬼神们全都亲临现场了。他们一看这场祭祀活动搞得非常成功、非常漂亮，都很满意，就会给祭祀者以回报："报以介福，万寿无疆！"介者，大也，"介福"就是大幸福，就是我们现在还在说的"洪福齐天"。光是这样还不够，还要落实到周成王的寿考，所以最后还要来一句"万寿无疆"。

这首诗写这样一个祭祀活动，充满了赞美、歌颂和祈福的话，其妙处在于写了人与鬼神的互动，从中可以反映出当时人们的观念。周朝有"乐礼"，举行祭祀活动时有专门的乐队，还配有合唱队伍，作为活动的背景音乐，大概从头到尾都一直在唱。这首《信南山》，显然就是在冬天举行"烝祭"的时候唱的。

小雅·青蝇

营营青蝇，止于樊。
岂弟君子，无信谗言。
kǎi

营营青蝇，止于棘。
谗人罔极，交乱四国。

营营青蝇，止于榛。
谗人罔极，构我二人。

　　诗人以青蝇起兴之意，层层递进，使人逐步感
到信谗的后果，有由浅及深之妙。
　　　　　　　　——程俊英 蒋见元《诗经注析》

苍蝇

青者，苍也。用"青"表示颜色。古人和我们现在的理解很不一样，古代把颜色深的都叫"苍"，苍蝇是深灰色，所以"青蝇"就是苍蝇。有人说苍蝇不能入诗，怎么不能？这首《青蝇》把那些很讨厌的、到处挑拨离间的人比作苍蝇，予以强烈谴责，短小精悍，给人留下很深的印象，就是首好诗。

这首诗的背景，是两个朋友本来处得很好，互相信任，但是出现了散布谗言的小人，极力挑拨二人的关系，使他们的友谊受到严重损害，其中一方要向对方解释，就写了这首诗。

苍蝇有一个特点，不容易赶走，你刚把它拂开，它弯来绕去地转圈子，一不注意它就又飞回来了。所以这首诗反复强调"营营青蝇"，表示对它非常厌恶。营营者，转圈子也。

它不飞走，还到处乱停，一会儿"止于樊"，一会儿"止于棘"，一会儿又"止于榛"。樊者，篱笆院墙也；棘者，酸枣刺也，多用于扎院墙；"榛"是一种灌木，也可用于扎篱笆。

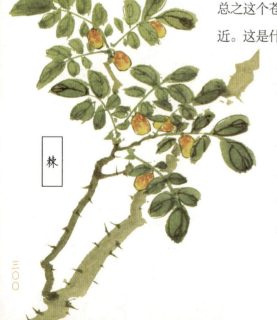

棘

总之这个苍蝇撵都撵不走，老是停在房子附近。这是什么意思？诗人在提醒他的朋友，那个挑拨离间的小人脸皮很厚，总是在我们身边钻来钻去。这个"樊"字很有意思，它的篆文是个象形字：上面是在两棵树之间交叉封锁起来，下面是两只手，一看就明白，这是在用树木柴棍编篱笆墙。

既然小人赶不走，那么我们自己就要小心，注意我们的德行修养，不要听信他的挑拨，所以他说"岂弟君子，无信谗言"。"岂"在这里读kǎi，通"恺"，快乐坦荡之意；弟者，遵守规矩、尊重年长者也；谗言者，挑拨诽谤之语也。

我为什么要这样提醒你？是因为那些小人进谗言没完没了。他不仅仅在你我之间挑拨离间，还到处去惹是生非，这就是"谗人罔极，交乱四国"。"谗人"就是那些专门挑拨离间的人。罔者，无也；极者，终也。"罔极"就是没完没了。交乱者，绞乱也，就是我们现在说的"搅乱"；四国者，四方也，用在这里是"四面八方，到处"的意思。

最后一章，诗人进一步提醒他的朋友：那个小人在我们中间挑拨离间，是有阴谋、有目的的，他要"构我二人"。我们现在常说的"机构"，来自古人的"构机"一词。"机"是捕兽机，"构"是把它组合起来，"构机"就是制造一个捕兽机，好抓住野兽。这是一个比喻，说那个小人设了一个"机"，想构陷我们两个朋友。构者，组合也，构造也，刻意编造也。

小雅·瓠叶

fān hù
幡幡瓠叶，采之亨之。　　有兔斯首，燔之炙之。
君子有酒，酌言尝之。　　君子有酒，酌言酢之。
　　　　　　　　　　　　　　　　　　zuò

pào fán
有兔斯首，炮之燔之。　　有兔斯首，燔之炮之。
君子有酒，酌言献之。　　君子有酒，酌言酬之。

意虽简俭，有不任欣喜之状。

——陈延杰《诗序解》

这首诗描写当时一般家庭的请客情形，我们从中能看到什么叫"君子之风"。

首先，他们请客不讲排场，全诗只出现了两种菜肴：一是瓠叶，就是葫芦瓜的嫩叶子，这是北方农民家庭常吃的蔬菜。幡者，翻也，"幡幡"就是叶子长了很多，随风招摇之状。这道菜的做法是"采之亨之"，就是摘下来煮熟而已。那时候"亨""烹"是同一个字，读音近 pāng。烹者，煮也。第二种原料是兔子，"有兔斯首"，这个"斯首"相当于英语中间的 the，就是一个冠词，"斯首"就是"有兔一只"的意思，不过主人把兔子做了三道菜，使用了"炮""燔""炙"三种不同的烹调方法。"炮"读 páo，就是把兔子放血以后，拿泥巴把它包成一团，再放到大火里面去烧，等它冷了把泥巴一打开，里面的肉就很香，这就叫"炮"。现在的叫花鸡，还是沿用这种做法，只是

兔

调味品用得比较多了。"燔"读 fán，也是用火烧，但是不用泥巴包，直接用铁签子把兔肉穿起来，在火上转着烧，有点像现在烤羊肉串的做法，这就叫"燔"。"炙"也是在火上烤，但略有不同，从"炙"的写法就知道，那是肉放在火上面烤，肉与火苗保持一定的距离。三种吃法，就这么一只兔子，简单得很。可见古代的君子请客，不在于多么奢华、排场，或者多么讲究营养，而是在于促进友谊，吃个友好气氛，不像现在的风气，一请客就大吃大喝，一桌花费成千上万。

菜肴很简单，喝的酒也就是自己家酿的醪糟酒。因为那个时候还没有现在这种度数很高的蒸馏酒，所以"君子有酒"也只能是醪糟酒，就是把糯米蒸熟以后，包起来让它发酵，半个多月以后就熟了，就成了醪糟酒，也很简单。虽然吃的东西简单，但是君子之间的礼数是很注意的，我们从这首诗里面写的喝酒过程，就能知道。

在四章里面，有四次"君子有酒"，就是宾主之间不断端起酒来互敬，但它并不是一个单调的"喝"字，一共用了五个词："酌言尝之""酌言献之""酌言酢之"和"酌言酬之"（这中间的"言"都是虚词，没有意义）。这个是很有讲究的。

"酌"是拿勺子去舀酒，因为蒸的酒在坛子里面，不能够抱着坛子直接倒酒，必须拿一个勺子伸到里面去取，舀出来再倒进酒杯里面，这个勺子舀酒的动作就叫"酌"。请看金文"酌"的写法：𤔅。左边是酒坛子，底下是尖的，这是因为坛子下半截要埋在土里面，只有这样才能保持常温，否则温度变化太大了酒容易变味。坛子顶上是漏斗，因为醪糟酒有很多颗粒杂质，不过滤一下不便于饮用。右边是一只勺子，用它把酒舀起来就是"酌"。

最先是"酌言尝之"。这是主人家把醪糟酒舀起来，说是请大家尝尝：我们家今年新酿的醪糟酒可不可以？大家抿一小口，做一点评价，这个就是"尝"。第二杯酒就是"献"。虽然也是主人家端起酒杯来敬客人，但这次是很有礼貌、很有规矩地把酒献给客人。主人献了酒，客人就要回敬主人，所谓"礼尚往来"，就是要有来有往。客人回敬主人，这就叫"酢"。"酢"这个字，就是专门为饮酒礼节而造的。客人回敬主人以后，这个礼节还没有完，主人还要来第二次敬客人，这就叫"酬"。现在这个"酬"已经和饮酒无关了，叫"报酬"，但是它仍然有一个酒坛子摆在旁边，所以我们能够明白最初造这个字的意思，是和酒有关系的。这样一个宾主来回互敬的过程，就叫"一酢一酬"。

这首诗虽然小，却可以让我们了解到古时候君子的行为举止。就连饮酒这样一件小事，也应该遵守一些什么礼节，这样才能体现一个君子的风格。不能是只图痛快，想怎么来就怎么来，有的人甚至吆五喝六、武抢扭拖的，那就完全失礼了。

小雅·何草不黄

何草不黄？何日不行^{háng}？　　匪兕匪虎，率彼旷野。

何人不将，经营四方？　　　　哀我征夫，朝夕不暇。

何草不玄？何人不矜^{guān}？　　有芃^{péng}者狐，率彼幽草。

哀我征夫，独为匪民。　　　　有栈之车，行彼周道。

　　《何草不黄》是《小雅》部分的最后一首诗。它写的是西周末年，估计就是周幽王时代，天下大乱，中国周围的少数民族入侵中原，周王朝内部也有诸侯反叛，到处都要打仗，这就苦了老百姓。为什么苦？因为军队不够用了，要把农民抽去当兵。这首诗就是一个被抓去打仗的农夫，在战争中的所见所感。

　　第一句"何草不黄？"是起兴之句，意思是："天地间有什么草不枯黄？"它是为了引出后面一句"何日不行？"。这才是这位征夫内心的忧虑：要到哪一天才休兵不战呀？"行"读 háng，"不行"就是不排队，因为早上起床后一吹号，士兵就要起来排队，"不行"就是不排队了，不打仗了，军人回家了。他是在盼着战争赶快结束。为什么提到何草不黄？那是因为他最初参军去的时候，还是春天，草刚刚长起来，还是青草绿草；在外面打仗当兵东奔西走，时间从春到秋过了半年了，草都黄了。后面就是直接控诉了：我不是自愿来当兵，是由于上面征兵，我不敢不来。"将"就是"强迫"的"强"，"何人不将"就是"有谁不是被强迫的？"。强迫拉来干什么？"经营四方"。这个"经营"和《北山》讲的意思相同：当了兵，南征北战就叫"经"，东奔西跑就叫"营"，总之就是不得不到处走。

第二章，时令进入冬季，经过霜打雪压，枯黄的草都变黑了。这位当兵的农民，眼看着秋去冬来，快要一年了，不由得感叹他们这些当兵的，全都孤苦伶仃，像是无家可归的单身汉，命运悲哀，过得不像人："何草不玄？何人不矜？哀我征夫，独为匪民。"玄者，黑色也，腐败的草就是黑色的。"矜"我们今天读 guān，本义是矛柄，打单身就叫"矜"；"何人不矜"就是没人不打单身，大家都成了鳏夫。不是说这些"征夫"没有妻子，而是说出来打仗已经一年了，等于打单身了。打仗曰征，征夫就是士兵。民者，人也；匪者，不是也。"独为匪民"就是说只有我们当兵的不是人。为什么这么说？因为是人就有家有妻有子，像我们这样出征在外整年不归，等于没有家庭，等于没有妻子。人家都在家中生活得上好，只有我们不是人。

第三章，他们的队伍已经跑到了长江流域一带，还是没日没夜地疲于奔命，这个征夫不由得哀叹，觉得自己还不如那些在旷野里随意奔走的犀牛和老虎："匪兕匪虎，率彼旷野。哀我征夫，朝夕不暇。"这两个"匪"不是否定词，而是代词，就是"彼"。"匪兕匪虎"就是那些犀牛、那些老虎。周朝的时候，华北平原已经没有这两种野兽了，所以由此可知他们已经到了长江流域一带。率者，随意也。"率彼旷野"，就是说那些犀牛和老虎，可以随意在旷野上走来走去，这是羡慕野兽的自由，而他们这些征夫太可怜了，连这点自由都没有，而且白天夜晚都不得安宁。不暇者，没有空闲也。

最后一章，他又看到了狐狸，也是在生长茂盛的草丛里自由自在，而他们只能推着装有辎重的军车，在漫漫长路上艰难跋涉："有芃者狐，率彼幽草。有栈之车，行彼周道。""芃"读 péng，和"蓬松"的"蓬"意思相同，形容兽毛蓬松或草长得很茂盛。幽者，深也，"幽草"就是生长茂盛的草丛。栈者，棚也，车子上面搭了棚的车就叫"栈车"。这种车是四个轮子，大得很的，专门用来在战场上运送物资，上面有棚栈是为了避免物资被淋湿。读到这里我们就明白了，这个士兵属于后勤队伍。这就是全诗一直没有提到如何打仗的原因。"周道"就是大道，我们已经讲过的。周道很长，征途也正长，这首诗没有写结尾，他无法结尾，就这样结束了：犀牛和老虎在旷野里随意走动，皮毛蓬松的狐狸在草丛间跳来跳去，一群被拉夫的农民，只能在路上推着那些大车艰难行进，长路漫漫，没有尽头。

在所有《诗经》的完整版本里面，《小雅》部分的最后一首诗，都是这首《何草不黄》。这首诗也确实写得很好：草色的不同，代表着季节的变换，交代了征夫们被拉夫的时间；视野里出现的野兽，反映了征途的漫长与家乡的远隔；皮毛蓬松的狐狸，说明已到了深冬；还有野兽们的率性和随意，反衬着征夫们毫无自由的感叹和哀伤。身逢乱世的人，就是这样不幸，远离家乡，远离亲人，在战场上跑了一年，还没有尽头。所以元代的张养浩在他的《山坡羊》里面感叹："兴，百姓苦；亡，百姓苦。"难怪后世的人要做这样的总结，说是"宁为太平犬，莫作乱离人"。孔夫子把这首诗放在《小雅》的最后，是不是也表明他对这些征夫的同情、对战争的厌恶和反感呢？

大雅·緜

緜緜瓜瓞，民之初生，自土沮漆。
古公亶父，陶复陶穴，未有家室。

古公亶父，来朝走马。

率西水浒，至于岐下。

爰及姜女，聿来胥宇。

周原膴膴，堇荼如饴。

爰始爰谋，爰契我龟。

曰止曰时，筑室于兹。

迺慰迺止，迺左迺右。

迺疆迺理，迺宣迺亩。

自西徂东，周爰执事。

迺召司空，迺召司徒，俾立室家。

其绳则直，缩版以载，作庙翼翼。

捄之陾陾，度之薨薨，
筑之登登，削屡冯冯。
百堵皆兴，鼛鼓弗胜。

乃立皋门，皋门有伉。
乃立应门，应门将将。
乃立冢土，戎丑攸行。

肆不殄厥愠，亦不陨厥问。
柞棫拔矣，行道兑矣。
混夷駾矣，维其喙矣！

虞芮质厥成，文王蹶厥生。
予曰有疏附，予曰有先后。
予曰有奔奏，予曰有御侮！

　　如此疏密相间，正如大羹之用盐
梅，点缀得恰到好处。
　　——程俊英　蒋见元《诗经注析》

我们已经讲过，《大雅》和《小雅》有很大的不同。《小雅》中有很多作品揭露社会的不公，诉说个人的不幸和痛苦，所以"怨"和"诽"是《小雅》的主要特点。"怨"是诉说委屈，"诽"是批评，但是它们都还没有到愤怒的程度，所以叫"怨诽而不怒"。《大雅》部分不是这样。因为它一般是在一些特别正式的场合演唱，所以它很少抱怨和批评，而更多的是讲故事。《大雅》有三十多首诗，基本上都是叙事诗。我只选了其中的两首，都是讲周民族的古老故事，也可以说是周民族的英雄史诗。

岐山下面的周原，是周民族的发祥地。我们今天讲的《緜》这首诗，可分为九章，叙述了周民族从哪里迁到周原，怎样在那里开辟田原、创建王国。其中主要歌颂了周民族的两个英雄人物——古公亶父和周文王。

周民族早期的生息之地，是在周原以北，一百多里之外的杜水流域，因为经常受到夷狄（就是北方少数民族）的骚扰，他们搬迁了好几次，先是迁到沮水流域，然后又迁到漆水流域，但夷狄对他们的侵害仍不停止。周民族早期的一位酋长，名叫亶父，曾经想用贿买的方式求得安宁，向夷狄的酋长献过皮币、牲畜和珠玉，都不见效，夷狄明确告诉他："我们就是要你们的土地。"亶父思来想去，觉得以避免矛盾为好，就开始和他的妻子姜女往南方勘察，寻找合适的地方，就这样找到了周原，第二年他就召集本族的长老开会，宣布说："土地是拿来养活人的，我们不能为了养活人的土地而去杀人。所以我决定南迁，避免和夷狄的冲突。愿意这样的人就跟我一起走，不想走的就留下来，和夷狄的人好好相处。"结果全族的人都跟着他走了，周民族就这样来到了岐山脚下的周原。这一首《緜》，就从讲述这件事开始。

緜緜瓜瓞，民之初生，自土沮漆。古公亶父，陶复陶穴，未有家室。

第一章是追溯往事。"緜"和"绵"是一对古今字，我们在《王风·葛藟》里面已经讲过。"瓞"读dié，就是结在靠近根部的小瓜。瓜的生长特点，是随着瓜藤向外生长，离根部越远的瓜结得越大，这就叫"緜緜瓜瓞"，这里是比喻一代胜过一代。民者，人也，这里就指周人。这个"土"是"杜"的通假，指杜水流域；"沮漆"指沮水流域和漆水流域。它们都在今天的陕西省中部。"亶父"读dǎn fǔ，亶是周民族早期一位酋长的名，父是对他的尊称。陶者，掏也，作动词；"复"通"覆"，是向下挖出的地洞，类似于现在北方的"地窝子"；穴指窑洞。"陶复陶穴"就是挖地洞、挖窑洞，以此为居。当时还没有修房造屋，更没有宫殿，所以下一句说他"未有家室"。家者，民居之屋也；室者，宫室也。

古公亶父，来朝走马。率西水浒，至于岐下。爰及姜女，聿来胥宇。

第二章就是写古公亶父和他妻子姜女秘密考察周原。来朝者，第二天早晨也，这是说考察是一早就出发了。率者，顺着也；西水指渭水。"率西水浒，至于岐下"就是沿着渭河水边往西走，走到了岐山脚下。聿者，于是也；胥者，秘密也；"宇"的意义是整个空间世界，也可以指上下四方，这里可以理解为地理环境。"聿来胥宇"就是"于是秘密地考察了岐山脚下的地理环境"。

周原膴膴，堇荼如饴。爰始爰谋，爰契我龟。曰止曰时，筑室于兹。

第三章写他们在考察时的观感，以及怎样做出决定的过程。"膴"

读 wǔ，土地肥美之意；"堇"是紫花地丁，"荼"是苦苣，它们都是可供食用的野生植物，都是微苦的味道；饴者，饴糖也，就是粮食作物熬制的糖稀，这里可理解为"甜"。前两句是说亶父和姜女看到周原土地肥沃，花草茂盛，而且连本来味苦的野生植物都带着甜味，这说明土质很好。这一切让他们很满意。但在那个时代，这么重大的决定，是必须要占问天意的。后面四句就写亶父和姜女不仅进行了一番谋划，还用龟甲来占卜，占卜的结论是这个地方非常理想，很符合天意，可以定居。始者，开始也。"爰始爰谋"指亶父和姜女开始谋划。契者，用刀刻画也。"爰契我龟"就是记录龟甲占卜所得的结论。"曰止曰时"，这两个"曰"不是亶父和姜女在说话，而是占卜的结论，好像天神在告诉他们一样。告诉的是什么？"曰止曰时，筑室于兹"，就是可以做决定了。止者，定下来也；时者，是也，表示肯定；筑室者，修建房屋也，可以安家也；"兹"是代词，就是"这里""这个地方"。

迺慰迺止，迺左迺右。迺疆迺理，迺宣迺亩。自西徂东，周爰执事。

决定一旦做出，周民族的先民们就雷厉风行地行动起来。"迺"同"乃"，相当于我们口语所说的"于是就"；慰者，安也，安下心来也；止者，定也，这里是指定居；左和右是说测定方位，因为建房必须坐北朝南，这样定位以后左边就是东方，右边就是西方；"疆"和"理"是我们在《信南山》里讲过的同样的意思，开始划定疆界、治理土壤；"宣"通"渲"，排水的沟渠；"亩"作动词，可理解为丈量田畴。徂者，去也，往也。"自西徂东"就是在田野里修好农事所需的阡陌道路。周者，普遍也，全都也，比如我们现在说"一体周知"，就是"全都知道"的意思；执事者，执行事务、具体干起来也。这一章所描写的就是一系列的具体行动：大家安心定居下来，测定方位，平整土地，掏挖沟渠，修好道路，各司其职，一片积极行动的忙碌景象。

乃召司空，乃召司徒，俾立室家。其绳则直，缩版以载，作庙翼翼。

周民族到周原定居，正是从游牧文明转向农耕文明的过渡期，整治田亩是安排基本的生产基地建设，要放在首位，但是也需要生产生活一起抓，所以第五章就写他们如何规划、修房造屋。"司空"是主管工程的官员；"司徒"是管理劳动队伍的官员；俾者，使也，安排也。"绳"和"缩版"都是修房子的必备工具。前者指绳尺，用于丈量地基；后者是筑墙用的夹板，我们在《鸿雁》里都已经见过了。最后的"庙"不是一般的庙宇，而是宗庙，相当于北京天安门东边的明清皇室的太庙，就是供奉祖宗灵位的地方，这对古人来说也是非常重要的大事，所以不仅要放在前面来安排，还要考虑得特别仔细。翼翼者，小心翼翼也。

捄之陾陾，度之薨薨，筑之登登，削屡冯冯。百堵皆兴，鼛鼓弗胜。

第六章是描写他们修房造屋的劳动场面。"捄"和"纠"也是一对古今字，"纠"的本义是聚合拢来，这里是说聚土装车，运去筑墙；"陾陾"读 réng réng，就是隆隆，用车运土时的车轮滚动之声；"度"在这里应读成 duó，就是倒土；后面的"薨薨"也是象声词，就是倒土的"轰轰"之声；"筑"是用杵夯土筑墙；"登登"是象声词；"屡"通"娄"，指地表凸起的小土包，"削娄"就是用棒槌一类的工具去把不平整的地方捶平；"冯冯"读 péng péng，这里是把土捶平的声音。

诗人用各种各样的声音来表现这个劳动场面，写得好不闹热，说明他对这个场面充满了赞美的激情，因为这才是真正的英雄行为：从一片荒芜的小平原上开辟自己的家园，还要修建这么多房子，包括祖庙和这么多人的居室，这是在为一个国家的立国、兴盛创造基本的物质条件啊！最后两句"百堵皆兴，薨鼓弗胜"，是对这个劳动场面的一个很精彩的总结，它不是直接说大家干得多么起劲，而是说就连在旁边打鼓的人都累得不行了。"薨"读 gāo，就是大鼓。"百堵皆兴"指到处都在筑墙，夹板装土五板为一堵，前面讲过的。这种突出细节的侧面描写，和前面那一串用声音来写劳动场面一样，都是一种艺术的观察视角。这样的表现手法，比平铺直叙要更加感动人。

迺立皋门，皋门有伉。迺立应门，应门将将。迺立冢土，戎丑攸行。

第七章是具体写他们如何修建王城，就是首都的中心。"皋门"是王城中最主要的城门；"伉"就是高；"应门"是王宫的正门；"将将"就是"强强"，说它修得很庄重严整。"土"和"社"，古代是一个字；冢者，大也。"迺立冢土"就是修建一个大大的供土地的坛，相当于北京中山公园的社稷坛。最后两句是说社稷坛的重要性："戎丑攸行"，就是各种政策都在那里宣布。"戎"指军事任务；丑者，俦也，本义是"类"，类似于哲学上所说的"范畴"，这里指民事政务；攸者，皆也，全都也；行者，通过也。

肆不殄厥愠，亦不陨厥问。柞棫拔矣，行道兑矣。混夷駾矣，维其喙矣！

第八章是叙述周国制定的对外政策和实施效果。"肆"是虚词，近似于"既"，纵然、虽然之意；殄者，尽绝也，可引申为消除之意；

愠者，不满也，怨愤也；"厥"的本义是人昏过去，但这两个"厥"只是借音，都读 qí，通"其"。"大放厥词"就该读"大放 qí 词"，是一个人说个没完的意思。很多人以为"厥"就是坏，结果很多大知识分子都读成了"大放 jué 词"。"肆不殄厥愠"就是"虽然我们不消除自己的愤怒"，就是说我们周国今后不要一忍再忍了，人家实在对不起我们，就不要忍，就要抗争；但接着更强调的是"亦不陨厥问"，就是也不要因此就失去外交礼仪，还得要尽量与邻国友好。陨者，毁坏也，可引申为中断、失去；国与国之间的外交就叫"问"。从这两句诗中，可见周国制定的对外政策是以友好为本，但基本的原则问题绝不让步，这是很高明的。"柞棫"都是小灌木，派不上大用场，只

柞

能拿来当柴烧，它们在国境边界上长了很多，现在要把它们挖了，修好道路，相当于国境保卫措施。这就是"柞棫拔矣，行道兑矣"所要表达的。"兑"就是"通"。最后两句"混夷駾矣，维其喙矣"，是说他们这个政策执行得很好，把侵略者打得狼狈逃窜。"混"读kūn，通"昆"，昆夷就是犬戎，他们多次侵犯周民族；駾者，奔逃也；"喙"本义是嘴巴，用在这里是指喘气，说昆夷逃跑时跑得上气不接下气。通过这一章的描写，我们知道在王城建好以后，亶父顺理成章地由酋长而升为国王，各种国事的开展也变得非常正式，周国就这样正式建国了，周国的声望也就逐渐扩展开来。从历史上看，这一章里所说的这些事情，主要都是在周文王时期完成的。当然，那个时候统治整个中国的中央政府还是殷商朝廷，殷纣王只是把周文王封为"西伯"，意思就是你算是西边的大国。伯者，老大也。

虞芮质厥成，文王蹶厥生。予曰有疏附，予曰有先后。予曰有奔奏，予曰有御侮！

最后一章包含了一个很有趣的故事，也是周民族的光荣。亶父去世多年以后，周国在文王的治理下日益强大，声望也越来越高。虞国和芮国是两个小国，多年来争土地，相互成了冤家，一直解决不了，这时就来找文王仲裁。两个国君进入周国国境，发现人家周国这里，农夫之间在"让界"，路上行人在"让道"——这种风气现在在欧美国家还能看到，我们三千年前就有了——那两位国君就很惭愧，觉得自己连周国的农民都不如，干脆不争了。诗歌没有散文交代得那么清楚，只是强调了其中最生动的一个细节："虞芮质厥成，文王蹶厥生。"质者，对质也；厥者，其也；成者，成功也。"质厥成"就是周文王仲裁成功了。"蹶"是感动，生者，性也，"蹶厥生"就是改变了那两个国君的本性，使他们知道互相礼让。两个国君很受感动，就问文王的治国经验，最后就是文王的回答："予曰有疏附，予曰有先后。予曰有奔奏，予曰有御侮！""予曰"是文王的自称，相当于"我认为"之意。他强调的是"四有"：第一是"有疏附"，就是能让疏远的来靠近。疏者，疏远也，离心离德之人也；附者，附着也。亦即我们有这样的政策和大臣，使远人来归。用现在的话说就是可以让大家"紧密团结在党中央的周围"。第二是"有先后"，就是对不同情况要区别对待，"以先进带动落后"，不要急于求成，强求一律。第三是"有奔奏"，就是能够使四面散开者回头聚拢，就是有凝聚力。奏者，凑也。第四是"有御侮"，就是有坚强的国防，能有效抵御外侮。这四个"有"非常之经典，既是对两位小国国君的回答，也是周文王对本国何以能够强大起来的经验总结。

谁说中国没有史诗？这首《緜》就是周民族的史诗。这里有民族的发祥，也有国家的奠基，还有各种热烈动人的场面描写，而且也是写得非常宏大、很有气势的，另外还包括生动有趣的故事传说。虽然它不像《荷马史诗》那样去写征服和战争，但同样是英雄史诗，是我们东方的英雄史诗。

大雅·生民

厥初生民？时维姜嫄。

生民如何？克禋克祀，以弗无子。

履帝武敏歆，攸介攸止。

载震载夙，载生载育，时维后稷。

诞弥厥月，先生如达。

不坼不副，无菑无害。

以赫厥灵，上帝不宁。

不康禋祀，居然生子。

诞寘之隘巷，牛羊腓字之。

诞寘之平林，会伐平林。

诞寘之寒冰，鸟覆翼之。

鸟乃去矣，后稷呱矣。

实覃实讦，厥声载路。

诞实匍匐，克岐克嶷，以就口食。

蓺之荏菽，荏菽旆旆。

禾役穟穟，麻麦幪幪，瓜瓞唪唪。

诞后稷之穑，有相之道。茀厥丰草，种之黄茂。
实方实苞，实种实褎。实发实秀，实坚实好。
实颖实栗，即有邰家室。

诞降嘉种，维秬维秠，维穈维芑。
恒之秬秠，是获是亩。恒之穈芑，是任是负。
以归肇祀。

诞我祀如何？
或舂或揄，或簸或蹂。
释之叟叟，烝之浮浮。
载谋载惟，取萧祭脂。
取羝以軷，载燔载烈。
以兴嗣岁。

卬盛于豆，于豆于登。
其香始升，上帝居歆，胡臭亶时。
后稷肇祀，庶无罪悔，以迄于今。

　　遗弃是一个很深邃的隐喻，从各种传说中的遗弃可以看出先民被抛弃在天地自然、被抛弃在命运的无常中的生命感受。没有任何确定性可以依赖，吉凶祸福，变幻莫测。

——雷博

这一首《生民》也是周民族的史诗，讲的是后稷的故事，从他的身世讲起，到如何长大成人，以及后来所做的种种贡献。诗的题目叫"生民"，"生"作动词；民者，人也。翻译成现代汉语，就是生娃娃。

全诗很长，可分为八章来讲。

厥初生民？时维姜嫄。生民如何？克禋克祀，以弗无子。履帝武敏歆，攸介攸止。载震载夙，载生载育，时维后稷。

故事从后稷的母亲说起。厥在这里仍是代词"其"。"厥初"就是"那个最早的时候"，相当于我们现在讲故事的习惯开头"很久以前"。"生民"就是生娃娃。谁生下的娃娃？是姜嫄（"嫄"读yuán），就是一个姓姜名嫄的女子。"时"是借字，通"是"。这个姜嫄可能是久婚无子，就去焚香敬神："克禋克祀。"克者，能也；"禋"读yīn，就是烟；祀者，祭也。远古时代的人，认为上帝和一切神都是住在上面的。他们对上帝和神的礼拜，不像我们现在这样烧香，而是拿植物的香料点燃，让香味往上飘去，这样上帝和神灵就知道我们是在敬他们了。"克祀"就是能够去礼拜，去跪拜。她什么时候去拜的呢？诗里面没有讲，但是这个时间又很重要，它牵涉到对后面故事情节的理解，所以我们要分析一下。按那个时候的风俗，是每一年的春分去拜送子娘娘。春分意味着春天的开始，一切生命都要开始孕育，所以远古时代的妇女求孕，就是在春分时节。这个风俗一直延续到民国时期。我们可以肯定这个"克禋克祀"是在拜送子娘娘，是因为它后面紧跟着的诗句是"以弗无子"。弗者，不也，两个否定就是肯定，"以弗无子"就是"不要无子"，就是希望怀孕。黄河流域那一带气候恶劣，物产也不丰富，食物供应问题很大，地理环境和我们成都不能比，所以很多妇女结婚以后不容易受孕，受孕以后流产的也很多，纵然不流产，生了娃娃也很不容易养活。在远古时代，更是如此，所以很多已婚妇女都要去拜送子娘娘。

她这一拜，结果非常灵验，在她拜神后往回走的路上，就发生了一件非常奇怪的事：姜嫄在路上看到一个很大的脚印，大概出于好奇，就去踩了一下，没想到这一踩，她竟然有了一种快感，这就是"履帝武敏歆"。履者，用脚去踩也；帝者，上帝也；"武"可以泛指脚步，这里就代表一个脚印；"敏"是一个借字，代"拇"，就是大脚趾；歆者，欣也，这里可以理解为那种快感。姜嫄回到家中，就有了受孕的感觉，于是和丈夫分房，开始保胎养胎，直到生下后稷。这就是第一章最后的内容："攸介攸止。载震载夙，载生载育，时维后稷。"这里的两个"攸"都是虚词，"于是"之意；介者，隔开也；止者，停止也，就是和丈夫保持界限，不同房了；两个"载"也是虚词；震者，胎动也，这是有孕的表现；"夙"也是借字，通"肃"，就是严肃的意思。因为妇女有了身孕以后，不能够随便笑闹，跑跑跳跳，所以行事是端庄严肃的样子，直到生下后稷，开始养育。最后一句的"时"还是作"是"讲，"时维后稷"就是"就是后稷"的意思。

诞弥厥月，先生如达。不坼不副，无菑无害。以赫厥灵，上帝不宁。不康禋祀，居然生子。

从第二章开始，这首诗接连讲了很多后稷小时候的灵异故事。很多章的开头，都用了一个"诞"字，它不是作"诞生"讲，还是一个借字，通"延"，延长、继续之意，在这里就是"接着说"。因为这首诗是讲故事的口吻，中间用了很多"诞"，相当于我们现在讲故事常用的"后来"。

第二章是说后稷足月顺产，姜嫄生他的时候，像母羊生羊羔一样地顺利，没有任何伤害和痛苦。但她总觉得此事反常，担心上帝不会让他们母子安宁。弥者，满也；"厥"指代那个婴儿；"弥厥月"就是怀满了十个月。姜嫄是春分那一天踩到上帝的脚印而受孕，满了月就该是腊月间了。这里的"先生"不是后来的人称代词，而是指第一次生育。先者，首也；生者，生育也。本来，头胎生孩子可能有各种困难，但是姜嫄生这个第一胎，却"如达"。这是什么意思？汉代以来，很多解《诗经》的人都以为这是说生下来的是个小羊子，因为"达"在这里又是个借字，"达"的正体字是"達"，去掉走之旁，那个作声符的"夅"字也念 dá，就是出生的小羊子，小羊叫"羔羊"，也叫"羔"；比羔更小，刚刚生下来的时候，它就叫"夅"。古代的读书人不知道畜牧学知识：母羊生小羊时，衣胞把小羊裹得很紧，整体一滑就出来了；而人分娩时，胎儿是先把衣胞挣破才生下来的。所以"先生如达"就是说姜嫄生后稷这个头胎，居然像母羊生小羊一样，一滑就出来了，没有什么困难。这说明这个孩子异于常人。后面的"不坼不副，无菑无害"就是对此的具体解释。"坼"读 chè，裂口之意；"副"的古音读 pì，意思就是"解剖"的"剖"；"菑"字本音是读 zī，在这里要读成 zāi，通"灾"。"不坼不副，无菑无害"就是没有造成母亲产道口的撕裂，也没用切剖之类的助产手段，整个分娩过程对母亲无灾无害，总之是异常顺利。我觉得《诗经》里的这个描写是一个提醒：中国古人很可能会用开刀的方式助产，解决难产问题。迄今为止，我们的史料里还没有这方面的正式记载，这句诗给了我们一个例证。赫者，显赫也，显现也；"厥"指"这件事"；灵者，灵异也。"以赫厥灵，上帝不宁"就是说后稷出生这个事情显得怪异，上帝也不会保佑母子安宁。想到这一点，姜嫄心绪不宁："不康禋祀，居然生子。"康者，空也，没有事就叫"康"，她"不康"就是有心事。什么心事？怎么仅仅凭着我去给神灵烧了香，就生下孩子？世间怎么会有如此道理？

诞寘之隘巷，牛羊腓字之。诞寘之平林，会伐平林。诞寘之寒冰，鸟覆翼之。鸟乃去矣，后稷呱矣。实覃实讦，厥声载路。

姜嫄心中不安，就想把这个孩子扔掉。第三章就写了三次弃婴的过程和最后的结果。第一次把后稷丢在一条小巷子里，他被牛羊保护起来了："诞寘之隘巷，牛羊腓字之。""寘"读 zhì，即"置"，安放之意；"之"是代词，指那个胎儿；隘者，窄也。"腓"字的本义是人的小腿肚子，因为它长在后面，正面不易看见，可以引申为隐藏。那么"字"又是什么意思？原来，它的本义不是"文字"，而是生养后代。请看"字"的金文：㝒。上面一个屋顶，下面一个孩子，就是"家中生子"的会意。所以女子到了出嫁的年龄还没嫁人，就叫"待字闺中"。用到这里，就是说牛羊给这个婴儿喂奶。牛羊不仅把这个被抛弃的婴儿保护起来，还拿羊奶、牛奶去喂他。这样一来，姜嫄只好又把娃娃捡回来，再丢别处。

第二次，后稷被丢到田野上的树林子里，砍树的人又给她送回来了："诞寘之平林，会伐平林。"山上的树林叫"山林"，平原上的树林叫"平林"。第二次姜嫄是把后稷放到平林里去，当然就是村外，比上一次要远得多了，结果又"会伐平林"。会者，碰到也；伐者，砍树也。砍树的人看到这个娃娃，一问就知道是姜家女子的娃儿，所以第二次也没有丢脱。

第三次，姜嫄想到这个孩子肯定是个祸害，干脆就把他冻死算了，就把后稷丢在寒冰之上，没想到又有不知哪里飞来的大鸟，张开翅膀替他保暖："诞寘之寒冰，鸟覆翼之。"覆者，覆盖也，"翼之"就是展开翅膀保护后稷这个婴儿。那只鸟当然不可能一直在那里覆翼，等它飞走，后稷哇哇哇地哭起来了，而且哭声很大，惊动了路人："鸟乃去矣，后稷呱矣。实覃实讦，厥声载路。"这里的两个"实"作"是不是"的意思讲；"覃"读 tán，拖长声音之意，这里指这个后稷的哭声很长；讦者，呼也，大声之谓也。哭声又大又长的，当然会引起过路行人的注意，我们可以想象：那么多走路的人听到了，都要停下来，围着冰上的婴儿看，总有一个人发了善心，觉得这个孩子好可怜，就把他抱回去了。这些情节诗中没写，但是我们完全可以合情合理地想象，有这么一回事情。

正因为这个孩子是被别人丢弃的，所以人家就管他叫弃，就是弃婴，所以历史上记载，后稷小时候就名叫"弃"。

诞实匍匐，克岐克嶷，以就口食。蓺之荏菽，荏菽旆旆。禾役穟穟，麻麦幪幪，瓜瓞唪唪。

谁把这个娃娃捡走了呢？是另外一个部落的人，叫有邰氏，就是邰姓族群。这个姓至今北方都还有，是个非常古老的姓。这样后稷就来到了新的环境。而这个孩子这个时候已经会爬了，很快又能够站立了，还站得很端正，更惊人的是他不要大人来给他喂饭，自己走到厨房去吃。匍匐者，匍爬也；克者，能够也；"岐"就是企，也就是立起来；嶷者，高耸也，可以通"屹立"的"屹"，这里指直挺挺地站得很端正。"就"在这里作动词，由此到彼谓之就。"以就口食"就是能够自己去找饭吃。然后再长大一点，到了少年时代，后稷表现出农艺方面的天才了，他种什么，什么就长得很好，这就是本章后五句的内容。荏菽是华北特产的大豆，一种很大的黄豆，我们四川没有。"蓺"读 yì，就是后来的"艺"字，但它的本义绝不是文艺、演艺的意思，而是种植草木。"蓺"字的甲骨文  就是一个人正在栽一棵植物的苗。这个字义今天只保留在一个方面，就是"农艺"。在这首诗里，"蓺"字是作动词，就是栽种。这几句是说后稷还在少年时代就会种大豆，

荏菽

而且他种的大豆长得特别好："荏菽旆旆"。就是说他种的大豆长势蓬勃。"旆"读 pèi，也是借字，通"沛"。他种的禾也是"禾役穟穟"，就是小米的穗子特别饱满，沉甸甸地下垂。"役"也是借字，代"穗"；"穟"就是遂，就是顺从的意思，比喻禾穗的穗子低垂。他还栽麻栽麦，也都是长得非常好："麻麦幪幪"。"幪"读 méng，茂盛、粗壮之意，就是我们现在说的东西长得很"莽"。麻在古代属于五谷，分为油麻和芝麻，都是可以吃的。后稷还种了瓜，也是"瓜瓞唪唪"。瓜之大者曰瓜，小的叫"瓞"；"唪唪"读 péng péng，就是现代口语里"棒"

麻

的意思。这里接连举了很多种庄稼，反正是说后稷种的一切都长得很好，说明他从小就表现出在种植、农业方面的天赋，是个天才。

诞后稷之穑，有相之道。茀厥丰草，种之黄茂。实方实苞，实种实褎。实发实秀，实坚实好。实颖实粟，即有邰家室。

第五章一开始，是说后稷展露了种庄稼的天赋，就被任命为管农业的官员，而且后稷在这个职务上干得很好，很有一套办法。"诞后稷之穑"，这个"之"是指上任，"穑"的本义是稼穑，就是种庄稼，但我认为这里是指"穑官"，是尧舜之世设置的专管农业的官员。"有相之道"是说后稷在这个任职上表现得很好，功绩很多，很好地协助了尧帝。"相"读阴平声，襄助之意。后面就开始具体列举后稷的这些功劳。

第一，"茀厥丰草"，就是沤肥，把那些野草用牲畜粪便沤起来，沤烂后拿来做肥料。这是后稷推广的农业技术，是他作为农业大臣做的第一件大事情。

第二，"种之黄茂"，就是栽种黄颜色的农作物，比如小米、黍、稷等，都是黄颜色的。茂者，茂盛也，长势喜人也。这是说后稷推广的多种农作物，都很高产。这也是他的德政。

第三，"实方实苞，实种实褎"。对这两句诗，历来有很多讲法，但都很牵强，而据我的推测，这是在说另一种农业技术，就是浸种。方者，放也；苞者，开裂也；种者，下种也；褎者，发芽也。这就是说，要把种子浸到外壳都裂开了，然后再播种，这样有益于种子的生长。"褎""袖"是一对古今字，"褎"用在这里也和"袖"是一个意思，比喻发芽。为什么这么说？你们看：衣服的袖子是两边分开的，种的庄稼也是，先是发了一个芽，长了一根秆秆，接着就是两片叶子分开，和衣袖的分开一样，这个字用得是很传神的。这几个"实"字没有什么意义，可以去掉。

第五章的最后四句，是说后稷的这些农技推广很成功，庄稼在拔节、抽穗、灌浆等各个阶段都长势喜人，而且还不容易倒伏，最后颗粒饱满，赢得丰收，就在有邰氏族安下了家："实发实秀，实坚实好。实颖实栗，即有邰家室。"发者，生发也，生长也，北方人叫"拔节"，植物学上就叫"发茎"；秀者，抽穗也，以"秀"为美，是后来的引申义，是因为植物和庄稼抽出穗子后，苗稼都很好看。坚者，强也，抗倒伏也，不怕被风吹倒也。最后还要"好"，就是说庄稼普遍是这种长势，不是只有一部分庄稼才如此。"颖"是庄稼穗子上的尖毫，它的长短是由庄稼籽实的好坏决定的；栗者，坚实也，这里是指庄稼长得饱满。最后一句"即有邰家室"，就把事情说得清清楚楚了：把这个弃儿捡走的是有邰氏族，不是原来姜家的氏族。现在后稷结婚，找的女子是有邰氏族的，就叫"即有邰家室"。这个"即"是远古婚姻的遗迹，就是"就"，按照当时的习俗，后稷算是招郎上门。

诞降嘉种，维秬维秠，维穈维芑。恒之秬秠，是获是亩。恒之穈芑，是任是负。以归肇祀。

故事还没有完，第六章还继续叙述后稷的功劳。降者，从天而降也；"嘉种"就是良好的谷类品种。它怎么会从天上降下来呢？这个可以有科学解释：陕西、甘肃一带，经常有中亚、西亚一带的龙卷风，成熟的庄稼被卷到几千里之外才落下来，落下来之后它还要生长。后稷是管农业的，他一定会去查看那些外来的粮食品种，从中发现良种，拿来培育、推广。就是这么回事。这些"嘉种"有"秬"，有"秠"，还有"穈"和"芑"，它们都是粟黍类作物，区别只在于秬类似黑高粱，是酿酒的好原料；秠也是黑黍类作物，但主要是当粮食；穈也是粮食作物，但它的苗是红的；芑也是粟黍一类的农作物。因为这些作物都是后稷推广的，后人为了纪念他，就把粟黍类庄稼都叫"稷"。

第六章的后面四句是写的一片丰收景象："恒之秬秠，是获是亩。恒之穈芑，是任是负。"恒之者，普遍、持续也；是者，于是也；"获"是收获；"亩"作动词，计算单位产量之意；任者，挑粮食也；负者，背粮食也。这个"任"字的解释需要讲一下：任是由"壬"字而来的，篆文的"壬"是一个象形字：𡈼。一挑担子，中间有一根打杵棍，是挑担者用来换肩歇脚的。所以，"壬"就是挑重担，这是陈独秀先生的发现。《说文解字》是用阴阳方位来解释这个字，显得很牵强。

第六章的最后一句，是说用粮食祭祀祖先的礼仪，是从这个时候开始的："以归肇祀。"这个"归"不是回家之意，而是反馈的意思，就是要把丰收的庄稼向祖宗神灵回馈，以表示吃水不忘挖井人，丰收不忘老祖先。肇者，初始也，引发也；祀者，祭也。后稷肇始的这个祭祀仪式，一直延续到明清时代。那些皇帝每年都还要祭天，我们至今在北京还能看到的天坛，就是用来举行祭天仪式的。

诞我祀如何？或舂或揄，或簸或蹂。释之叟叟，烝之浮浮。载谋载惟，取萧祭脂。取羝以軷，载燔载烈。以兴嗣岁。

第七章的第一句是设问："诞我祀如何？"这个"我"是复数，就是我们。下面就用一幅幅很生动的画面来作答。首先是对粮食的粗加工："或舂或揄，或簸或蹂。""舂"是用杵臼给谷物脱壳，这个臼就是我们说的碓窝；"揄"读 yóu，同"舀"，就是把脱了壳的粮食从碓窝里舀出来；"簸"是用簸箕把混在一起的谷物和脱开的壳扬起来，让风把壳吹走，留下谷物的籽实；"蹂"是打起光脚板去踩这些留下的粮食，使之有光泽。接下来是淘洗、蒸煮："释之叟叟，烝之浮浮。"释者，淅米也，就是淘米，"叟叟"是淘洗粮食的声音；烝者，蒸也；"浮浮"通"嘭嘭"，是开水在容器下面翻滚之声。这几句诗，又有动作又有声音，还可以想见水泡翻滚、蒸汽腾腾的场面，写得好热闹哦！

因为祭祀活动场面大，参与的人也多，所以后面要"载谋载惟"，就是很好的计划安排。谋者，谋划也；惟者，思维也，思想准备也。古人是很质朴的，祭祀活动非常虔诚，事前要静心细想上帝怎样厚爱我们，祖宗如何操劳辛勤。有这样一番心思，拜祭时才会真诚。

后面的三句又是具体描写："取萧祭脂。取羝以軷，载燔载烈。""萧"就是蒿，其中有一种香蒿，香味很浓，把它揉烂后用羊油浸泡，再制作成形，点燃后让香味随烟上飘，直达天庭，使上帝和祖先知道我们在请他们吃饭了。"羝"就是公羊；"軷"是当时一种很残酷的杀羊方式，近似于用车裂的方法剐剥羊皮；"燔"和"烈"是两种烹饪方法，前者是用铁叉子架起来烧，后者是用铁钎子穿烤。从最后一章我们就能看到，这些都是后稷为祭祀活动定下来的规矩。经过这些程序，上帝和祖先之灵就收到了我们的答谢，就会保佑我们以后的年景都很兴旺，这就是"以兴嗣岁"。兴者，兴盛也，兴旺也；嗣者，接续也；岁者，年岁也。

卬盛于豆，于豆于登。其香始升，上帝居歆，胡臭亶时。后稷肇

祀，庶无罪悔，以迄于今。

最后第八章，语气有所变化，从讲故事的角色转到了当事人，意味着过去的故事已经说完，现在直接说我们自己的事了。为什么这么说？因为那个表示“接着说”的“诞”字消失了，而是从“卬”开头。卬者，俺也，就是第一人称“我”。根据传说，周成王是后稷的第十六代孙，到了这一代人，就用“豆”和“登”来盛祭品了，所以是“卬盛于豆，于豆于登”。两者都是高脚容器，小的叫“豆”，更大更高的就叫“登”。下面两句是说香味升腾，上帝闻到了，非常喜欢，还问这是什么气味，怎么这么特别啊！歆者，喜爱也，这是说上帝享受祭祀之香味，很是愉快、舒服；胡者，何故也，为什么也；这个"臭"读 xiù，就是气味。很多人不搞清楚，说杜甫写的"朱门酒肉臭"就是食物都坏了。不对，酒怎么会变臭呢？所以应该读作"酒肉 xiù"才对：豪门大户的酒肉香味和"路有冻死骨"，更有强烈的现场对比效果。亶者，独特也；这个"时"就是"甚"，就是"很"，上帝说：这是什么气味？香得很啊！结尾的三句是说从后稷开始就这样祭祀，幸好我们一代代后人都很认真对待，在祭祀方面至今都没犯错误。庶者，庶几也，大抵、基本上之意。

这首诗可以看作周民族的创世纪故事。它和前一首《绵》一样，宣扬的是创造、生产和兴作，是在改善民生方面做出贡献的英雄，不是渲染打打杀杀，更不是要去消灭人家。这就是我们中国特色的英雄，中国特色的史诗。这些古老的观念对我们影响深远，中华民族后来的以农立国，对外没有侵略性，和这样的故事有很深的渊源。

从这一讲开始，我们进入《诗经·颂》的部分。

"颂"这个字的本义，不是我们现在使用的颂扬、赞颂，差距很大。古人有一种叫"音训"的办法，是用声音相同或相近的字来解释某字的字义。对这个"颂"字，古人的解释就是"颂者，容也"，也就是我们今天说的"形容"。"形"是指身体的体形，"容"是指面部的表情，这两样合起来就叫"形容"。这还是不够清楚，还得进一步说：身体及其所做的各种舞蹈动作，都是"形"；舞蹈者的面部，包括所展现的表情，口里的歌声，还有歌声所表现的情感，都可以叫"容"。把这两个意义上的"形"和"容"加拢来，就是"颂"。而"颂"的右边是一个页字旁，"页"的象形字就是画的一个人的面部，代表表情。简而言之，形就是跳舞，容就是表情和唱歌。这样我们就明白了，《诗经》里的《颂》，实际上是指歌舞表演中的歌词。

《颂》只收了三部分：《周颂》《鲁颂》和《商颂》。《周颂》是周朝留下来的宫廷歌舞表演中的歌词，《鲁颂》来自鲁国王室的歌舞表演，《商颂》是保留在宋国的商朝歌舞表演的歌词。这个宋国比较特殊，它是周朝灭了商朝以后，专门留给商朝遗民居住的一块地方，大约在今天的山东、河南、安徽三省交会的地方。周朝允许他们有国家，还有武装，当然也允许他们进行各种宗教祭祀活动，所以商朝的这些歌词就保留下来了。

周颂·天作

天作高山，大王_{tài}荒_{kuàng}之。

彼作矣，文王康之。

彼徂_{cú}矣，岐有夷之行_{háng}。

子孙保之。

　　我们今天讲的《天作》，是《周颂》里面的一首诗，它虽然很短，但是气魄宏大，追溯久远，我估计很可能是周王室对着岐山，就是周王朝的发祥地，在举行盛大的祭祀活动的时候演唱的。我们在《緜》里面已经知道，岐山和它脚下的周原，是周民族好几代人开发建设出来的，对周王朝极其重要。它的王朝叫"周"，就是从周原的地名来的。所以这样的祭祀活动一定非常隆重，所歌唱的内容，也很有历史感，十分庄严。我们甚至可以把它看作是周朝的"国歌"。

　　歌词第一行，是说这一座高山由老天爷所造，由古公亶父所开拓。天者，上天也，周民族也信"上帝"，但指的是天帝，就是天上的主宰。如果你不信宗教，也可以把这个"天"理解成大自然。作者，建造也；"高山"指岐山；"大王"要读"tài 王"，就是古公亶父。这里的"荒"是个借字，应该读成 kuàng，意思就是"扩大"的"扩"。我在当学生的时候，所有老师都把"扩"读 kuàng，至今台湾地区还是这样读。

"荒之"意思就是把它扩大。

第二行，是说它在大王的努力下逐渐扩大，建设了一个农业发展的周原，就是"彼作矣"。"彼"是指古公亶父。然后经过周文王的治理，得以兴旺发展和安康，建成了稳定安全的根据地。这就是"文王康之"所要表达的。"康"在这里是作动词，意思就是使之安康、平安无事。因为文王为治理周原花了相当长的时间，付出了多方面的努力，才使这片土地在安定的环境中继续维持、扩张下去，把它建成了周王朝的根据地，老百姓的日子也过得越来越好。

第三行，"彼徂矣，岐有夷之行"，是说亶父、文王去世以后，岐山和它周围的区域构成的一片领土，有了一条平坦发展的大道。这就相当于我们现在说的，谁为我们"指引了一条康庄大道"，是同样的意思。这里的"彼"就是文王了；"徂"的古音读 cú，通"殂"，就是去世。"彼徂矣"就是文王去世了。岐当然就是岐山；夷者，平坦也；"行"要读 háng，就是道路。因为这个祭祀活动是在周成王时代举行的，歌词的最后就以周成王的口气说话：我们这些后代子孙，一定要好生捍卫我们最早的根据地，让它永远保持下去，这就是"子孙保之"。这个"保"还有保持传统的意思，就是要保持和继承大王、文王、武王的精神文化遗产，把它发扬光大。这相当于用一个庄重的承诺，向先辈宣誓明志。

周颂·我将

我将我享，维羊维牛，维天其右之。

仪式刑文王之典，日靖四方。

伊嘏文王，既右飨之。

我其夙夜，畏天之威，于时保之。

宾主次序井然。

——[清]方玉润《诗经原始》

这首诗也是祭祀活动中的唱词。但从它的内容来看，它的演唱背景，应该是周成王在周王朝的宗庙里祭祀文王。

第一句"我将我享"，就涉及古文字知识。因为这个"将"并不是助动词，不是英语里面的 shall 或者 will，"享"也不是享受之意。我们从文字的本义上去慢慢理解。先来看篆文"将"字的结构：將。右边的下面是一只手，上面是一块肉，这表示把食物送出去；左边是一张床，只不过是立起的，因为"床"和"将"古音相近，所以这是作声符。现在我们明白了："将"就是送食物。你妈妈把饭菜端到你面前的那个动作，就叫"将"。我们再来看金文"享"的结构：亯。上面是屋顶，象征庙，下面是一个祭台，就是我们现在说的祭坛，上面还摆了一块肉。这也让我们一下子就明白："享"字的本义是让神灵享用，相当于我们今天说的"献"。所以"我将我享"，就是我把肉举起来，献给我的祖宗。

献的是什么呢？"维羊维牛，维天其右之。"这三个"维"字，前两个都是动词，相当于"用"；第三个就是另外一个意思，通"惟"，作希望、愿望讲。右者，佑也，古时候它们就是同一个字，因为"佑"是从"右"滋生出来的。这是因为，用右手是我们保护自己的自然动作，至今如此，你要保护什么东西的时候，下意识伸出去都是右手。周民族是崇拜天地祖宗的，认为自己的幸福要靠上天和祖宗的保佑，所以要献祭牛羊。

第二行是说，我们遵循文王留下的各种规矩，包括治理国家的指导思想，这样做的效果很好："仪式刑文王之典，日靖四方。"这个"仪式"不仅仅是活动的仪式，还是各种礼仪法式，也可以广义地理解为所有行动准则、规范；刑者，型也，仿效、照着做的意思；"典"的本义是典籍、经典之书，可引申为标准、法则。日者，一天天也，愈益也；靖者，平安也。"日靖四方"，就是四面八方一天比一天更加安定祥和了。

第三行的意思是，伟大的文王，请你保佑我们，享用我们的祭品："伊嘏文王，既右飨之。"伊者，他也；嘏者，大也；"右"还是通"佑"；"飨"在这里就是我们说的享用。享用什么？继续享用周朝的胜利果实。所以这个"右"和"飨"都是站在后人的角度，祈愿文王保佑他们风调雨顺，降福于他们的生活，让他们能够继续享受祖先的功业。

最后一行是周成王对他先祖的表态，说我一定要勤谨小心，从早到晚都要敬畏上天，时时刻刻保持这样的心态，也就是说，任何时候都绝不敢骄狂："我其夙夜，畏天之威，于时保之。""其"在这里是"将要"的意思；夙者，早也；夜者，夜晚也；畏者，敬畏也；威者，威仪也，权威也；于时者，每时每刻也。这说明周成王的基本心态是把自己摆在很渺小的地位，时刻敬畏老天爷的威仪，不敢胆大妄为，担心那样做要遭到老天爷的惩罚。

这首诗让我们看到了古代社会的又一个真相：一个统治要维持长久，和最高领导人的心态是很有关系的。周王朝之所以能维持几百年，得益于初期周天子的这种勤谨小心的心态，不是说当了天子就可以作威作福，就可以肆无忌惮，就可以欺天。

周颂·思文

思文后稷，克配彼天。

立我烝民，莫匪尔极。

贻我来牟，帝命率育，

无此疆尔界，陈常于时夏。

古人作《颂》从简，岂同《雅》体铺张其词乎？

——［清］姚际恒《诗经通论》

这首诗也是用于周成王的祭祀典礼中，但这次是祭天的同时配祭后稷。思者，思想也，就是我想起了；文者，文明也。为什么用"文明"来说后稷？据记载，周成王是后稷的第十六代孙。而在传说中，后稷在唐尧、虞舜的时候就当了农业部部长，管理全中国的农业大政，是周民族农耕文明的奠基人。他让农业取代畜牧业，成为周民族主要的经济支柱，建立了一种更进步的新文明。后稷的功劳这么大，所以他能够配得上与天同祭，这就是"克配彼天"。克者，能也。

接下来就说明后稷为什么"克配彼天"。首先说后稷推广农作物，广大人民能享受到粮食，都是因为后稷的正确主张，是他最大的功德："立我烝民，莫匪尔极。"这个"立"不是"站立"的意思，而是一个借字，它的本字是"粒"，代表粮食。因为一切粮食作物，籽实都是颗粒状的，正如唐诗所说的"春种一粒粟，秋收万颗子"。但是这里是作动词用，就是饭我众民、供养我众民的意思。"烝"也是借字，通"众"。因为周民族生活在陕西、甘肃一带，鼻音很重，"烝"和"众"两个字发音是一样的，所以"众民"就写成"烝民"了。莫匪者，莫不是也，没有哪一样不是，泛指让我们所有老百姓能吃上饭的一切事情。"尔"就是你，指后稷；"极"是正确的意思。

我们在《生民》里面已经看到，在周民族的传说中，小麦这种农作物是从天而降的。我们推测这个说法是有根据的，就是龙卷风从中亚那边带来的，然后可能被后稷发现、重视，才逐渐推广。所以周民族一方面说麦子是从天上下来的，一方面又说麦子是后稷带给他们的。因为小麦的蛋白质含量大大高于其他粮食作物，它也因此而成为主要农作物，对于周民族的兴盛至关重要，所以后面的歌词就专门说这件了不起的事情："贻我来牟，帝命率育，无此疆尔界，陈常于时夏。"贻者，赠给也；"来"是小麦；"牟"是大麦。"贻我来牟"就是赠给我们小麦和大麦。甲骨文的"来"字就是画的一棵麦子：朿。下面三根须是根，上面是秆，顶上这一撇代表麦穗。顺便说一句："来"这个字后来有了"走来"的意思，就是因为小麦是从远处来的，因此就作动词用，把一个东西从远处带来了就叫"来"。"来"作为动词用了以后，人们就不能够继续用它来代表麦子了，于是就在"来"字底下加一只脚成为"麦"，以示区别。"麦""来"同韵，就是古今声韵变化的痕迹。"帝"是上帝，天老爷；率者，普遍也；育者，育种也。"帝命率育"就是上帝让我们都去种麦子，而且要"无此疆尔界"。"此疆"是我的疆土，"尔界"是你的边界，连起来就是不要分哪块土地是你的我的。不去区分这些，也就是让小麦的种植在周原上得到普遍推广。最后一句"陈常于时夏"，比较难懂。陈者，铺陈也，铺开也；常者，常规也。什么常规？种麦的常规。铺开种麦技术，就叫"陈常"，就是推广小麦、大麦的种植。时者，是也，就是这个；"夏"在这里指华夏，就是中国。"陈常于时夏"的意思就是：在全国范围内，不要再去分你我的疆界，打破疆域界限，把种植麦子这种农业技术，在这个华夏的国度里普遍推广开来。几年前我去陕西，从法门寺回西安的路上，专门去看了周原，那里到现在都是一片麦田，长势很好，我马上就联想到关于后稷的这些故事和《诗经》的这些内容，非常激动：眼前看到的这些事情，三四千年前已经如此了！

这里顺便讲一下"华夏"是什么意思。"华"的正体字"華"，本义就是花。为什么用一朵花来命名？它来自华山。各位如果从西安坐火车向东，在即将离开陕西境内进入河南时，就能从车窗外看见华山。华山的地貌像一朵花含苞欲放，绽开的花瓣簇拥在一起，所以叫作"华"。在那一带生活的先民，就被称为"华族"。"夏"是山西南部的夏县，正好处在黄河由北向南改为由西向东流的转弯处，是山西最南端、陕西最东端、河南最西端，这三省交界的地方，夏族的祖先就生活在这里。从华山到夏县一带非常近，不过四百华里，这两个民族在这一小块地方逐渐融合，就称"华夏"。后来由于汉民族文明的扩展，"华夏"的概念也就逐渐扩大到更广大的地域了。

周颂·臣工

嗟嗟臣工，敬尔在公。王釐尔成，来咨来茹。
_{lí}

嗟嗟保介，维莫之春，亦又何求，如何新畬。
_{mù}　　　　_{qín}　　　　_{yú}

於皇来牟，将受厥明。明昭上帝，迄用康年。
_{wū}

　　命我众人：庤乃钱镈，奄观铚艾。
　　　　　　_{zhì}　_{jiǎn bó}　　　_{zhì yì}

孟春之月，天子亲载耒耜，措之于参保介之御间，帅三公、九卿、诸侯、大夫躬耕帝籍。

——《礼记·月令》

前面讲的三首《周颂》，都是周天子祭祀活动上的歌词，比较庄重严肃。与之相比，这一首《臣工》有明显的不同，我怀疑它是用来表演的，因为它颇有一些戏剧的成分。

每一年的暮春时节，周天子会命令所有的诸侯必须下乡，就是我们现在说的视察农业，各个诸侯就会为此对他的下属和他领地上的农夫训话，这首诗就是模仿一个诸侯的"视察演讲"。

我们已经看到，周天子是很低调的，但是这位诸侯就不是那么低调了。他一出场就耍派头，先是煞有介事地打官腔镇住场面，表示他的威风，开口就是你们要老老实实对待工作，天子要我来考察你们的工作成绩，你们要回答我的问题，我好汇总上报："嗟嗟臣工，敬尔在公。王釐尔成，来咨来茹。"一开始的"嗟嗟"就是打官腔的"咤咤"，是摆派头的语气词，没有任何意义。这样的开场，使我猜测他可能是个武棒槌出身的诸侯。什么叫"臣工"？就是官和吏，臣是指官员，工是官员底下的用人，地位要更矮一截。尔者，汝也，你们也；敬者，恭敬也；公者，公事也，工作也。"敬尔在公"就是你们要规规矩矩地工作。王者，周天子也；"釐"就是"理"，治理、清理的意思；成者，成绩也，成果也。"来"是说他自己的到来。来干什么？"来咨来茹"。咨者，询问也，调查也；"茹"的本义是吃，这里是表示容纳的意思，就是说听完你们的汇报，我再把它们归拢整理起来。

训完这一番话，他就带着人马下乡，找到那些乡村里面的基层干部，还是打着官腔开头，不过这回他问了一些具体问题："嗟嗟保介，维莫之春，亦又何求，如何新畬。"这里的"保"是保长，"介"是介长，都是村庄里面管治安的。"维莫之春"就是暮春三月，他强调这个时节，是因为这是在农村最难熬的时候，俗话说"神仙难过正二三"，因为去年的收成到这个时候都已经吃完了，要闹"春荒"，就是青黄不接的时节，到处都有饥民，就有各种人不择手段，去抢劫偷盗，所以他跟着就问保介"亦又何求"。这不是问有什么要求，而是问抓了些什么人。"求"要读 qín，通"擒"。问完了这些，他突然看到有一片新开垦的田，就表示一下对生产情况的关心，说："如何新畬。"这个"如何"不是询问，而是评价，类似于我们现在有些领导下农村，顺口说说"你们这些庄稼还可以嘛"之类的话；"新"是新开垦的田土；"畬"读 yú，是开垦三年以上的良田熟土。

下面他就借着话头发挥起来："於皇来牟，将受厥明。明昭上帝，迄用康年。""於"读 wū，是惊叹词，就是我们现在用的"呜"；皇者，煌也，辉煌、漂亮之意；"来牟"是小麦和大麦；将者，就要也；"厥"还是代词"其"，指庄稼这样的长势；明者，光明也。整句的意思是说："哇！好漂亮的麦子哟，你们今年要享福了嘛！老天爷有眼，让你们又有一个好年景了。"本来他可以直接说："麦子长得很好，你们今年要吃好多锅盔饼！"但是那样说就不像领导同志了，所以他要说得文雅一点，就变得弯弯拐拐的，说是等到这些麦子成熟了，会给你们带来光明的。这样说就很有领导派头，类似于"收成不错，前途光明"之类的话。后面的"明昭上帝，迄用康年"，是说上帝眼睛没有瞎，没有打瞌睡，给了一个好年景。"明"是眼睛亮；"昭"是眼睛发光；康者，丰盛也。

这个武棒槌毕竟是个诸侯，到农村视察一趟，还要和广大群众见面，所以最后是把群众喊过来，直接跟这些农民讲话："命我众人：庤乃钱镈，奄观铚艾。"命者，命令也，要求也；庤者，持也，拿着也；"乃"就是"你们"。"钱"和"镈"是两种农具，读音分别是 jiǎn 和 bó。钱是用来松土的一种小锹，有点像现在家中种花用的那种小铲子；镈是一种小锄头，很轻，也很窄，可以在庄稼地里除草。春末夏初，庄稼地里草长深了，土都板结了，需要拿这些农具去松土、除草，在农村就叫中耕。"奄"还是"俺"；"铚"读 zhì，就是镰刀，割麦子用的；"艾"在这里读 yì，是动词，通"刈"，指收割。"奄观铚艾"就是说我要来看你们收割庄稼。

这位不知名的诗歌作者，很善于捕捉特点，也做了一些艺术加工，把那个诸侯的装模作样描绘得极为传神，对话的设置也非常巧妙，所以我怀疑这首诗是用来演出的，可能也是存心要逗笑：找一个人扮演诸侯，画个花脸，先后用三种不同的腔调，对三种不同类型的人训话，再加上动作、表情，一定会非常好笑。这可能也就是最早的戏剧了。

周颂·噫嘻

噫嘻成王，既昭假尔。
率时农夫，播厥百谷。
骏发尔私，终三十里。
亦服尔耕，十千维耦。

《诗》本活相，释者均呆，又安能望其以意逆志，得诗人言外旨耶？
——［清］方玉润《诗经原始》

这首诗的背景，可能是周成王召开"农业工作会议"，把全国管农业的官员召集到首都来，做会议指示。那个时候没有扩音设备，周成王的嗓音又没有那么大，就只好找个代言人，相当于找个主持来传达周成王的指示和政策。噫嘻者，哎嘿也，是会议刚开始的时候，向那些到会人员打招呼，喊他们不要闹，注意力要集中了。

第一行是先给下面打招呼，相当于说：哎哎哎哎，我们敬爱的周成王已经接见过在座各位了。既者，已经也；昭者，光照也；"假"通"格"，应该读 gě，这里是"到"的意思。这两句是比喻，相当于说伟大领袖已经接见过你们，他的奕奕神采已经让各位沐浴了领导的光辉。

接下来就是这位代言人传达周成王的指示，要求他们率领各自的农夫，赶快抓紧时间播种："率时农夫，播厥百谷。"时者，是也，就是英语中的定冠词 the；"厥"仍作"其"理解；"百谷"泛指农作物。

上面两句，相当于喊大家抓紧当前生产，下面就宣布鼓励政策，即在其各自管辖的范围内，可以允许农民开垦荒田，开荒归己："骏发尔私，终三十里。""骏"的本义是"马之良才也"，引申义就是迅速、加快的意思。加快什么呢？"发尔私"，就是开发你们的私田。这就是说允许农民开荒归己，是周代发展到这个时候的一项重要政策。但是开荒不能是随意的，要有限制："终三十里。"就是限制在三十里范围内，因为当时每个农官的管理范围就是纵横三十里。当然这个面积也很不小了，相当于二百多平方公里，接近现在很多县的面积了。

这个政策的目的，是要鼓励生产，所以这首诗最后又强调了两点：一是不能占了田土不搞生产；二是广泛动员抓紧耕种——"亦服尔耕，十千维耦"。亦者，还要也；服者，从事也，"服尔耕"就是从事你们的耕种。"十千"就是一万。"维耦"是什么意思？这涉及当时的农耕技术：那时候还没有普遍实行牛耕，耕田的时候是一个人在后面扶犁，另一个人在前面拉，这就叫"耦耕"。五千对劳动力在一起开荒，这个垦荒的规模真是非常大的。因为在周成王的年代，周朝已经是全中国的中央政府了。武王伐纣、周公东征，又连续打了那么多年的仗，是应该认真抓一抓农业生产了。这样的生产动员，这样的奖励政策，有利于尽快恢复战争留下的创伤，也有利于老百姓赶快安居乐业，毕竟周朝是以农立国的，抓好农业，就是抓立国之本。

周颂·丰年

丰年多黍多稌。

亦有高廪，万亿及秭。

为酒为醴，烝畀祖妣。

以洽百礼，降福孔皆。

宗庙之诗宜庄严肃穆，比兴一多，过于流动，反非所宜。

——程俊英 蒋见元《诗经注析》

"丰"在这里是"丰腴"之意，就是"胖"；"年"也不是计时单位，而是特指年关。因为"年"字本义就不是表示年份，而是命名一种农作物，即黏性黄黍米。它是最晚成熟的庄稼，收了它，这一年的农活就忙完了，而"黏"和"年"同音，于是就把一年过完了称之为"年"。所以，这个"丰年"不是指丰收之年，而是相当于我们现在口语说的"这个年过得好肥实"。全诗都是在描写他们过年的幸福景象。

"稌"读 tú，就是稻子。但是周朝的农耕区域主要是在华北平原，没有水稻，而是旱稻，属黍类糯高粱，可以用来酿酒。廪者，仓库也，"高廪"就是修得很高的粮仓。高到什么程度？可以"*万亿及秭*"。这三个字都是古代的计数单位：十千为万，十万为亿，十亿为秭。这里当然并不是那个仓库的准确容量，只是概言其多，相当于我们今天说的"成千上万"。这是说丰收后粮仓堆满了，十分殷实。

醴者，甜酒也，那时候的酒就是醪糟酒，就是用前面说的"稌"来酿造的。造来做什么？献给祖先，所以说："*为酒为醴，烝畀祖妣。*"烝者，进献也；畀者，给予也；这里"祖"是男性祖先，"妣"是女性祖先。献酒给祖先，一是尽到礼数，表示不忘先人；同时也是祈福，希望先祖们保佑。这就是"*以洽百礼，降福孔皆*"。洽者，谐和也；百礼者，各种礼仪也。"以洽百礼"就是把各种礼仪做到位，这当然是要用很多酒去献祭的。"孔"还是作程度副词，"皆"是普遍之意。"孔皆"就是"非常普遍"，在这里就是请祖先降福给所有人的意思。

周颂·武

於皇武王，无竞维烈。

允文文王，克开厥后。

嗣武受之，胜殷遏刘，耆定尔功。

　　这首诗也是一首歌词，它应该是一个舞蹈表演的序曲，因为这种舞蹈叫"武舞"，所以它就以"武"取名。

　　武舞来自于武王伐纣的历史故事。当初周武王带着八千战士，与号称十八万的商纣王军队决战。这个十八万也许有水分，但肯定比武王这边多得多。这样人数悬殊的决战，很需要鼓舞士气，所以双方快要交战前，武王的部队就开始跳舞。历史上对此记载为"武王伐纣，前歌后舞"。你可以说这一套是精神胜利法，但它对于提振精神、鼓舞士气还是有效的。后来武王的军队一鼓作气，一直打进朝歌城。武王得天下以后，就把这个"武舞"作为保留节目，流传下来。

　　儒家认为这个"武"字是"止戈为武"，就是反对战争，停止使用武器，这就叫"武"。这是把理想当原因了。其实"武"这个字非常简单：一个"戈"，就是前面分了叉的矛；一个"止"，画的一只脚的形状。所以"武"的意思就是拿着武器跳舞，就是"武舞"。

　　"於"即呜，欢呼之声；"皇"是借字，通"煌"，辉煌之意。第一句的意思就是：哦，辉煌的武王啊！这是抒发歌颂周武王的感情。

紧接着的"无竞维烈"，是说没有人能够和你比。竞者，竞赛也，可引申为比拟。在哪方面无法比？"烈"，就是伟烈，指武王伐纣，其功劳的壮烈。

第一句歌颂了武王，接着就歌颂武王的父亲，就是周文王，说他确实是个有文化的领导，做到了承先启后："允文文王，克开厥后。"允者，真实也，正确也；克者，能够也；"厥"就是其；开者，启也。文王前面那个"文"是修饰词，说文王有文化，是因为在周王国取得天下之前，文王带领周民族治理周国，发展农业生产，发展了文明。后来周公制礼作乐，形成了让孔子都感叹"郁郁乎文哉"的周朝文明，而这文明是周文王奠基的，所以用"允文"来赞美他。不仅如此，他还选对了接班人，培养了武王这样的好儿子，就是"开厥后"。

最后三句又回到歌颂武王："嗣武受之，胜殷遏刘，耆定尔功。"嗣者，接续也，继承也；受者，接受也。武王接受了文王传给他的王位，就叫"嗣武"。"胜殷遏刘"是说武王取得了对殷商的胜利，制止了战争和屠杀。"殷"是殷商；遏者，阻止也，制止也；刘者，杀也。这个字需要讲一下。刘的篆文 右边有个立刀旁，左边是声符，所以"刘"就是"杀"。因为武王把商朝灭了，使天下太平，不再打仗，这就叫"遏刘"。"耆定尔功"就是经过审查后做出结论，你的功劳伟大得很。"耆"在这里是借字，通"稽"，稽考、稽查之意。

全诗并没有具体罗列周武王的功劳，就这么一句总结，所以我估计它只是舞蹈前的序曲，序曲一唱完，武舞表演队伍马上出场，再现武王伐纣的武舞，让大家重新回味祖先的辉煌。

周颂·闵予小子

闵予小子，遭家不造，嬛嬛在疚。
於乎皇考，永世克孝。
念兹皇祖，陟降庭止。
维予小子，夙夜敬止。
於乎皇王，继序思不忘。

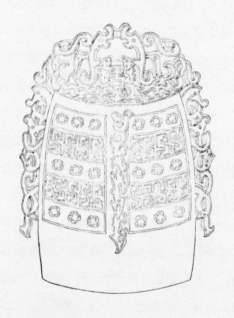

闵者，悯也，就是可怜；予者，我也。"闵予小子"就是"可怜我这个小娃娃哟"。这个话是谁在说？周成王。他对谁说？对历代祖先。他都说了些什么呢？

家中遭遇丧事，谓之"不造"。因为周武王灭商朝后不到五年就暴病而死。成王那时还是个小娃娃，幼年失怙，孤立无援，忧患在心，所以他说"嬛嬛在疚"。"嬛"在这里读 qióng，同"茕"，"嬛嬛"就是"茕茕"。《古文观止》中，李密在其《陈情表》中就说自己"茕茕孑立，形影相吊"，就是很孤单的样子。疚者，忧苦也。周成王说这些话，应该是有真情实感的。

第二行以悲叹向他去世的父亲（周武王）禀告，说自己会永远孝敬父亲。"於乎"应读 wū hū，就是呜呼，悲叹之声；"永世"就是永远；皇考指周武王；克者，能够也。

第三行说自己感觉逝去的先人就在旁边，文王之灵还时时在这宗庙里出入，也就是我们老百姓说的"举头三尺有神明"："念兹皇祖，陟降庭止。""陟"是爬升，"降"是下来；庭者，庭院厅堂也，这里就指宗庙。因为文王英灵在天，从天上到宗庙里来，就是"降"；回到天上就是"陟"。"止"是虚词，相当于"之乎者也"的"之"。

最后两行说自己要时时自儆，谨慎从事，以继承周朝历代先王开创的基业，把它延续下去，永不忘记这个使命："维予小子，夙夜敬止。於乎皇王，继序思不忘。"维者，唯也，唯有之意；夙夜者，朝夕也，日日夜夜、时时刻刻也；"敬"仍是"儆"的通假，"敬止"就是自己把自己好好约束；"皇王"指历代周王；"继序"就是继承那个序列、序统，指周室王业。

一个国王，能做到这样兢兢业业，日日夜夜告诫自己，不忘祖先，真是值得表扬。这样的天子不可能是昏君。不要小看古人的智慧，我们现在都不一定做得到。

周颂·敬之

敬之敬之！

天维显思，命不易哉。

无曰高高在上，陟降厥士，日监在兹。

维予小子，不聪敬止。

日就月将，学有缉熙于光明。

佛时仔肩，示我显德行。

　　上一首诗，是周成王一个人向祖先表明心迹。这一首《敬之》，《毛诗序》说它的主题是"群臣进戒嗣王也"，有一定道理。但从诗的内容来看，有些话应该是成王在向大臣表白，所以它的背景很可能是成王君臣一起，表演君臣之道。当然，并不是说他们要一起边唱边演，估计应该是歌生舞生在祭祀仪式上表演，而周成王和众位大臣只需表演君臣之礼就行了。

　　这首诗的前一部分，应该是大臣们向成王的进谏之语：警惕啊再警惕，老天爷对一切都是看得很清楚的。天命有定，是不会改变的。显者，明显也，眼睛明亮，看得很清楚也。"显"字的繁体字是"顯"，金文字形是 ，《说文解字》解释它是"日下视丝，则微妙竟显也"[1]。

---

[1]　此句未查明出处，或为《说文解字注》中的"日下视丝，众明察及微妙之意"。

就是说丝是很细的，单独一根丝很难看清楚，但是如果拿到太阳底下，就会看得清清楚楚的了。这个会意字非常好懂。"思"是句尾虚词；命者，天命也，规律也；易者，改易也。所谓"天命"，是古人对规律性的东西的说法。什么叫规律性的东西？比如说你勤勤恳恳、老老实实地治理江山，天下就会好起来，这就叫规律，又叫道。同样，你草菅人命，不把老百姓当人，将来必然要灭亡，胡乱整就只有胡乱的结局，这个也是规律，古人就说是"天命"，所以叫"命不易哉"。这是个伟大的观念：一切规律不以人的意志为改变。虽然你贵为天子，也不要以为规律只对人家实用，对你就不实用。大到一个国家，小至你我个人，都应该记住"命不易"这三个字。善有善报，恶有恶报，这个就是规律，就是"天命"。大臣们还进一步叮嘱说：不要以为老天高高在上，他会在这里显灵，到人间来监督我们的，这就是"无日高高在上，陟降厥士，日监在兹"。无曰者，不要说也，别以为也；"陟降"的意思和前一首里的相同；这个"士"通"事"；日者，每一天也，时时刻刻也；"在兹"是"在这里"之意。"敬之"还是和上一首一样，即"儆之"，重复是为了加重语气以示庄重。

　　下面就是周成王的答复，也是表白："维予小子，不聪敬止。"他检讨说我不行，还是少年人，我耳不聪目不明，也不够自儆。但是我会认真学习，日积月累，使自己变得聪明。聪者，听觉也，听得清也。就者，靠近也，凑拢也；将者，将就也。"日就月将"就是每天前进一步，其结果就是每一月我都"将"了，都向前走了。他要做什么？"学有缉熙于光明"。学者，学习也；缉者，累积也；熙者，熹也，就是微光；这个"光明"不是我们现在的常用意思，而是指高明的人，周成王是指辅佐他执政的周公，当然也包括朝上的文武大臣，这些都叫"光明"。他是表示：希望你们这些高明的人经常给我提意见，指点我，让我日积月累有所进步。这些都是表示谦虚的话。

最后一行，周成王进一步做出低姿态："佛时仔肩，示我显德行。"这个"佛"要读成 bì，辅助之意；这个"时"不作时间讲，在这里通"是"，就是"此""这个"的意思。"仔肩"是用肩膀去承受重量，肩负任务。"佛时仔肩"就是请你们来辅助这一个肩负着任务的肩膀，意思就是说我作为一个国王，我负担着重大的任务，承受不起，需要你们来辅佐我。怎样辅佐？"示我显德行"：请把你们那些突出的德行修养和实践才干都"示"给我看。示者，出示也，而且是自上对下的表现才叫示。周成王这样说，是表示尊重这些大臣。显者，明显也，突出也；德者，修身之品性也；行者，实践之才能也。请各位细看：周天子毕恭毕敬地把这些文武大臣放在上面，请他们显示自己的修养和实践，把这些臣下抬得好高哟！真是令我们大开眼界。如果让今天一些浅薄的人来看，会觉得这个国王当得像个龟儿子，还不如一个科长、镇长有威风。当今之世，没有多少人知道自己的不行和有限，当了一官半职，就自以为高人一等，甚至就颐指气使起来，那叫浮薄轻狂。应该让这种人来读一读这首诗，比照一下。一个能够如此谦卑自省的国王，就不可能是昏君。在中国历史上，这样的国君值得肯定。

商颂·玄鸟

天命玄鸟，降而生商，宅殷土芒芒。

古帝命武汤，正域彼四方。

方命厥后，奄有九有。

商之先后，受命不殆，在武丁孙子。

武丁孙子，武王靡不胜。

龙旗十乘，大糦是承。

邦畿千里，维民所止。

肇域彼四海，四海来假。

来假祁祁，景员维河。

殷受命咸宜，百禄是何。

诗骨奇秀，神气浑穆，而意亦复隽永，实为三《颂》压卷。

——[清]方玉润《诗经原始》

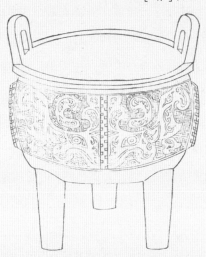

周灭商后，商朝还有很多老百姓不服，认为周是野蛮民族，文明程度还不如他们商朝。现在看来也确实如此：商朝的青铜器比周朝初年的青铜器精美得多，商朝的甲骨文也比周朝的文字漂亮得多。而周朝做了一件了不起的事情，就是并没有伤害这些人，只是把纣王杀了，另外划出一块地方给商朝遗民居住，还允许他们保留宗庙。这块地方就是周朝时期的宋国，在如今的山东西南、河南东部、安徽西北部三省交界处，首都就在现在的商丘。商朝那些坚决不投降周朝的百姓，就全都去了宋国，每一年还要祭祀商朝的列祖列宗，这些祭祀活动也有歌舞仪式，《诗经》里面的《商颂》就是这样保留下来，得以流传的。这首《玄鸟》比较特殊，从内容上看，它从商朝起源的传说说起，一直到它建国鼎盛，相当于是商朝的"国歌"。

　　"天命玄鸟，降而生商，宅殷土芒芒。"这是在叙述商民族的一个古老传说：商民族的老祖宗叫简狄，是一个年轻女子——因为母系氏族社会都是按照母系血统来定宗族，因此老祖宗都是女性。古代有个风俗，春分那一天，男男女女都要到一条很浅的河里去泼水游戏，洗掉一年的各种不吉利。这一天，简狄和女伴们正在河里游泳，一只燕子飞下来，从空中下了一颗蛋，恰好被简狄一伸手接到了。她一看蛋上面是五彩的，像一颗宝石那样漂亮，就舍不得扔，但她在水里光着身子，也没地方放，就含在嘴里，继续跟朋友们嬉笑打闹，一不小心就吞了下去。回去以后，简狄就怀孕了，生下一个儿子，取名叫契。契长大以后，辅佐大禹治水有功，就被调到中央，封为司徒。契当了中央高官，商族就成了贵族，就有了自己的谱系，一代传一代，实力逐渐增强，后来终于建立了国家，就是商朝。这就是"天命玄鸟，降而生商"的故事。"玄鸟"就是燕子，因为它的羽毛颜色很深，所以叫玄鸟。自"盘庚迁殷"以后，商民族早期的栖息地就在殷，那里是一块很大的平原，商的先民就在这里繁衍生息，所以是"宅殷土芒芒"。"殷土"指那块平原；芒芒者，茫茫也，广阔之意；"宅"作动词，就是居住。

安居以后，到了契的第十四代孙，名叫汤，做了商民族的大酋长，他"十一征而无敌于天下"，最后推翻了夏桀的统治，建立了商朝。殷商之民认为这是天帝的旨意，所以说"古帝命武汤，正域彼四方。方命厥后，奄有九有"。古帝者，远古时代之上帝也；"武汤"就是汤，以其武德而号之也。"正"是个借字，通"征"，就是征服；"域"这个字在古代和"国家"的"国"就是同一个字，读音也相同。"方命"就是广泛地、普遍地发号施令；"厥"仍是"其"；后者，君主也，指诸国的国王。奄者，覆盖也，"奄有"就是完全拥有。最后的"九有"，并不是"九个占有"，而是说九州（也就是最早的"天下"概念）都归其所有。各个地方小国，每一年都要给上面缴各种赋税，都叫作"有"。有者，拥有、领有、占有也，也可以理解为所有权。"奄有九有"就是所有的进贡都归商。这几句诗就是说：汤得到了上帝的命令，去征服东、南、西、北四方的土地，开始统治这些小国的国君，他们的进贡也全部归商享有。这是说商朝的建立。

商朝建立后，历代商王领受了上帝的旨意，不敢懈怠，一直传到武丁孙子，这就是"商之先后，受命不殆，在武丁孙子"。这个"先后"代表汤以后、武丁之前的各代商王；受命者，领受天命也；殆者，怠也，"不殆"就是不敢懈怠。武丁是成汤的第十代孙子，他征服了很多国家，使商变得非常强大，至今甲骨文里面有关武丁的记载还很多。中国历史上第一个女将军妇好，就是武丁的太太，领兵打仗，很了不起。后面的"武丁孙子，武王靡不胜"，就是在述说武丁的功绩。"武王"就是武丁，"靡不胜"是没有一次不打胜仗。"龙旗十乘，大糦是承"是说夏民族也推着装满食品的车辆，来给商朝进贡，也就是承认了商王的领导地位。夏民族以龙为图腾，他们的旗帜上画的是一条盘旋的龙，所以"龙旗"就代表夏民族。"糦"读chì，这里指各种食品；承者，领受也。

商朝前后换了十几次首都，但都是很大的城市，下面两句诗就是夸耀他们首都之大："邦畿千里，维民所止。"邦者，国也，这里就是指国都；畿者，郊区也。"止"就是居住，"维民所止"就是任随老百姓居住：在首都周围千里之内，围着转一圈，每一边都有二百五十里。这些美好的地方，老百姓都可以居住。"维民所止"这四个字，在后代还掀起过风波。清朝的雍正皇帝为人阴险，而且以言治罪，大搞文字狱。他在位的时候，有一年进士考试，主考官出的题就是《维民所止》，没想到被人告发，说"维民所止"就是"雍正砍头"，因为"维"字上面加一点一横就是"雍"，"止"字上面加一横就是"正"。雍正一听龙颜大怒，不仅杀了考官，而且株连了好多人。这是个著名的文字冤案，起于无知。其实在"维"字上面加一横一点也并不是"雍"字，而且也根本没有这个字。皇帝无知而又蛮横，那是很可怕的。现在还有很多影视剧在吹捧所谓雍正大帝，简直是糊涂！

接下来四句诗，是说他们加强规划和建设，绘制了商朝的地图，所有的小国都要到商的国都来朝拜进贡："肇域彼四海，四海来假。

来假祁祁，景员维河。""肇"的本义是生事，在这里是开创的意思。"四海"在这里表示整个天下。"肇域彼四海"就是给四海之内所有的国家划定疆界，这是统领了天下以后必须要做的事情。"假"在这里要读成 gé，来到的意思。到哪里去？到商朝首都来朝拜国王——大大小小的国家都要来进贡朝拜。祁祁者，盛大也，众多也。这些朝拜者看到的商朝首都是什么样子？是"景员维河"，就是黄河三面把景山围住，景山上面就是商的首都。这句诗对于历史研究非常重要，因为商朝的首都迁了十多次，迄今为止，我们只知道第一个是商丘，最后一个是朝歌，由这一句诗，我们就知道还有一次是迁到了景亳，它很可能就在今天河南省浚县大伾（读音是 pī）山附近。根据偃师城考古发现，以及近年来南开大学历史系朱彦民教授等人的研究，可以确认当时的黄河在那里转了一个大弯，围出一个半岛形的城市，"景"是那里有座山叫景山；"员"是指"周围"；"河"就是黄河。景亳今之不存，可能圮于黄河洪水，也可能缘于周人焚毁。

这个商朝的国歌，到这里一直都还不错，但是结尾的一句，就显得有点不搭调了："殷受命咸宜，百禄是何。"就是说我们殷商受命于天，完全合适，所以一切享受都是合适的，理所当然应该领受。咸宜者，一切都合适也。"禄"是物质享受，"百禄"指各种各样的物质享受；"是何"的"何"仍要读 hè，就是它的原义"负荷"之意。"百禄是何"就是所有的享受我们都载得住，该据为己有，随我们吃，随我们玩，随我们享受。他们认为这就是上天给他们殷商的使命。这样的意识，相比《周颂》里面那些"子孙保之""于时保之""继序思不忘""日就月将"的境界，就逊色多了。